LE SOLEIL SE LÈVERA DEMAIN

Avertissement : Certains passages de ce livre sont susceptibles de heurter les plus sensibles.

Pour contacter l'autrice :
aurelie.masse@neuf.fr

Slalom, un département d'Édi8
92 avenue de France, 75013 Paris
www.slalom-editions.fr
serviceclients@lisez.com
Correction : Éva Baladier et Marion Bello
Couverture : Nicolas Caminade
Composition : Facompo

Loi n° 49-956 du 16 juillet 1949 sur les publications destinées à la jeunesse, modifiée par la loi n° 2011-525 du 17 mai 2011.
ISBN : 978-2-37554- 389-4
Achevé d'imprimer en juin 2024, 1re édition.
par Normandie Roto Impression s.a.s. (2402577)
Dépôt légal : août 2024

AURÉLIE MASSÉ

LE SOLEIL SE LÈVERA DEMAIN

Slalom

PARTIE 1

1

Lorsque le garçon ouvre les yeux, c'est l'odeur qui le frappe : mélange d'eau croupie, de rouille et de murs rongés par l'humidité. Il frissonne, la joue collée sur la pierre glacée. En haut, sur sa droite, un néon chétif tente de percer l'obscurité et teinte l'endroit d'un vert sordide.

Il se redresse et réalise qu'il était couché sur des marches.

Décor familier, pense-t-il.

Un escalier de métro.

C'est ça, l'odeur.

— Hé... ? appelle-t-il du bout des lèvres.

La voix est fluette, insouciante.

C'est à cet instant-là que la douleur éclate. Logée à l'intérieur des jambes, forçant contre les os. Il remonte son pantalon noir mais ne constate aucune blessure. Il se frotte les tibias puis, lorsque le tiraillement s'est émoussé, se relève.

Il possède un visage rond de poupon à la grâce féminine. Des yeux de chaton, bleu pastel, des cheveux blonds, bien coupés, qui prennent une teinte olivâtre sous l'éclat agressif. Il porte un manteau gris trop large pour lui avec des boutons en bois et une paire de chaussures à lacets. Une écharpe en laine blanche enserre son cou. Lorsqu'il plonge la main dans ses poches, il ne déniche qu'une barrette émaillée de fausses perles appartenant à sa sœur.

— Y a quelqu'un... ? demande-t-il plus fort en descendant les marches avec prudence.

Mais seul l'écho de sa voix lui répond.

Il débouche sur un quai et scrute les murs à la recherche du nom de la station, en vain – ce nom aurait-il été effacé ?

Déboussolé, il continue à avancer en examinant le décor.

Il s'appelle Alexis, a 11 ans, mais il est petit et naïf pour son âge. Il erre sur le quai entre deux « Eh oh ? » fébriles, les doigts repliés dans les manches de son manteau. Du bout du pied, il balaie les débris qui souillent le sol : gravillons, terre humide et vieux papiers collés à la poussière. Lorsqu'il s'accroupit pour tenter de déchiffrer quelques lignes sur un morceau de journal, toute la station se met à trembler. Il se fige, les yeux écarquillés, aussi purs qu'une pierre de lune. Sa respiration s'accélère. Il plaque sa paume sur la terre, à l'écoute des vibrations, puis se relève.

— RÉPONDEZ-MOI ! gueule-t-il cette fois avec ardeur. SI Y A QUELQU'UN, RÉPONDEZ-MOI...

Il se rapproche des rails et les fixe un long moment avant de prendre conscience qu'aucun remous ne l'avertit d'un métro à l'approche. Une feuille morte gigote sous les mouvements saccadés d'un gros cafard. Une toile d'araignée flotte, retenue au métal par quelques filaments à l'image d'un napperon usé.

Rien de beau ni d'humain ne peut survivre ici.

Tout n'est que décrépitude, désolation, attente infinie.

Convaincu qu'aucune rame ne circulera, Alexis descend sur la voie et contemple les alentours.

Il hésite quelques secondes – *droite ou gauche ?* – avant de se diriger vers la gauche. Les graviers croustillent comme des biscuits sous ses semelles. Il marche collé à la paroi pour ne pas risquer d'effleurer les rails, le bout de ses doigts glissant sur le mur.

Chacun de ses pas agresse ce sanctuaire sépulcral et résonne dans sa chair.

— Parlez-moi... supplie-t-il.

Son appel lui revient, immense, insupportable.

Les ténèbres pèsent sur sa minuscule silhouette, lui resserrent la poitrine et se transforment en mille diables prêts à fondre sur lui.

— À l'aide... chuchote-t-il d'une voix étranglée.

Soudain, à la faveur d'un panneau lumineux indiquant la proximité d'un téléphone d'urgence, il remarque que son chemin se divise en deux. Une nouvelle série de rails s'élance sur sa gauche, guidée vers une lueur lointaine.

Alexis plisse les yeux, happe une ombre mouvante.

— Y a quelqu'un... ? reprend-il, tremblant.

Il perçoit un cri de stupeur puis le silence l'emprisonne à nouveau.

— Je vous vois... ajoute-t-il en se dirigeant vers la gauche. S'il vous plaît, je suis pas méchant, je suis perdu et je cherche de l'aide...

À mesure qu'il avance, l'ombre oscille, s'agite puis commence à reculer.

— Attendez ! lance Alexis en accélérant le pas. Partez pas, j'ai besoin...

Il se met à trotter puis ralentit lorsqu'elle lui fait face de toute sa terreur.

La fille.

Peau hâlée, cheveux noirs.

Elle esquisse un nouveau pas en arrière lorsqu'il se rapproche.

— Avance pas, ordonne-t-elle en dressant la main.

Derrière elle, un quai désert, étouffant de vide. Le gamin s'arrête, dérouté.

— Mais je vous entends pas...

L'éclat lumineux qui l'a guidé jusqu'ici émane d'un couple de néons verdâtres, rendus poudreux par la poussière.

— Qui t'es ? demande la fille, un ton plus haut, en serrant les bras autour de sa poitrine.

— Alexis Orlinski, déclare-t-il, scolaire.

Elle l'observe en fronçant les sourcils sans se présenter en retour.

— On est où ? marmonne-t-elle enfin. C'est quoi ce délire ?

Alexis se rapproche à nouveau, crispant l'inconnue.

— Je suis sourd, explique-t-il en levant une main vers son oreille. J'ai des appareils.

Elle reste interdite une seconde puis articule quelque chose qui ressemble à : « Oh, OK. » Un malaise diffus picote le ventre d'Alexis sans qu'il en comprenne la raison. Puis il finit par réaliser que ce sont les vêtements qu'elle porte.

— Pourquoi vous êtes en pyjama ?

— Je sais pas, c'est celui que je mets pour dormir.

— Vous avez même pas de chaussures...

Elle hoche la tête en observant ses chaussettes sales, ajoute qu'il peut la tutoyer. Alexis tente encore deux pas vers elle et lui demande son nom.

— Nadia.

Bruns, ses yeux, comme des dattes séchées. Les cernes les plus sombres qu'il ait jamais vus.

— Pourquoi t'as les cheveux mouillés ?

— Je sais pas, répète-t-elle en les touchant de façon instinctive. Quand je me les lave, je les tresse après... trop bizarre que je l'aie pas fait.

— J'ai croisé un panneau « téléphone d'urgence », enchaîne le petit, gorgé d'espoir. Il indiquait par là...

Nadia secoue la tête ; elle n'a aperçu aucun téléphone dans les parages.

— Ça fait longtemps que tu marches sur les rails, comme ça ? demande-t-elle alors, éberluée.

— Un peu...

— Et t'es au courant qu'on peut se faire écrabouiller ? Électrocuter ?

Alexis bredouille une suite de mots inaudibles, intimidé.

Elle est grande, cette fille, et musclée. Elle a quelque chose de violent dans le regard, quelque chose de doux dans la bouche. Une chaîne très fine enlace son cou, ornée d'une bague dorée. Agrémenté de petites fleurs roses et blanches, le pyjama qu'elle porte rappelle au garçon les cerisiers en fleur du Japon.

— Je me suis réveillé là-bas, dans un escalier, confie Alexis en pointant son pouce derrière lui. Je sais pas combien de temps j'ai dormi...

Nadia, elle, a repris conscience sur ce quai abandonné, repliée en chien de fusil et assaillie par une migraine infernale.

— Je comprends pas comment j'ai atterri ici, souffle-t-elle, terrifiée, en jetant un œil autour d'elle. Je me souviens de presque rien, comme si on m'avait vidé le cerveau.

— Pareil...

Ils se dévisagent, impuissants, amorçant des phrases qui n'ont pas d'issue. Puis Nadia lance :

— Par contre, arrête de regarder ma bouche, ça va vite m'énerver.

Le gamin se balance sur ses jambes, s'excuse, bafouille qu'il lit sur les lèvres.

Le visage de l'adolescente se trouble.

— Donc t'entends rien si je te tourne le dos ?

— Si tu parles assez fort, j'entends, mais ça m'aide de lire sur les lèvres.

Après quelques secondes de torpeur, Nadia tire sur ses manches pour se réchauffer les mains.

— Bon sang, c'est un cauchemar, ça peut pas être réel...

Des mots qu'Alexis contredit aussitôt d'un filet de voix :

— J'en fais souvent, des cauchemars, toutes les nuits même, et c'est pas comme ça... c'est plus flou et plus mou...

Nadia écarte les bras.

— Alors quoi ? Qu'est-ce qu'on fout ici ?

Elle esquisse quelques pas décousus.

— En plus y a même pas de métro où je vis, y a qu'un tramway.

Lorsque Alexis lui demande d'où elle vient, elle répond « Bordeaux » puis fait demi-tour et parcourt les deux derniers mètres qui la séparent du quai. Le petit la suit, l'esprit en effervescence. Lui n'a pas été surpris par le cadre puisqu'il vit à Paris et qu'il y est né, mais cet endroit ne ressemble pas aux stations de métro qu'il connaît. Où est la foule de Châtelet, République, Nation ? Et puis quelle heure est-il ? Pourquoi rôdent-ils tout seuls ici dans ce dédale hostile ?

Serrant son collier, Nadia observe le gamin avec davantage d'attention.

— On se connaît ? lui demande-t-elle.

Alexis amorce une moue ambiguë.

— Je sais pas, dit-il. Non...

— T'es sûr que tu m'as jamais vue ? poursuit-elle en esquissant plusieurs pas vers lui.

Non, malheureusement, le gosse n'en est pas certain. Il ouvre la bouche mais la referme sans avoir parlé et tripote l'un des gros boutons de son manteau.

— Je suis en pyjama, t'es habillé, récapitule Nadia en levant les doigts, un par un. Ça veut dire que moi j'étais en train de dormir ou j'allais me coucher ; pas toi. D'après le peu de souvenirs qui nous restent, on se connaît pas, on n'est jamais venus ici et on sait même pas où c'est.

Elle lève vers la voûte des yeux saccagés par l'angoisse et conclut :

— Alors ? On panique quand ?

Le garçon en reste étourdi, les jambes faibles et le cœur dément. Puis il se mord l'intérieur de la joue et propose :

— On continue à chercher de l'aide ?

— Pour l'instant, laisse-moi paniquer, OK ?

Nadia n'est plus qu'un bloc de sidération. *Pourquoi moi ?* rumine-t-elle. *Pourquoi ça m'arrive à moi ?*

Alexis comble l'espace qui les éloignait encore et confie :

— Moi j'ai cherché de l'aide et je t'ai trouvée.

Un sourire fugace palpite sur les lèvres de l'adolescente.

La peur qui l'encombrait se rappelle alors qu'ils sont deux.

Pour réfléchir et se soutenir.

Doucement le cerveau se ravive, les tambours du cœur ralentissent.

Le courage se redresse.

— Par contre, moi je me promène pas sur les rails comme t'as fait, prévient-elle en pointant du menton les ténèbres d'où a jailli Alexis.

Elle se tourne alors vers les marches qui mènent au quai et tous deux grimpent, quelques fibres d'espoir collées au corps, nichées au creux du cœur. Les chaussures d'Alexis recouvrent les pas de Nadia comme s'il était le seul rescapé d'une catastrophe inconnue.

2

Ils marchent au hasard des couloirs dans une ambiance de fin du monde.

Au fil de leur errance, ils croisent une échelle crasseuse qui ne conduit qu'au plafond, des gants et des lunettes de protection souillés, des détritus tellement décomposés qu'ils les contournent sans savoir de quoi il s'agit. Puis ils grimpent une longue série d'escaliers ; la rampe colle sous leurs doigts.

— Oh, putain ! gueule Nadia en bondissant loin d'un graffiti figurant un rat.

Elle semble en vie, la bête, énorme, prête à s'échapper de son mur.

— Faut être sadique pour peindre un truc pareil...

Alexis étudie l'animal de brèves secondes, le nez froncé, puis se remet à marcher. La douleur qui lardait ses jambes se déplace, comme si ses os *respiraient*. Au-dessus d'eux, un réseau de tuyaux et de câbles électriques sillonne la pierre. L'humidité s'insinue dans les manches, s'enroule autour des cous et se faufile sous les vêtements. Ça sent toujours les égouts et les champignons moisis. Lorsque Nadia lâche un éternuement, puis un deuxième, Alexis ôte son manteau et le lui tend.

— C'est gentil, marmonne-t-elle, embarrassée, mais je vais pas rentrer dedans.

— Tu peux le garder sur tes épaules, si tu veux... maman fait souvent ça avec ses gilets.

— Mais toi ? s'inquiète Nadia.

— Moi ça va, j'ai pas froid.

Elle hésite quelques secondes puis jette le vêtement sur son dos, une main resserrée sur les boutons de bois. De son côté, Alexis dévoile un pull rouge vif sur une chemise blanche qui dépasse en deux triangles nets au niveau du col.

— Dis donc, t'es bien habillé, s'étonne-t-elle.

— C'est ma tenue d'internat, explique-t-il d'un ton plus grave.

Il ajoute qu'il étudie en collège privé, classe de sixième.

— Sans blague ? fait-elle, médusée. Je t'imaginais en CM1.

Nadia, elle, est en terminale.

— J'ai 17 ans, lui précise-t-elle ensuite. Bientôt 18.

Puis elle stoppe si brusquement qu'Alexis percute son dos.

Il y a un autre garçon ici. Assis sur les marches d'un escalier. Regardant devant lui d'un œil vide, il malaxe son poignet gauche.

— Merde, souffle Nadia, stupéfaite.

Le nouveau redresse la tête avec une extrême lenteur. Ses cheveux sont coupés court, châtain clair, son cou est long et fin. Il est pieds nus et porte un jean foncé sous un gros pull à torsades blanches.

— Bonjour... chuchote Alexis.

L'adolescent réagit à peine, occupé à se masser les paupières.

— Comment tu t'appelles ? enchaîne le petit blond.

— Théodore.

D'une douceur extraordinaire, sa voix. Un carré de satin.

Durant trois secondes, Nadia entend « Théo dort » puis les lettres se réassemblent et le prénom prend sens.

— Toi aussi tu t'es réveillé ici avec la mémoire qui fout le camp ? lui demande-t-elle.

Théodore acquiesce avec léthargie. Bleu marine, ses yeux, sous le néon qui chevrote. Il appuie son front sur ses genoux, déglutit plusieurs fois, tousse puis s'éclaircit la gorge. Dans le vide de la station, le moindre son résonne avec une profondeur sépulcrale.

— Je crois qu'on m'a empoisonné, dit-il enfin dans un souffle. J'ai envie de vomir... pas vous ?

Nadia remonte le col du manteau sur ses épaules en avouant qu'elle a froid et très mal au crâne, mais qu'elle n'a pas la sensation d'avoir été intoxiquée. Alexis non plus, qui ne se plaint que de douleurs intermittentes dans les jambes.

Théodore se frotte le visage avec engourdissement.

— Alors c'est juste moi. Je croyais qu'on avait contaminé l'air, mais c'est juste moi.

Il respire fort puis prend appui sur le mur et se lève. Sa tête ballotte ; il vacille mais ne trébuche pas.

— Ça va... murmure-t-il pour lui-même.

Si Alexis a reculé d'un pas face à la grande taille de l'adolescent, Nadia reste immobile et l'étudie. Il est très maigre, Théodore, mais d'une maigreur élégante qu'on sent naturelle. C'est une longue tige à la peau pâle, marbrée de quelques cicatrices laissant penser qu'il a souffert d'acné. Des pommettes hautes et si saillantes que ses joues en paraissent creusées. Le regard enfoncé, préoccupé.

— T'as une bosse sur le front, lui fait-elle remarquer.

Le garçon y glisse les doigts puis acquiesce.

Les visages s'observent avec suspicion, chacun tentant de pénétrer les yeux des autres.

— Vous savez ce qu'on fait ici ?

Nadia soupire, désenchantée.

— J'espérais que t'aurais des réponses, mais visiblement...

— ... c'est pas le cas, achève Théodore, désolé.

Il contemple le plafond, se racle la gorge.

— J'ai pas retrouvé mon téléphone, reprend-il en fouillant de nouveau ses poches de façon machinale. Vous avez les vôtres ?

Alexis le scrute avec confusion tandis que Nadia souffle un « non » un peu boiteux, honteuse à l'idée d'avouer qu'elle n'a pas les moyens d'en posséder un.

— Je sais pas où je l'ai perdu, poursuit Théodore, désorienté.

Puis il enchaîne les questions d'une voix pâteuse : est-ce qu'ils se connaissent, tous les deux ? Est-ce qu'ils ont rencontré d'autres personnes ? Est-ce que cet endroit leur dit quelque chose ? Est-ce qu'ils ont vu des rames passer ?

Alexis et Nadia secouent la tête en chœur.

Théodore se frotte à nouveau le visage d'une main molle.

— J'arrive pas à réfléchir, j'ai le cerveau complètement brouillé...

Nadia resserre ses doigts sur les gros boutons du manteau. L'angoisse qui perlait en elle s'élargit dans le creux de son ventre.

— Et si on avait été kidnappés... ? lâche-t-elle à brûle-pourpoint.

Alexis se ratatine sur lui-même, se mord la lèvre avec terreur.

— Et si un gros salopard nous avait arrachés à nos familles, continue la jeune fille, et enfermés dans ce trou ?

Le regard de Théodore s'appuie sur elle, aussi fort que vulnérable.

Une branche d'arbre dénudée après la tempête.

Il se gratte l'arrière de la tête, pensif, puis se masse les paupières.

— J'ai l'impression que l'endroit est immense, déclare-t-il enfin. Pour moi c'est pas logique d'enfermer des gens dans un lieu aussi vaste.

Nadia lui rappelle alors qu'elle est la seule à porter un pyjama.

Qu'elle se sent terriblement *attaquable* sans la cuirasse de ses propres vêtements.

Théodore hoche la tête pour lui signifier qu'il comprend son ressenti.

— Mais on n'a pas le choix, conclut-il d'un ton qu'il voudrait bien plus solide, faut continuer à explorer les lieux.

— Pieds nus ? commente Nadia.

Le garçon fixe ses orteils puis hausse les épaules, apathique.

— J'ai pas retrouvé mes chaussures, je me souviens même pas pourquoi j'ai décidé de les enlever... j'avais la nausée alors je me suis assis... et vous êtes arrivés.

— Y A QUELQUE CHOSE LÀ-BAS ! crie Alexis qui s'est discrètement éloigné.

Les autres s'élancent aussitôt mais Théodore chancelle à deux reprises, la tête et le corps mous. Très vite, ils rejoignent le gamin perché sur une plateforme métallique qui trône à deux mètres d'eux. Ça pue le fruit pourri à plein nez.

— Mais comment t'es monté ? demande Théodore en avisant l'étendue d'eau croupie à ses pieds.

— Parle-lui plus fort, précise Nadia, tendue. Il entend rien, il a des appareils.

Théodore repose alors sa question avec davantage de puissance.

— C'est pas profond, répond Alexis en pointant le sol. J'ai juste traversé...

— Qu'est-ce que tu vois ? enchaîne Théodore tandis qu'Alexis s'approche du bord de la passerelle.

— Un tunnel...

— Tu vois l'intérieur ?

— Non, c'est tout effondré...

— Bon, d'accord, on va pas s'aventurer là-bas. Reviens, maintenant.

Alexis n'a pas fait trois pas que la structure tangue ; il se fige, les bras en croix et le regard exorbité. Nadia jette un cri bref, paume plaquée sur la bouche.

— Va au milieu, ordonne Théodore dans un geste lent.

L'enfant reste immobile, tétanisé.

— Va au milieu pour équilibrer le poids, répète Théodore en s'avançant jusqu'à frôler la vase.

Nadia s'est accroupie et subit la scène à travers l'éventail de ses doigts. Elle se met à transpirer ; son cœur accélère, déraille.

— Je suis bloqué... murmure enfin le gamin, au bord du sanglot. J'arrive pas à bouger...

Nadia se relève et pousse Théodore dans le dos vers la passerelle.

— Mais fais-le descendre, putain ! gueule-t-elle, à bout de nerfs.

Sous l'effet du coup, le garçon bascule en avant et la fange l'enrobe des pieds jusqu'aux chevilles. Il ferme les yeux de brèves secondes, le temps que son cerveau s'éclaircisse, puis remonte son jean sur ses mollets et progresse dans l'eau viciée. C'est gluant là-dessous, comme s'il se déplaçait sur des rouleaux de papier journal et des boules d'argile graisseuse. Lorsqu'il s'arrête au pied de la carcasse de fer, il tend le bras vers Alexis.

— Prends ma main, lui dit-il avec douceur.

Mais le gosse est paralysé.

Théodore teste la solidité de l'escalier puis grimpe deux marches.

— Attrape ma main, répète-t-il avec davantage de fermeté.

Saisi par l'aplomb de son sauveur, Alexis se penche ; leurs doigts se frôlent. C'est la première fois qu'ils se touchent. Le concret de la peau, la chaleur de la paume ; c'est infiniment réconfortant. Nadia les regarde descendre avec une immense précaution puis retraverser l'étang. Ensuite tous trois restent un long moment immobiles, assis par terre, hagards.

— Je comprends pas pourquoi j'ai eu peur, chuchote enfin Alexis. J'adore le trampoline et les tours de grande roue...

— Ce truc bougeait de partout, réplique Nadia, enlacée par ses bras. T'aurais pu te tuer.

L'enfant baisse les yeux sur ses jambes, penaud.

— Désolée, ajoute la jeune fille à l'intention de Théodore.

Il lui offre un signe de tête, magnanime, puis se frotte longuement le visage avant de retrousser la manche de son pull.

— 23 h 13, dit-il tout haut.

Nadia soulève les sourcils, stupéfaite.

— Mais qu'est-ce qu'on fout ici à cette heure-là ?

— T'es gaucher ? s'étonne Alexis.

— Non, pourquoi ?

— Tu mets ta montre au poignet droit.

Théodore hausse les épaules.

— Je l'ai toujours portée là.

Un nouvel éternuement secoue Nadia et brise cet instant d'accalmie. Alexis dénoue son écharpe et l'offre à la jeune fille.

— Ça va, soupire-t-elle, je vais quand même pas te dépouiller...

Mais le gamin secoue la tête, le bras tendu vers elle, alors elle saisit l'écharpe et le remercie d'un sourire bref. Puis ils se relèvent tous et reprennent la marche, les vêtements mouillés et le malaise au bord du cœur.

Escortés par la faim et la soif qui leur creusent le ventre et leur chargent la langue.

La peur qui les talonne en ricanant, doucement, doucement.

L'espoir qui s'amenuise à chaque intersection.

Puis la surprise face à un duo de wagons couchés sur le côté.

Barbouillés de graffitis agressifs, vitres éclatées, les deux blocs vert et blanc ont perdu de leur élégance.

— On va voir dedans ? propose Alexis.

Nadia se braque.

— Non, ça suffit les conneries, vous restez ici.

De toute façon, ils ne peuvent pas les inspecter, les deux géants meurtris. Il faudrait pour cela qu'ils grimpent pour atteindre l'une des fenêtres et s'introduire à l'intérieur. Elle les mordrait en plus, la garce, avec ses dents de verre souillé.

— On se barre, grimace Nadia en apercevant un oiseau mort dont ne subsiste qu'un fouillis de plumes froissées.

Elle se faufile à côté des wagons et l'exploration se poursuit, désespérante.

Ici un casque de chantier tapissé de boue séchée, là un extincteur déformé qui menace d'exploser à tout instant et les fait accélérer. Quelques pas plus loin, un couteau au manche à moitié effrité que Théodore ramasse.

— Il coupe encore ? demande Nadia.

Le garçon glisse la lame contre son jean.

— Pas vraiment, mais ça servira à nous défendre.

Puis il cale l'objet dans son dos, sous sa ceinture.

— Y a des gens, souffle Alexis, indiquant d'un doigt fébrile une couverture râpée.

Tous se rapprochent.

Près du tissu marron traînent de nombreuses cannettes écrabouillées. L'armature d'un caddie ainsi qu'une laisse pour chiens dont le cuir a été rongé.

— Ça sent pas bon, tout ça, commente Nadia en respirant plus fort.

— On fait quoi... ? balbutie le gamin.

Théodore inspire profondément.

— On continue.

— Et si on tombe sur des tarés dangereux ? oppose Nadia.

— On sait même pas s'ils sont plusieurs.

L'adolescente roule des yeux, agacée.

— Mais *si* on tombe sur des tarés dangereux ?

Le garçon ouvre la bouche, hésite un instant.

— À mon avis, ils sont aussi perdus que nous, dit-il enfin avant de désigner le cimetière de sodas broyés. Et ils ont de la nourriture.

Puis un cliquètement retentit, évoquant un verrou qu'on tire.

— C'était quoi, ça... ? chuchote Nadia en se figeant.

Alexis n'a rien perçu mais Théodore se retourne, les muscles contractés. Un deuxième son offense le vide, comme une vieille chaudière expulsant de l'air. Plus personne n'ose respirer ni même remuer un cil.

— J'entends plus rien, soupire le garçon, dépité.

Le sentiment d'abandon est vertigineux.

Alexis agrippe les doigts de Nadia et les couloirs froids succèdent à d'autres couloirs plus froids encore. Ils contournent des morceaux de bancs brisés, enjambent d'autres cadavres d'oiseaux et de petits animaux impossibles à identifier, croisent des tournevis, des scies et plusieurs outils délabrés qu'ils ne reconnaissent même pas. Des plots de signalisation oubliés devant un panneau jaune indiquant : **NE PAS OUVRIR – EN CHARGE.** Une seconde pancarte **SOUS TENSION** qui surnage dans une mare de liquide brun à côté d'un soulier. Une odeur de terre mêlée de fumier leur râpe la gorge.

— Attention à vos têtes, prévient Théodore lorsqu'ils débouchent dans un couloir au plafond très bas.

Des fils électriques pendent tels des serpents prêts à frapper. Une boîte à fusibles les menace, gâtée par la rouille. Un chalumeau défiguré par l'oxydation les regarde passer, orphelin. Puis une série d'escaliers les mène à un nouveau quai et l'espoir reprend de l'éclat.

Un espoir qui s'affaisse dès que la station leur présente son visage miséreux.

Elle non plus ne porte aucun nom.

Tout est laid, anonyme, absurde.

— C'est une blague, balance Nadia, au bord du sanglot.

Théodore tend instantanément la main vers elle.

— Faut qu'on reste calmes...

L'adolescente fait aussitôt un pas de côté avant que les doigts du garçon ne l'effleurent. Théodore baisse la tête, décontenancé, tandis qu'Alexis se rapproche des rails, se penche et observe les deux côtés du tunnel.

— Faut pas qu'on se décourage, continue Théodore. Faut qu'on réfléchisse ensemble.

— Ça fait des plombes qu'on réfléchit, lui crache Nadia, à bout de nerfs.

— Moi je vais voir de ce côté, annonce Alexis en descendant sur les rails.

Théodore se hâte vers le quai malgré la faiblesse de son corps et cramponne le bras du gamin avec mollesse.

— Non, reste ici, t'es trop petit, t'éloigne pas de nous.

Alexis se renfrogne.

— Mais j'ai 11 ans !

Théodore l'observe avec étonnement, désarçonné.

— T'as 11 ans ?

— Oui...

— Ça m'a fait drôle aussi, intervient Nadia en remontant l'écharpe sur son cou.

— Bon d'accord, consent Théodore, mais tu continues à nous parler en marchant.

Et pendant que le garçon reprend le chemin des rails et s'enfonce dans le souterrain en marmonnant « Je marche, je marche », Théodore remonte sur le quai et se frotte les paupières pour réveiller son cerveau englué.

— Il faudrait qu'on trouve un plan du réseau, déclare-t-il en rouvrant les yeux. Qu'on comprenne où on va et comment ce labyrinthe est construit.

Nadia affiche un air soucieux.

— On n'est pas à Paris ?

Théodore soupire par le nez.

— En tout cas, on n'est pas dans *mon* Paris.

L'adolescente observe les murs vétustes, infectés par l'humidité, et retient un frisson.

— Je marche encore, lance Alexis.

Théodore ébauche quelques pas désordonnés, dodelinant de la tête.

— On a croisé une passerelle, rappelle-t-il, des casques de sécurité, des tas d'outils rouillés... donc les ouvriers qui travaillaient ici devaient bien avoir un plan...

Nadia le dévisage puis sursaute lorsque Alexis gueule :

— LES RAILS S'ARRÊTENT !

Elle se précipite vers le rebord du quai, descend et s'avance vers le gamin dont la silhouette au loin ressemble à une branche délicate. Alexis se met à brailler plus fort :

— C'EST FERMÉ, Y A UN GRAND MUR DE BRIQUES ! ON PEUT PAS SORTIR PAR LÀ !

3

Ils sont assis en triangle au milieu de la station, trois silhouettes poisseuses, désarmées.

Théodore se masse l'intérieur du poignet pendant que sa main inerte s'obstine à trembler sans raison. Alexis trace des formes ésotériques dans un amoncellement de poussière avec le bout de son doigt. La douleur dans ses jambes reste logée autour des os comme s'ils étaient gorgés de libellules bouillantes donnant des coups d'ailes en tous sens. De son côté, Nadia fait glisser sa bague le long de sa chaîne, absente à tout.

— De quoi vous vous souvenez ? demande Théodore après une profonde inspiration.

Les images ne jaillissent pas instantanément. Il faut se concentrer pour rappeler quelques sensations, réveiller des décors perdus. Ça rechigne, ça résiste.

— Une odeur de javel, confie Alexis du bout des lèvres.

— La pluie, continue Nadia.

Théodore, lui, se remémore le nom de son lycée gravé au-dessus de l'entrée. Les grandes lettres Louis-le-Grand avec le U en forme de V. Quelque chose de rugueux, comme un bouchon de liège. Un air de Schubert aussi, sous ses doigts.

— Tu joues ? l'interroge Nadia, intriguée.

— Oui, du piano, avec ma mère, et un peu d'orgue liturgique.

Mais s'il n'est pas le seul du trio à aimer la musique, il n'y a que lui qui sache en jouer.

— Donc c'est pas notre point commun, conclut-il pour lui-même.

Nadia s'étonne :

— Tu crois qu'on a un point commun ?

Il hausse les épaules en observant le décor. L'adolescente pose sa tempe sur ses genoux repliés, croise les bras sur ses côtes pour mieux se rassembler puis s'adresse à Théodore :

— Où t'habites ?

— Dans le 5ᵉ.

Elle fronce les sourcils.

— Donc vous êtes tous les deux parisiens et pas moi… qu'est-ce que je fous ici avec vous ?

Théodore inspire avec pesanteur, préoccupé, puis souffle par le nez.

— Je pense pas qu'on soit à Paris, dit-il enfin. Au début j'ai cru qu'on s'était perdus dans une station fantôme, y en a quelques-unes dans la ville qui sont abandonnées ou fermées au public. Mais on aurait déjà dû rejoindre un arrêt ouvert avec tous les kilomètres qu'on a parcourus…

— Si on n'est pas à Paris, résume la jeune fille, troublée, on est où… ?

Théodore hausse les épaules.

— Y a plein de métros partout dans le monde… on peut se trouver n'importe où.

Un frisson sillonne le corps entier de Nadia tandis qu'Alexis se gratte les jambes, les traits du visage crispés.

— Ça va pas... ? s'inquiète-t-elle.

— Bof, grimace-t-il avant d'ajouter : un coup j'ai mal, un coup j'ai plus mal.

— T'es tombé ?

— Je me souviens de rien, répond le garçon, perdu.

— Tu parlais de poison tout à l'heure, lance Nadia en reposant son attention sur Théodore.

L'adolescent opine.

— Je me sens vaseux, précise-t-il, comme un début de grippe. Donc je suppose qu'on m'a drogué.

Nadia renifle une mèche de ses cheveux mouillés mais ne perçoit aucune substance douteuse ; seulement le parfum sucré et familier de la pluie. C'est en se frottant les bras plus fort qu'elle laisse échapper un gémissement. Elle se débarrasse du manteau d'Alexis, retrousse sa manche de pyjama et se raidit face à l'ecchymose qui mâchonne le creux de son coude.

— Qui t'a fait ça... ? lui demandent les garçons en chœur.

Elle ne sait pas, elle a tout oublié. Alexis continue à fixer la marque, fasciné.

— C'est rien, conclut Nadia en se rhabillant, plus agressive qu'elle ne l'aurait voulu.

— C'est peut-être une expérience scientifique, suggère Théodore.

Les yeux de ses compagnons s'agrandissent avec effroi.

— Une expérience pour quoi... ? bafouille Nadia.

Théodore esquisse un geste d'ignorance. Se rappelle une étude datant des années 1970 que lui avait racontée son père. Un chercheur avait recruté des jeunes dans le cadre d'une simulation de prison. Certains incarnaient les détenus, les autres les gardiens.

— Ça a mal tourné, explique-t-il, le regard vague. L'expérience a été stoppée bien plus vite que prévu parce que ceux qui jouaient le rôle des gardiens étaient devenus des tortionnaires. Ils faisaient plus la différence entre le rôle qu'on leur avait donné et leur vraie personnalité.

Nadia ouvre de grands yeux écœurés tandis qu'Alexis lâche un frêle : « Affreux. »

— Mais qu'ils essaient de me coller un rôle pour m'étudier, siffle-t-elle, provocante.

— Je vois pas d'autre explication, Nadia, répond Théodore en observant le paysage dévasté qui les enchaîne.

Il ajoute qu'il a le sentiment d'être épié. Il évoque cette sensation *charnelle* d'une présence qui rôde et qui les suit.

— C'est peut-être la drogue qu'ils t'ont filée, lui fait remarquer Nadia.

— Peut-être...

— Moi je veux pas jouer aux gentils et aux méchants, souffle Alexis en se balançant d'avant en arrière.

Ses deux partenaires tournent la tête vers lui puis Nadia lui demande s'il a une autre idée justifiant leur enfermement. L'enfant hésite, se mord la lèvre inférieure et confie enfin :

— Quand je me suis réveillé dans cet endroit tout sale et sans lumières, j'ai cru qu'on m'avait envoyé dans un camp...

Nadia le fixe du regard, troublée, tandis que le gamin continue à se bercer.

— Un « camp »... ? tu veux dire... comme les camps de concentration ?

Alexis acquiesce. Caresse les perles de la barrette à cheveux pour se réconforter, puis le silence redescend, opaque, menaçant.

— Parlez, leur propose alors Théodore. Parlez de vous.

Nadia soupire, de plus en plus distante.

— Pourquoi ?

— Parce qu'il y a sans doute des choses qui nous relient.

— OK, mais tu commences.

Difficile de se confier à des inconnus dans un lieu si hostile. Les bouches hésitent, les mots achoppent. Puis le garçon se lance, s'humidifiant les lèvres entre chaque phrase, la gorge sèche.

— Je m'appelle Théodore Aubry, j'ai 16 ans, je suis en première S et j'habite dans le 5e arrondissement de Paris. Je suis né un 11 février, comme mon arrière-grand-mère, c'est fou, non ? Je rêve de devenir facteur de pianos même si mon père attend que j'entre dans son cabinet d'avocats.

Alexis l'observe d'un air interrogatif.

— Un facteur de pianos... ?

— Celui qui fabrique les pianos, qui les répare et les accorde.

Le gamin hoche la tête tandis que Théodore parcourt de nouveau sa mémoire trouée.

— J'ai une petite amie, Cassandre. On n'est pas dans le même lycée mais on a le même professeur de musique. C'est comme ça qu'on s'est rencontrés. Voilà, je crois que c'est tout.

Alexis, de son côté, est plus frileux à l'idée de se livrer. Mais dès qu'il commence à parler, les confessions s'écoulent, tendres et fluides.

— Moi je m'appelle Alexis Orlinski, c'est polonais. Je suis né un 8 juillet et je suis interne au collège privé Saint-Joseph. J'entends rien sans mes appareils mais j'ai de bons yeux. J'habite avec ma mère depuis que mes parents ont divorcé. J'ai une grande sœur que je vois pas souvent parce qu'elle fait ses études à Reims. Et j'ai pas de petite amie.

Cette dernière remarque, confiée avec candeur, adoucit Nadia. Il faut pourtant l'encourager de longues secondes pour qu'elle se décide à ouvrir la bouche.

— Je vis dans un appart minuscule qui pue la Kronenbourg avec ma mère et son mec. Je rêve de devenir photographe.

Elle s'arrête là en se mordillant la lèvre inférieure.

— C'est tout ? s'étonne Alexis.

— J'ai dit l'essentiel.

Il lui adresse une moue déçue.

— OK, reprend l'adolescente, adoptant un ton monocorde. Je m'appelle Nadia Masri, je suis née en un mois de novembre à Bordeaux et j'habite en banlieue. Mon père s'est barré quand j'avais 10 ans pour retourner dans son bled qui craint, à 3 000 bornes de sa famille – donc je salue pas ce gros connard. Je suis fille unique mais j'ai deux copines géniales avec qui je passe tout mon temps entre les cours. J'ai horreur du poulet et du fromage blanc mais j'adore les bonbons à la réglisse avec de la pâte sucrée dedans. Ça vous va ?

— Berk, souffle Alexis, fronçant le nez.

— Le poulet ou la réglisse ?

— Le poulet au citron de mamie.

Les sourires se répondent. Bref instant d'accalmie savouré jusqu'à ce que le constat tombe, implacable :

— On n'a aucun point commun, conclut Théodore, désenchanté.

Il contemple le vide en face de lui, amorphe et sombre. Alexis ferme les yeux tandis que ses dents exécutent un étrange ballet de grincements. Les esprits s'agitent en tous sens. À force d'être assis sur un sol dur, le corps se plaint et les os pleurnichent. Nadia déplace ses jambes sur le côté, contre ses fesses, et réchauffe sa bouche dans l'écharpe en laine. Théodore gratte la couche de terre qui barbouille la plante de ses pieds.

Et le silence s'affale à nouveau, caverneux.

La station est immense mais le plafond courbé pèse sur les nuques. On se sent écrasé. La violence artistique des graffitis agresse. Les néons bourdonnent jusque dans le cerveau à la manière d'une nuée d'abeilles. La lumière du jour manque. L'air pur du dehors manque.

— On va finir par avoir vraiment soif... s'inquiète Nadia en épiant les garçons du bout des cils.

Théodore cesse de nettoyer ses orteils mais ne redresse pas la tête. Alexis continue à fixer un point précis dans le vide, comme statufié. Ses yeux très clairs ressemblent à des cristaux de sel.

Soudain, un cri bref et pointu éclate du fin fond du tunnel.

Un cri de panique pure.

Théodore et Nadia se retournent, terrifiés.

4

— Ça venait de là-bas, lance Théodore en remontant la série d'escaliers qu'ils ont arpentés auparavant.

— Non, réplique Nadia en pointant le côté opposé. À droite.

Incapables de s'accorder, ils se figent pour tenter de percevoir un nouveau son qui les guiderait, mais rien. Les mains en porte-voix, ils appellent à plusieurs reprises ; personne ne leur répond. Alors ils refont le chemin en sens inverse, trottinant au hasard, lorsque les pas d'Alexis s'arrêtent brutalement.

— Y a un problème ? lui demande aussitôt Nadia.

Le gosse cligne des paupières plusieurs fois sous la lueur d'un néon grésillant.

— Ça a changé, commente-t-il enfin, perplexe.

— Qu'est-ce qui a changé ?

— La route.

Théodore et Nadia échangent un regard flottant pendant que l'enfant les dépasse et parcourt quelques mètres en scrutant chaque détail qui l'intrigue. Lorsqu'une saillie dans le mur agrippe une maille de son pull, il se libère avec brutalité en tirant sur la laine. Puis il pointe un couloir sur sa droite et annonce :

— C'était pas là avant.

Ses compagnons le rejoignent puis examinent l'endroit.

— T'es sûr ? questionne Nadia.

Alexis acquiesce avec résolution. L'adolescente se tourne alors vers Théodore qui amorce un geste maladroit.

— Je pourrais pas vous dire, répond-il, gêné. Je suis pas dans mon état normal, j'ai pas les idées claires.

Nadia se rapproche et discerne une galerie aussi fuselée et sinueuse qu'un ruisseau.

— On a dû passer sans faire attention, suppose-t-elle, intriguée.

Le sol semble engorgé de déchets alimentaires en décomposition. Ça empeste les eaux stagnantes et les marées d'algues.

Sauf qu'elle émane des profondeurs de cette allée, la voix.

Théodore s'y engage immédiatement, la paume collée au mur.

— Fais attention où tu marches, conseille-t-il à Nadia. C'est visqueux par terre.

En effet, les pieds de l'adolescente s'enfoncent dans une sorte de glaise pâteuse ; ça glougloute à chaque pas. Quelques secondes plus tard, le garçon s'immobilise devant un carrefour. À gauche, un escalier couvert de crasse dont on ne distingue pas la fin. À droite, un long boyau truffé de tags multicolores. Il se tourne vers ses compagnons, l'air interrogatif, mais comme personne ne prend de décision, il choisit de descendre les marches. La pierre est encore plus glacée sous ses pieds nus.

— En fait, j'aurais préféré l'autre chemin, grimace Nadia en ralentissant.

— J'ai pas aimé l'énorme tête de mort sur les briques, fait remarquer Théodore.

La jeune fille lâche un soupir moqueur tandis qu'Alexis effleure le mur.

— On dirait de la cendre, dit-il en reniflant ses doigts.

— Ça sent les araignées, enchaîne Nadia d'un ton nerveux en inspectant les recoins du plafond.

Théodore lui jette un coup d'œil.

— T'as peur des araignées ?

— Oui, depuis que je me suis retrouvée en face d'un truc velu qui faisait la taille de ma main.

— Moi j'ai peur des gens à longues jambes, leur confie Alexis.

Nadia et Théodore se regardent, déroutés.

— Les gens perchés sur des bâtons en bois, tente d'expliquer le gosse en levant les bras pour simuler la hauteur. J'ai oublié le mot... ils marchent dessus, ils sont tout lents...

— Ah, lâche Théodore qui vient de comprendre. Les gens sur des *échasses.*

Tous trois se mettent à rire, et ce rire sonne agressif dans le vide qui les enserre.

Soudain Théodore se fige, le corps raide.

— Vous avez entendu... ?

Seule Nadia hoche la tête.

— On se rapproche, enchaîne Théodore en tendant l'oreille.

Effectivement, une voix aiguë taille le silence au loin. Une voix qui martèle « S'il vous plaît ! » avec l'ébullition de la détresse. Le groupe traverse alors plusieurs galeries à l'aveuglette, les doigts lacés, puis les néons réapparaissent et une silhouette se détache en ombre chinoise à travers le brouillard obscur.

— Oh, merci, merci... souffle une jeune fille blonde, les deux mains plaquées sur le cœur.

Petite et menue, visiblement 14 ou 15 ans. Des cheveux coupés au niveau du menton et de grands yeux très foncés qui lui donnent un air de poupée hantée. Elle est vêtue d'une chemise de nuit décorée de papillons brodés. Elle aussi est pieds nus, hagarde, et serre une paire de lunettes dont l'un des verres semble brisé. Un bracelet en argent scintille à son poignet droit.

Elle s'approche de plusieurs pas et les dévisage.

La fille, les deux garçons.

— J'ai cru que je trouverais jamais personne, ajoute-t-elle, soulagée.

Elle demande leurs prénoms puis se présente : elle s'appelle Camille et erre depuis un certain temps en quête d'une issue ou d'autres présences humaines. Elle pointe l'espace derrière elle avec ses lunettes et explique qu'elle a repris connaissance dans un endroit sordide, près d'un ascenseur éventré. Un garçon se trouvait avec elle, mal en point, donc elle a décidé d'aller chercher de l'aide.

— Blessé ? l'interroge Théodore.

Camille ne sait pas trop, se tord les mains, puis livre enfin d'une voix craquelée :

— Au début on a échangé deux trois mots, mais après il a arrêté de parler.

Le silence qui suit ses paroles est si compact qu'il en devient palpable.

— Tu saurais retrouver où il est ? lui demande Nadia, nerveuse.

Camille opine, confiant qu'elle ne fait que tourner en rond depuis qu'elle est partie. Elle avoue qu'elle n'a pas le sens de l'orientation mais qu'elle a le sentiment que le lieu tente de l'égarer. Elle se sent affaiblie, malade, *bizarre*.

— Pas vous ?

— Si, répond Théodore.

Le trio se remet alors en marche à la suite de Camille qui les mène jusqu'à ce qui semble être une ancienne salle de contrôle. Ici, l'odeur de moisi est si forte qu'elle brûle le nez. Des sièges en plastique orange s'affaissent sous une épaisse croûte de saleté. Un guichet trône dans un coin, recrachant des tickets de métro défraîchis. Avec sa porte arrachée, l'ascenseur exhibe ses entrailles métalliques. Les vitres défoncées sont ornées d'étoiles brisées.

Mais le garçon a disparu.

— Putain, j'ai pas rêvé, lâche-t-elle en giflant le vide. Je vous jure qu'il était là...

— Il ressemble à quoi ? lui demande Théodore en se frottant les paupières.

Roux, les cheveux bouclés et emmêlés. C'est tout ce dont elle se souvient parce que ça l'a marquée, cette couleur, parmi tout ce gris. Ses vêtements, elle ne peut pas les décrire avec précision. Un jean, sans doute, et un T-shirt, parce qu'il avait les bras nus.

— Mais lui il avait des chaussures, conclut-elle en étudiant les pieds de ses nouveaux compagnons.

Nadia se rapproche de l'ascenseur mutilé puis s'arrête devant d'épais triangles de verre dans lesquels elle aperçoit son reflet souillé. Sans réfléchir, elle tend la main pour ramasser l'un des fragments lorsqu'un timbre sourd, traînant, tinte dans son dos.

— Salut...

Le groupe sursaute en chœur et Camille en fait tomber ses lunettes.

— Mais t'étais passé où ? jette-t-elle en grimpant d'une octave. J'étais super flippée...

Le garçon la dévisage puis marmonne :

— J'ai mal aux yeux, j'ai cherché une lumière moins forte mais y a que des néons de merde ici.

En effet, ce sont ses cheveux qu'on remarque en premier : une tignasse roux foncé qui rappelle les tuiles de certaines maisons et dissimule son front. Impossible de distinguer la teinte de ses iris.

— Jules, lâche-t-il sans vigueur.

Il semble à bout de force, trop faible pour parler avec clarté. Il porte un T-shirt à manches longues retroussées au niveau des coudes, un jean gris troué à plusieurs endroits ainsi qu'une paire de tennis blanches. Une chemise à carreaux rouges est entortillée autour de sa taille fine.

— C'est bon, arrêtez de me mater, s'agace-t-il en se détournant des regards.

Il dénoue sa chemise, la jette au sol et s'allonge dessus.

— Ça va pas mieux... ? s'inquiète Camille.

Le garçon ébauche une grimace.

— Nan, j'ai mal partout.

— T'as des marques sur le corps ? l'interroge Nadia en repensant à l'ecchymose qui marbre sa peau.

Il ne sait pas, il n'a pas eu la présence d'esprit de chercher, mais il a la sensation d'avoir été cogné.

— Alors m'en voulez pas trop si je vous fais pas la conversation, achève-t-il dans un bref soupir qui ressemble à un gémissement.

— Tu veux qu'on regarde à ta place ? propose Théodore en s'asseyant à côté de Jules, vite imité par le reste du groupe.

— M'en fous.

Considérant cette réplique comme un « oui », Théodore remonte le T-shirt de Jules, dévoilant un ventre très blanc rehaussé de contusions et d'écorchures plus ou moins récentes. Aussitôt Nadia détourne le regard, dérangée par cette peau nue aussi laiteuse que de la crème fraîche.

— Je fais du skate, leur confie le garçon dans un souffle. Donc je me casse la gueule minimum dix fois par jour.

Il explique que la douleur est interne. Qu'on lui triture le cerveau avec une fourchette pourrie, qu'on lui broie l'épaule et qu'on frappe contre ses côtes comme sur un xylophone. Même sa jambe droite le lance parfois.

— Mais qu'est-ce qu'on nous a fait... ? murmure Théodore en se penchant sur la tête de Jules.

Parce que c'est une évidence, à présent.

On leur a fait quelque chose.

On a *agi* sur leur corps.

— Toi, tu t'es pris un sacré pain, constate Jules en désignant le front du garçon.

— Je sais, mais je me souviens pas comment.

Théodore plonge dans les boucles rousses avec précaution mais ne repère ni bosses ni plaies. Autour de lui, Camille se ronge l'ongle du pouce et Nadia remarque une jolie bague à son doigt. Alexis recommence à faire grincer ses dents.

— Je vois rien, conclut Théodore.

Jules retient alors le poignet du jeune garçon et remonte la manche de son pull.

— Quelle heure il est ? On m'a chouré mon tél.

Théodore avise sa montre et blêmit.

— 23 h 13, soupire-t-il en lançant un œil vers Nadia. Elle s'est arrêtée.

— Fait chier, lâche Jules dans une expiration.

Un courant d'air venu de nulle part leur gifle les joues. Camille aplatit sa chemise de nuit sur ses genoux. Nadia rentre le cou dans son écharpe, resserre le manteau autour d'elle.

— Vous habitez où ? demande-t-elle.

— Nancy, lui confie Camille en ramassant sa paire de lunettes cassée.

Elle l'examine de brèves secondes puis la jette au loin, dégoûtée.

— De toute façon, je les mettais que pour lire, répond-elle à une question imaginaire.

Nadia tourne ensuite la tête vers la gauche.

— Et toi, Jules ?

— Quoi... ?

— T'es d'où ?

— Bretagne.

Puis il plaque son avant-bras sur ses paupières et reste dans cette position, immobile, réclamant une boîte de paracétamol et une clope. Non : le paquet entier.

— À quoi vous avez pensé en vous réveillant ici ? demande Théodore d'une voix plate.

— Que c'était une blague bien naze de mes potes, lui répond Jules.

Nadia émet un petit ricanement.

— Bah t'as de drôles de potes, dis donc.

Jules lui glisse un regard en biais puis se ratatine à nouveau dans son mutisme. Camille, de son côté, est plus loquace. Elle confie qu'il lui arrivait de faire de l'urbex avec ses copines pour se faire peur. Une fois ça a dégénéré mais pas au point de se retrouver toute seule en chemise de nuit, sans aucune affaire personnelle, piégée au fond d'un cachot abyssal.

— C'est quoi l'urbex ? lui demande Alexis.

— On explorait des lieux abandonnés, genre des vieilles maisons, des usines, des hôpitaux...

— Et tu le fais plus ? s'interroge Nadia.

Le visage de Camille se délave sur-le-champ, ses yeux se fanent.

Il s'appelait Jérémie, son frère, mais elle le surnommait « Jiminy Cricket ». Il les a quittés l'année dernière – il n'avait que 9 ans. Elle n'évoque pas les circonstances de cette disparition et préfère se remémorer les goûts du petit garçon, ses passions, ses tracas et ses joies. Curieuse, cette façon qu'elle a de parler de lui en tripotant sa fine gourmette : une voix mécanique, trop légère.

— Il avait un poisson, un voile de Chine. Il en prenait soin comme si c'était un bébé, passait des heures à lui raconter ses journées. Et quand...

Elle s'interrompt et serre les dents.

— Quand mon frère est mort, poursuit-elle, papa a jeté le poisson dans l'étang, au bout de la rue. C'est super con mais j'ai pleuré pendant des jours.

— Pourquoi il l'a jeté ? lui demande Alexis, choqué.

— Parce qu'il avait pas envie de s'en occuper. Je lui ai dit que *moi* j'allais m'en occuper mais il a rien voulu entendre. Il a fourré le poisson dans un verre et puis il est parti jusqu'au bout du chemin. Quand il est revenu, le verre était vide.

Déchirant, ce verre vide.

Elle ajoute qu'elle n'arrive pas à se débarrasser des « outils du poisson » : l'épuisette, les décorations qu'avait choisies Jérémie, les billes et les paillettes de nourriture.

— Merde, on s'en fout, marmonne soudain Jules, exténué.

Camille ne l'entend pas, funambule égarée entre deux mondes, mais Nadia lui crache aussitôt :

— Par contre, tu vas nous parler mieux que ça.

Jules tourne lentement la tête vers elle. À travers les boucles froissées du garçon, Nadia ne discerne que la brillance de ses iris.

— Excuse, Camille, soupire-t-il, je suis à cran. Je suis moins con d'habitude.

Nadia souffle fort par le nez tandis que Théodore lève un index timide.

— On peut revenir au sujet principal ?

Nadia acquiesce avec raideur. Alexis s'est replié sur lui-même comme une boîte à musique, ne supportant pas le conflit. Puis, peu à peu, l'électricité qui gorgeait l'air crépite avec moins d'ardeur. Les muscles se détendent, les corps se tranquillisent.

— Camille ? reprend Théodore d'une voix douce. Quel est ton dernier souvenir avant de te réveiller ici ?

Malheureusement, elle n'a aucune image à partager. Le noir total. À moins que... oui, quelques étoiles au-dessus de sa tête, aussi rutilantes qu'une poignée de lucioles.

Que dire d'autre ?

Entre deux bâillements qu'elle étouffe sur le dos de sa main, elle se décrit comme une grande amoureuse de danse classique : elle en a fait pendant huit ans. Et puis elle est passionnée de musique et peut en écouter des nuits entières. Au mot « musique », les traits de Théodore s'allument.

— Je suis super crevée, conclut l'adolescente. Alors je parle pour pas m'endormir.

— Crevée comme si on t'avait droguée ?

Oui, peut-être, elle ne sait pas trop. Elle n'a pas mal au cœur, pas de vertiges, mais elle se sent déconnectée, comme si elle flottait à quelques centimètres du sol. C'est à la fois agréable et très angoissant.

— Mais j'ai surtout l'impression de puer le vomi, dit-elle en reniflant l'une de ses manches.

— Y a tout qui pue ici, souligne Jules d'un ton amorphe.

— Et toi ? l'interpelle Théodore. De quoi tu te souviens ?

Le garçon réfléchit quelques secondes puis capitule.

— Que dalle, dit-il. Y a que dalle dans ma tête.

Et les minutes s'écoulent, aussi lourdes et poisseuses qu'un orage qui menace.

— Qu'est-ce qu'on fait maintenant ? demande finalement Nadia.

Se raccrochant à la logique, Théodore propose que le groupe se sépare en deux : quelqu'un reste ici pour veiller Jules et la bande repart explorer les abîmes du réseau de métro. Voir s'ils ne sont que cinq ou si d'autres jeunes errent encore dans les parages. Chercher des portes, des ouvertures, n'importe quelle faille dans la pierre qui s'apparente à une issue.

— Dans les films d'horreur, c'est toujours la décision la plus pourrie, fait remarquer Camille.

— Mais qu'est-ce que tu veux qu'on fasse d'autre ?

L'adolescente soulève des épaules léthargiques.

— J'ai pas besoin qu'on veille sur moi, râle Jules. Je suis pas une petite vieille grabataire.

— En tout cas c'est pas moi qui vais rester avec toi, rétorque Nadia en se levant, vite imitée par Alexis.

L'enfant lui cramponne la main et ce geste l'adoucit.

— Je veux bien rester là, propose Camille, vu que je suis pieds nus et que c'est pas super pratique... mais avec quelqu'un d'autre parce que j'ai peur de m'endormir.

— Je répète, marmonne Jules : j'ai pas *besoin* qu'on veille sur moi.

Nadia roule des yeux, excédée.

— T'es vraiment pas aimable ou tu le fais exprès ?

— Du calme, temporise Théodore en touchant le bras de Jules. Je vais rester avec vous.

Sa voix est aussi veloutée que le pétale d'une rose.

Il sort son couteau de fortune et le tend à Nadia.

— On sait jamais, dit-il, si tu tombes sur un démon à six têtes.

— C'est pas marrant, râle-t-elle.

— Si tu tombes sur un gentil démon qui mange des couteaux... ?

Une moue sur les lèvres, elle attrape l'arme qu'elle jette au sol une seconde après l'avoir frôlée.

Théodore la ramasse, interloqué.

— T'en veux pas... ?

— Si, bafouille-t-elle sans oser lui confier ce qu'elle a ressenti.

Un haut-le-cœur dans le corps. Un malaise dans les doigts. Un sentiment intense de culpabilité, surtout.

Mais bon sang, qu'a-t-elle fait ?

Lorsqu'il lui adresse ce grand sourire qui fait briller ses yeux lourds, elle est incapable de sourire en retour. Elle récupère le couteau et le fourre dans l'une des poches du manteau d'Alexis.

— Est-ce que le petit con accepterait de me prêter ses groles ? tente-t-elle en désignant les pieds de Jules.

Le garçon s'en débarrasse du bout des orteils avant de les pousser vers elle.

— Je mets mes chaussettes dégoûtantes dedans, continue-t-elle, tu m'en veux pas ?

— Fais-toi plaisir...

Les tennis sont trop grandes mais elles sont chaudes ; les semelles sont épaisses. Aussitôt, elle se sent plus aguerrie. Elle ôte son écharpe et la dépose sur les épaules de Camille.

— Oh, merci, c'est super gentil, commente l'adolescente en l'enroulant autour de son cou.

Mais Nadia n'a pas fait deux pas qu'elle éternue deux fois.

— Attends, jette Théodore en retirant son pull.

Il se débat un court instant avec la manche gauche puis tend le vêtement à la jeune fille qui observe ses bras maigres et nus, sourcils froissés.

— J'en veux pas, tu vas te cailler...

Le garçon insiste.

— T'es complètement glacée, Nadia, prends-le s'il te plaît.

Après deux secondes de flottement, elle cède et l'attrape, maladroite.

Gênée d'enfiler ce vêtement douillet qu'elle recouvre aussitôt du manteau.

Un pull c'est tellement intime, ça touche presque la peau.

Juste avant de quitter la pièce, elle se retourne vers ses nouveaux compagnons de galère. Le temps d'une seconde, elle se demande s'il y a un traître parmi eux puis chasse cette pensée en se frottant les tempes avec tant de force qu'on entend le bruit de sa peau.

— Bon gentil démon à six têtes, lance Théodore en boxant le vide avec ses poings frêles.

Elle balaie la remarque d'un geste du poignet tandis que le rire d'Alexis réchauffe l'air telle une poignée d'étincelles.

5

Nadia et Alexis marchent côte à côte, accordant leur respiration et leurs foulées. La conversation est plus souple et les mots coulent sans résistance. La jeune fille se rend compte qu'elle s'est déjà prise d'affection pour cet enfant chétif et trop candide.

— En vrai, souffle Alexis d'une petite voix, si on tombe sur un gros méchant, je saurais pas me battre.

— Balance des coups au hasard, lui conseille Nadia. C'est con, j'avais une bombe lacrymo et un sifflet dans mon sac mais, évidemment, j'ai pas ce sac avec moi.

— Y a des garçons qui m'embêtent au collège, révèle le gamin sans transition en shootant dans un carton ramolli par l'humidité.

Elle se fige, alors il s'arrête aussi.

— Comment ça, ils t'embêtent ?

Il baisse la tête sur ses chaussures, plonge la main dans sa poche et serre la barrette de sa sœur comme un talisman très précieux.

— Ils se moquent de moi parce que j'entends rien.

— Ils t'insultent ?

— Oui, confesse-t-il, muselé par la honte qui le fait avancer à nouveau, droit devant.

Nadia le rattrape et lui cramponne le bras.

— Qu'est-ce qu'ils disent ?

— J'aime pas cet endroit, livre-t-il, gêné. On peut aller ailleurs ?

Elle acquiesce et le lâche.

Ce n'est que lorsqu'ils atteignent une salle bien plus vaste qu'Alexis accepte de partager une part de son histoire. Les dessins sur les murs ont perdu leur violence et ressemblent à des estampes japonaises. Une odeur de fleur fanée sature l'air. Alexis se passe plusieurs fois la langue sur les lèvres comme s'il s'apprêtait à cracher des cailloux aiguisés, impatients de le blesser.

— Ils m'appellent « le Bouché », dévoile-t-il d'une voix presque inaudible. Pas comme le boucher qui fait la viande, mais comme le bouché qui entend rien.

— Les salopards...

— « Un gros mot : une pièce dans la boîte », gronde-t-il en dépliant ses yeux de chat.

Nadia lève un sourcil.

— C'est quoi, ça ?

— Une idée de ma mère pour qu'on soit plus polis, sourit Alexis. À chaque fois que ma sœur dit un gros mot, elle doit mettre une pièce dans la boîte. En vrai, elle met que des centimes mais comme elle dit beaucoup de gros mots, la boîte est bien riche...

Nadia lâche un rire brut, puis la gravité s'invite à nouveau sur le visage de poupon d'Alexis.

— Tu crois qu'on va sortir d'ici ?

C'est la question qu'elle redoutait.

— Oui, s'entend-elle répondre en lui prenant la main. Bien sûr qu'on va sortir d'ici.

*

Beaucoup plus loin, le trio écoute les grincements qui courent sur les plafonds, les chuintements d'eau et craquements invisibles. Au fil des heures, le blanc des yeux se teinte de filaments rouges sous l'éclairage agressif. Les langues s'assèchent et les estomacs grondent.

— Tu penses vraiment que c'est une blague de tes potes ? demande Camille, déconcertée, sans quitter Jules du regard.

Le garçon se frotte les jambes, la respiration sifflante.

— Plutôt des abrutis du lycée qui m'aiment pas.

Camille en reste bouche bée.

— Donc y a des abrutis de ton lycée qui se sont dit : lui on l'aime pas, on va le balancer dans un trou paumé pour rigoler ?

Jules esquisse un sourire moqueur, ouvre la bouche pour répliquer puis se ravise. Inconcevable de laisser les secrets qu'il enferme en lui se déverser sans limites.

Théodore fronce les sourcils, tentant d'amadouer sa main gauche qui tremblote encore.

— Ou on s'est réfugiés ici et on s'en souvient pas.

Les têtes pivotent vers lui, surprises.

— Et pourquoi on aurait fait ça ? l'interroge Jules.

— Pour fuir quelqu'un ? Quelque chose ? L'extérieur peut-être.

— Tu penses qu'une armée de zombies a envahi la ville ? plaisante Camille pour amadouer la peur qui affleure. Un truc du genre *28 jours plus tard...* ?

— Ou alors on est en guerre, précise Théodore.

Cette simple suggestion fait l'effet d'une déflagration.

Instinctivement, Camille scrute le plafond comme si le fracas des bombes et des avions pouvait parvenir jusqu'à elle. De sa main valide, Théodore pianote une pièce de Debussy pour ne pas basculer dans une panique animale.

— Relax, les gens, reprend Jules en s'appuyant sur un coude. On serait des milliers à se cacher ici si on était en guerre. À mon avis, on a plutôt été largués dans une saloperie de téléréalité.

Le mouvement frénétique des doigts de Théodore s'arrête tandis que Camille lance un son entre stupeur et confusion.

— C'est pas le même confort que les villas qu'on voit à la télé, remarque-t-elle en ôtant un brin de poussière qui alourdit ses cils.

Lorsque Théodore avoue ne pas suivre ce genre d'émissions, Jules ébauche une moue détachée.

— Crois-moi, tu loupes rien, commente-t-il.

Camille parcourt la pièce des yeux, cherche des caméras, imagine qu'on l'espionne depuis ce guichet fantomatique ou à travers le ventre ouvert de l'ascenseur.

— Ils auraient quand même pas créé une téléréalité dans un réseau désaffecté ? reprend Théodore, choqué.

Jules lâche un ricanement moqueur.

— Mais tu crois quoi ? Les producteurs sont prêts à nous balancer dans le pire merdier pour faire de l'audimat.

Étonnamment il se sent mieux. Il glisse une main sur ses côtes puis ses tempes, mais si la douleur n'a pas renoncé, elle pulse avec moins d'ardeur, telle une amoureuse lassée.

— J'ai passé aucune audition, s'indigne Camille, et signé aucun contrat...

— Moi non plus, admet Théodore.

Jules leur rappelle alors qu'ils souffrent de troubles de la mémoire. Le visage de Théodore s'assombrit.

— Je pense que je m'en souviendrais si j'avais postulé pour une téléréalité.

Il ajoute qu'il n'a jamais éprouvé le besoin de tester sa capacité de résistance en conditions de survie. Il a bien d'autres préoccupations et centres d'intérêt.

— Et tu carbures à quoi ? l'interroge Jules avec insolence en se redressant en position assise.

— Pardon... ?

— Tu pues l'alcool à plein nez, donc je demande si t'as fait la tournée des bars avant d'atterrir ici.

Théodore en reste sans voix. Son cœur manque un battement. Il plaque sa main en coupelle devant sa bouche et souffle dedans, puis confie qu'il n'a jamais approché une boisson alcoolisée en seize ans.

— Jamais ? répète Jules, sidéré.

— Jamais.

— Bah putain.

Théodore interpelle Camille pour savoir si on l'a soûlée, elle aussi, mais non, la jeune fille a simplement sommeil. Quant à Jules, pas besoin qu'on le fasse picoler de force, il sait très bien se défoncer la gueule tout seul.

— T'as le droit de boire de l'alcool ? s'étonne Théodore.

Jules émet un soupir d'exaspération.

— Bah nan, j'ai pas le droit, mais ça m'empêche pas de le faire quand même. T'as jamais rien transgressé dans ta vie ?

Théodore réfléchit de brèves secondes.

— J'ai menti quelquefois...

Jules lâche un petit rire moqueur.

— *Transgressé*, mec. Te foutre dans la merde parce que t'as pas voulu écouter tes vieux. Je te parle d'une connerie qu'on fait quand on a plus de 6 ans.

— Non.

— Bah putain.

— Tu vas jurer toutes les trois phrases ?

— Putain de bordel de merde, je crois bien que oui.

Théodore se lève, irrité, tandis que Camille ébauche un sourire amorphe. Mais bien vite, les cerveaux recommencent à s'entortiller, les questions fusent comme une colonie de chauves-souris affolées.

— Qui m'a poussé à boire ? s'interroge Théodore en esquissant quelques pas décousus. Qui veut nous faire du mal ?

*

— On est déjà passés par là, tranche Alexis.

Nadia observe les alentours, sceptique.

— T'es sûr... ?

— Oui, mais y avait un mur avant, assure-t-il en pointant les deux couloirs qui leur font face.

Nadia s'apprête à répondre qu'il est impossible que les murs disparaissent puis repense à la réflexion du gamin, un peu plus tôt : « *Ça a changé... la route.* » L'espace d'un instant, elle se demande s'ils sont victimes de mirages, d'hallucinations, ou si les lieux ont réellement la capacité de se métamorphoser dès qu'ils ont le dos tourné.

— Tu sais quoi ? soupire-t-elle. Ça commence à me rendre dingue.

Elle perd l'envie, elle perd l'espoir. Et elle ne peut pas l'avouer à un enfant de 11 ans qui semble en avoir 8 et attend qu'on le réconforte. Excédée, elle lui lance :

— Tu me fous une claque pour voir si je me réveille ?

— Je tape pas les filles, bredouille-t-il. C'est toujours moi qu'on tape.

Nadia glisse une main sur la joue du garçon, aussi soyeuse qu'un abricot sous la poussière qui la nappe.

Puis Alexis s'écroule.

Comme si on venait de trancher ses jambes d'un coup de sabre.

Nadia se rue sur lui tandis qu'il retrousse son pantalon, dévoilant deux bâtons pâles et fins.

Intacts.

— C'est parti... chuchote-t-il, interloqué. J'ai eu très mal d'un coup mais c'est déjà parti...

Nadia s'installe à ses côtés contre le mur, le dos crispé, le cœur usé.

— C'est bizarre toutes ces choses qui nous arrivent, conclut-elle en tripotant son collier. Cet endroit dégueulasse qui semble à l'abandon depuis des siècles, ces murs qui se transforment en couloirs, ces douleurs qu'on a... je crois que Théodore avait raison avec son histoire de poison.

— Mais pourquoi on nous aurait fait ça ? demande Alexis d'une voix instable.

La jeune fille lâche une moue ignorante puis réfléchit quelques instants et répond :

— Pour nous affaiblir.

Elle hésite deux secondes puis décide de s'arrêter là pour ménager la sensibilité du petit. Mais dans son for intérieur, elle pense :

Pour nous utiliser comme des jouets.

La mâchoire serrée, elle commence à écailler le vernis qui couvre ses ongles. Elle se rappelle très bien le lieu où elle les a peints : la chambre d'Anne-Lise. Malia était présente aussi.

— Tu vas devoir le refaire après, lui lance Alexis en la regardant décoller de minuscules fragments violets.

— J'étais chez mes copines, confie-t-elle, lointaine. Anne n'est pas dans le même lycée que nous alors, avec Mali, on aime bien squatter chez elle en sortant de cours. J'ai très peu de souvenirs mais je me souviens qu'on passait un titre de Linkin Park et qu'on écoutait Anne nous parler de son mec.

— Je connais pas ce chanteur, avoue Alexis.

— Linkin Park ? C'est du neo-metal. Mon groupe préféré.

— Dans mon collège, on chante surtout pour Dieu.

Elle éclate de rire et ce rire est aussi consolant qu'une couverture épaisse et chaude.

— Rembarre-les, tous ces salauds qui t'insultent, reprend-elle, plus dure.

— Mais ils sont plus grands que moi...

— Alors vise leur objet sacré, ironise-t-elle.

Comme Alexis ne semble pas comprendre, elle désigne le bas de son ventre.

— Ici, vous avez des trucs que nous, les filles, on n'a pas. Donne un gros coup dedans.

— Ils sont plus *forts* que moi...

— Bon, tu sais quoi ? dit-elle en lui tendant sa paume. On s'inscrira au karaté quand on sera sortis.

Alexis y tapote la sienne, peu convaincu, tandis qu'elle conclut :

— Tu verras, on leur foutra la raclée de leur vie.

*

Jules masse ses côtes endolories puis demande, plus sérieux :

— Vous avez des ennemis ?

Aussitôt les esprits s'agitent.

Camille fréquentait un beau paquet de pestes dans son cours de ballet, prêtes à tout pour réussir le fouetté le plus parfait ou tenir l'arabesque la plus longue. Mais de là à l'enfermer en chemise de nuit dans des sous-sols crados, c'est aller un peu loin. Et puis elle ne danse plus, depuis un an déjà. Théodore, lui, ne sait pas grand-chose de la vie sociale de ses parents. Sa mère est une femme modèle, enseignante de piano adorée par ses élèves, mais, en tant qu'avocat, son père est susceptible d'héberger certaines vieilles rancœurs souterraines. De son côté, il n'a jamais rencontré aucun souci au collège comme au lycée. Travailleur, généreux, il séduit ses camarades de classe et ses professeurs. Qui voudrait le briser ?

— Justement, réplique Jules. Un type trop parfait, ça énerve.

Théodore croise le regard tracassé de Camille mais ne répond rien.

— Bon, moi j'ai peut-être participé à quelques bastons au skatepark, grimace Jules. Y a pas mal de bandes rivales où je vis. Alors ça s'affronte sur la rampe et ça se mesure le bazar.

— Le bazar... ? reprend Théodore, confus.

— La bite, si tu préfères.

Le visage de Camille s'empourpre tandis que Théodore se racle la gorge, très gêné. Jules risque un début de rire mou.

— Mais vous venez d'où pour rougir quand je dis « bite » ?

— T'es pas obligé de le répéter non plus, râle Théodore.

— Juste pour toi, s'amuse Jules : *bite.*

Théodore se tourne vers le mur et frappe ses paumes dessus. Le choc vibre jusque dans ses pieds et manque de le faire chuter.

— C'est grave ce qui se passe, jette-t-il, dos à ses compagnons. T'as pas l'air de t'en rendre compte.

— Eh, je te charrie, répond Jules, plus amical. C'est pas méchant...

— Laisse-moi, s'il te plaît.

Jules lève les bras en signe de reddition.

Un silence s'installe, encombrant.

Puis Théodore murmure entre ses dents. Il dit qu'il a des cours de maths et de physique à réviser, une dissertation à écrire, deux études de Rachmaninov à travailler.

Ses camarades échangent un regard furtif, éberlués.

— On est coincés ici sans nos téléphones, commente la jeune fille, et toi tu te mets la pression pour une dissert ?

Théodore se retourne et ferme les paupières, l'arrière du crâne plaqué sur la pierre.

— C'est trop, dit-il en se laissant glisser à terre. C'est pas une petite histoire de concurrence ou de jalousie, c'est quelqu'un qui nous *hait* de toutes ses forces qui nous a enfermés ici.

Camille recommence à se ronger le pourtour des ongles avec nervosité. Soudain Jules roule sur le côté, la bouche ouverte et les yeux fous, pris de spasmes effrayants. Théodore se précipite vers lui tandis que Camille se laisse déborder par ses émotions.

— C'est du sang... ! crie-t-elle. Il vomit du sang !

*

— T'as mal ? demande Nadia en voyant Alexis appuyer pour la troisième fois sur son oreille droite.

Le garçon cesse d'avancer et ôte son appareil. Étrange objet qui ressemble à un escargot moelleux muni d'un rectangle en plastique. Il abaisse une molette puis la remonte et chausse à nouveau l'appareil.

— Merde, lâche-t-il, le menton tremblotant. Ça marche plus.

— Tu peux entendre avec une seule oreille ?

Alexis suçote ses dents, la respiration hachée. Nadia le sent fragile soudain, au bord des larmes.

— Assieds-toi, l'invite-t-elle en lui saisissant le poignet.

Il s'exécute sans résister.

— Je l'ai fait tomber dans mon bol de chocolat, se met-il à pleurer d'un coup, le talon des mains plaqué sur les yeux. Depuis il fait n'importe quoi, il marche et après il marche plus. Et ma mère peut pas le remplacer, c'est trop cher.

Il serre l'escargot puis ajoute :

— J'ai changé les piles y a deux jours en plus, je comprends pas...

Nadia lui caresse les cheveux, les doigts maladroits mais sincères – elle est très surprise de ces gestes affectueux dont elle est capable ici. La Nadia qui claque les portes et se fraye un chemin à coups d'épaules dans les couloirs du lycée lui paraît loin. Tout comme celle qui traverse les parcs et les rues en ignorant les sifflements répugnants qu'on lui adresse.

— Merde ! gueule Alexis en frappant le vide avec ses jambes.

Il se met à pleurer plus fort. Il crie entre ses larmes, s'agite, réclame sa sœur. Et l'étreinte de Nadia ne réussit pas à le soulager.

— Voilà, je me sens comme au collège, sanglote-t-il entre deux hoquets. Tellement seul et personne pour m'aider.

*

Le front sur les genoux et le poing sur le torse, Jules tente de calmer les secousses qui supplicient son cœur. Un goût ferreux baigne sa bouche. Il s'écarte et crache plusieurs fois puis s'essuie les lèvres avec le dos de sa main. Une fine traînée rouge la raye en longueur.

— Ça va mieux… ? l'interroge Camille d'une voix filiforme. Tu m'as fait flipper…

— On aurait dit que tu faisais une crise d'épilepsie, renchérit Théodore.

Jules crache à nouveau pour se débarrasser du sang qui nappe son palais. Il voudrait réclamer un verre d'eau, essaie de prononcer quelques mots puis capitule, vidé. Théodore lui glisse une œillade inquiète et se met en mouvement.

— Ça suffit, décrète-t-il en se frottant les paupières. Faut vraiment qu'on sorte d'ici.

— Qu'est-ce que tu fais ? demande Camille en le regardant se diriger vers le guichet et ramasser un par un les tickets de métro cloqués.

— Je dessine un plan du réseau.

Jules exhale un soupir blasé.

Camille mordille la pointe de ses cheveux, de plus en plus nerveuse.

— Tu peux pas faire de plan, lui rappelle-t-elle, c'est gigantesque.

— J'aurais dû le faire depuis le début, poursuit Théodore, la voix tremblotante, sourd à la réflexion de la jeune fille.

— Et avec quoi tu veux écrire ?

Replié sur lui-même, le garçon recueille les derniers coupons puis les presse en un tas plus ou moins net.

— Théo ? insiste Camille. Avec quoi tu vas écrire sur ces trucs ? De la boue ?

Jules tousse puis se racle la gorge, le dos de la main sur la bouche.

— C'est débile, murmure-t-il en se levant pour tester la stabilité de ses jambes. Faut simplement qu'on retrouve nos téléphones et qu'on appelle les flics.

Théodore fixe la petite liasse lovée dans sa paume, démuni. Camille souligne qu'ils ne capteraient rien dans un tel endroit.

— C'est pas ça qui m'emmerde, rétorque Jules en repoussant du pied un gobelet qui traînait, mais plutôt l'enfoiré qui m'a chouré mon téléphone et qui est en train d'espionner *toute ma vie* à l'heure qu'il est.

Camille se fige, déboussolée.

— J'avais pas pensé à ça...

— Et si ça se trouve, reprend Jules, il a même envoyé des trucs bien crades à nos familles.

— « Il » ? répète Théodore en déglutissant avec peine.

Camille ne répond pas, secouée, tandis que Jules se frotte le coin des paupières et gueule vers le plafond :

— ÇA TE PLAÎT ? SALE VOYEUR DE MES DEUX.

Il balaie la pièce du regard puis lâche un soupir brutal, les yeux incandescents.

— ALLEZ TOUS VOUS FAIRE FOUTRE, BANDE DE BÂTARDS.

6

C'est Théodore qui l'entend le premier.

Elle l'appelle, lui, d'une voix saccadée, hors d'haleine.

Elle hurle qu'ils sont paumés, qu'Alexis a un appareil qui l'a lâché et qu'elle est sûre d'être entourée de rats parce qu'elle perçoit des couinements au niveau du sol.

— TAPEZ DES PIEDS, lui gueule Théodore en retour. FAITES DU BRUIT MAIS RESTEZ OÙ VOUS ÊTES, ON VIENT VOUS CHERCHER.

— Oh non, pas de rats, s'il vous plaît... gémit Camille en essuyant ses mollets salis par la crasse.

Sans prononcer un mot, l'air préoccupé, Jules ramasse sa chemise et l'enfile.

Puis les trois jeunes progressent en direction des supplications de Nadia et d'Alexis. Or l'écho est trompeur : les voix se déplacent, les sons vivent. Et voilà qu'une porte métallique verrouillée par un cadenas leur bloque le passage ; il faut faire marche arrière. Au bout d'une longue minute de déambulation, ils se heurtent à des toilettes défoncées dont la chasse d'eau a été démolie.

— J'espère que personne n'a d'envie pressante, ironise Jules.

Les couloirs se succèdent, les pieds fatiguent.

Puis les deux silhouettes perdues se dessinent à travers la poussière.

Ça sourit, ça s'effleure ; c'est tellement réconfortant de retrouver des visages connus.

— Alors, ce monstre à six têtes ? questionne Théodore tandis que Nadia se rapproche.

La jeune fille arbore une expression amusée.

— On lui a fait la misère.

— Tant mieux.

— Par contre on n'a trouvé aucune sortie et croisé personne...

— Donc on est les cinq élus, ricane Jules, à mi-chemin entre détachement et désillusion.

— T'as l'air d'aller mieux, toi, remarque Nadia.

L'adolescent écarte les mains, aussi étonné qu'elle.

De son côté, Camille se penche vers Alexis.

— T'as pleuré... ?

— Non.

C'est un « non » sauvage, lourd et sec, un « non » qui ferme le cœur, qui ferme les bras. Elle n'insiste pas mais continue tout de même à l'épier du coin de l'œil.

Se rappelant soudain le couteau qu'elle a sur elle, Nadia le tend à Théodore.

— Garde-le, lui répond-il aussitôt.

— J'aime pas l'avoir sur moi...

Le jeune garçon persiste :

— Si t'as besoin de te défendre, je préfère que tu l'aies.

Le corps de Nadia se contracte ; sa voix claque.

— Je t'ai dit que j'en voulais pas, alors PRENDS CE TRUC, OK ?

Tentant de ne pas afficher son trouble, Théodore récupère l'arme qu'elle a jetée à ses pieds tandis que Camille réclame qu'on change de lieu. C'est trop sombre ici, trop moisi, trop humide ; on sent les murs baver sur soi.

Bien sûr, avant de repartir, on prend soin les uns des autres : Jules offre sa chemise à Théodore pour couvrir ses bras nus, Nadia ôte ses tennis pour les restituer à son propriétaire, mais le garçon dresse la paume en signe de refus. Un bref sourire étire les lèvres sèches de la jeune fille puis la troupe se remet en marche, Jules en tête du cortège. Camille saisit la main apathique d'Alexis. Depuis que son appareil droit a rendu l'âme, le gamin ne parle plus. Même lorsqu'elle lui caresse les doigts avec son pouce, elle n'obtient aucune réaction.

— Demi-tour, leur jette Jules, les bras en croix. C'est inondé.

Tandis qu'ils font machine arrière, les murs en béton laissent place à des briques. Plus loin, une armée de sacs-poubelles est vautrée par terre. Tout baigne dans une pellicule de liquide vitreux. La carcasse d'un animal non identifié se décompose près des spirales rouillées d'un cahier.

Et soudain Jules s'esclaffe.

Les filles se regardent, déroutées.

— Tu nous expliques ? lui demande Théodore.

Jules se contente de pointer la grande flaque qui leur mordille les pieds. Un objet rectangulaire flotte à la surface. Un livre épais. Théodore tend le cou pour déchiffrer le titre : c'est un volume de l'Ancien Testament.

— Et tu trouves ça marrant ?

Jules acquiesce sans cesser de rire en silence, les paupières serrées. Lorsqu'il parvient à retrouver son souffle, il s'essuie les yeux d'une main molle.

— Excellent, lance-t-il en levant un doigt vers le plafond, interpellant les potentiels créateurs de cette geôle.

Mais aucun de ses camarades ne partage son hilarité.

— Eh bah alors ? fait-il en se tournant vers ses compagnons. Une Bible qui flotte dans la merdouille, ça vous fait pas marrer ?

Théodore secoue la tête, irrité.

— T'es pas croyant ?

— Oh là, non, réplique Jules, faussement horrifié, lissant son T-shirt avec emphase.

— Moi je le suis.

— T'inquiète, j'avais pigé.

Théodore s'assombrit. Ses épaules se raidissent.

— Bon, maintenant vous la fermez et tout le monde me suit, déclare Nadia en contournant les garçons avant de se remettre à marcher.

Et la jeune fille a de la poigne, parce que personne ne bronche.

La route se poursuit dans la discrétion timide et maladroite qui succède aux disputes.

Et toujours cette poussière, telle une deuxième couche d'épiderme, qui se glisse dans les rainures des oreilles et les gerçures des lèvres, qui graisse les cheveux et empâte les cils.

— Ça pourrait être pire, constate Jules après de longues minutes de silence. On aurait pu être emprisonnés dans les catacombes.

Nadia soupire et jette un œil par-dessus son épaule.

— Remballe tes vannes de merde, OK ?

— Eh, se défend le garçon, j'essaie de détendre l'atmosphère...

— Mais ça détend personne. On préférait quand tu mourais, en fait.

— Mais là je me sens mieux.

— Dommage.

— Ça, c'est pas très gentil, fait remarquer Alexis d'une voix fine.

Et cette réflexion inattendue allège les tensions et pacifie les cœurs.

Ils sont tous épuisés, au fond.

Même si les jambes s'obstinent à avancer sans trop savoir comment. Les pièces se suivent, plus hostiles les unes que les autres. Les néons détraqués clignotent avec fureur. Les couloirs donnent la sensation de s'enfoncer dans les viscères d'un animal préhistorique.

Soudain, Nadia se met à gueuler en remuant les bras de façon erratique.

— J'ai de la toile sur moi ?

Jules fait deux pas vers elle.

— Quoi ?

— Je suis passée dans une toile d'araignée, explique-t-elle très vite. J'en ai sur moi ?

— Nan.

— Mais REGARDE au lieu de rester planté là comme un crétin !

Elle baisse la tête pour qu'il puisse examiner ses cheveux puis les décoiffe avec panique.

— T'as rien, conclut le garçon en retirant un filament de poussière séchée.

C'est un silence un peu triste et visqueux qui les escorte jusqu'à un nouveau quai.

— Et toujours pas de panneau, grogne Jules en se laissant glisser au sol, dos contre le mur. Si ça se trouve, on est dans un pays paumé avec des X et des Z, genre Kazakhstan.

— Y a pas de X dans « Kazakhstan », signale Théodore d'une voix terne.

Puis il se dirige vers le bord du quai et gratte la plante de ses pieds sur le béton pour les décrasser.

— Je commence à penser qu'on est piégés *en dessous* d'un vrai réseau de métro, souffle-t-il comme pour lui-même.

La réflexion fait pâlir Nadia. Mutique, elle ébauche quelques pas décousus pour tenter de contenir son angoisse.

— On entendrait les rames en haut si on était en dessous, réplique Camille d'un ton las.

Alexis s'est blotti contre l'adolescente comme un fœtus dans le ventre de sa mère. Avec leurs chevelures blondes et leurs silhouettes graciles, on pourrait les croire frère et sœur.

— Alors je pense qu'on est piégés *très profondément* sous terre, rectifie Théodore, désenchanté, en s'asseyant sur le sol.

Jules serre les dents, faisant saillir les os de sa mâchoire.

— Et moi je pense que la vanne a assez duré.

Calé contre les briques, le geste maussade, il s'emploie à agrandir l'un des trous de son jean, dévoilant un genou très blanc. Au bout de quelques minutes, Nadia se décide à prendre place à un mètre de lui. Les secondes s'enlisent dans un silence mat, orageux, puis elle ouvre enfin les lèvres.

— J'ai menti, je t'aime bien, marmonne-t-elle en fixant le bitume devant elle.

— Tu peux, j'ai quand même retiré la grosse tarentule qui te galopait dessus.

Le visage de Nadia se décompose.

— Tu plaisantes... ?

— Oui.

Immense, le sourire du garçon. Ses dents de devant sont légèrement écartées. Ses taches de rousseur s'étirent, concentrées sur le haut de ses joues. On les croirait dessinées au fard à paupières cuivré.

— Crétin ! lâche-t-elle en tournant la tête de l'autre côté.

— Tu peux te rapprocher, tu sais. Tu schlingues autant que moi.

— Je peux mais j'en ai pas envie.

— Et donc, tu disais que tu m'aimais bien.

— J'ai jamais dit ça.

— Repassez la séquence, gueule-t-il au plafond avant de revenir à Nadia : je te parie cent balles que j'ai raison.

— Ce mec est un crétin, confie-t-elle à Théodore qui s'est retourné vers eux.

— Ce mec se demande ce qu'il va bien pouvoir faire avec cent balles, réplique Jules en frottant ses doigts pour simuler l'argent.

Nadia roule des yeux, suspendue entre amusement et agacement. Théodore s'assoit sur le rebord du quai, les jambes dans le vide.

Puis aucun des cinq ne prononce plus un seul mot durant de longues minutes.

C'est Camille qui brise l'atmosphère asphyxiante en interpellant Jules :

— Tu crois vraiment qu'on nous enregistre ?

Le garçon hausse des épaules indolentes.

— Je me dis qu'on est peut-être embarqués dans un jeu de survie. Vous connaissez *Battle Royale* ?

Alexis secoue la tête, Théodore et Nadia en ont simplement entendu parler mais Camille a vu le film et lu tous les mangas. Grande passionnée de cinéma d'horreur et d'épouvante, c'est elle qui leur explique que *Battle Royale* se passe dans un Japon futuriste.

Une classe d'élèves est choisie au hasard et tous doivent s'entretuer jusqu'à ce qu'il n'en reste qu'un.

— Affreux, souffle Alexis en se serrant plus fort contre elle.

— Moi je ne tue personne, réplique Théodore en levant les mains.

Jules ricane.

— Vous torturez pas le cerveau, c'est moi qui vous buterai tous. Et cradement, en plus.

— Qu'est-ce que t'en sais ? lâche Nadia, insolente.

Le sourire qu'il lui renvoie est si spontané qu'elle se surprend à sourire en retour.

— J'ai fait neuf ans de patinage artistique, ajoute-t-elle en tapotant sur sa cuisse. T'as aucune chance contre moi.

Alors ça vient de là, se dit Jules, cette impression de puissance qui se dégage de Nadia malgré ses peurs foudroyantes. Ses jambes musclées et ses épaules qu'on devine dessinées sous ses vêtements.

— Vous pensez quand même pas qu'on va devoir s'entretuer ? s'alarme Théodore, tourné de trois quarts vers le reste du groupe.

Jules lui adresse un clin d'œil fugace.

— Tu seras ma première victime.

— Mais fous-lui la paix, râle Nadia en simulant un coup de coude.

— Et donc, tu disais que tu m'aimais bien.

— Tu me fais chier, Jules.

— OK, réplique-t-il en lui tournant le dos. Discute avec le mille-pattes qui te court dessus.

Nadia bondit et se débarrasse du manteau pendant que Camille s'est écartée d'Alexis et répète : « Y a des bêtes ? Vous avez vu des bêtes ? » Théodore surgit près de Nadia et ramasse le vêtement qu'il agite avant d'examiner le sol.

— Je vois aucun mille-pattes, avoue-t-il, déconfit.

Jules tend le cou.

— Il est parti, déclare-t-il d'un ton solennel.

— J'en peux plus de ce crétin, lance Nadia en redéposant le manteau sur ses épaules tandis que Théodore reprend sa place au bord des rails.

Sur les nerfs, elle se rassoit cinq mètres plus loin, obligeant Jules à se relever pour la rejoindre.

— Lâche-moi, lui crache-t-elle alors qu'il s'installe à ses côtés.

— Moi j'aime pas les animaux mous, révèle-t-il d'une voix bien plus chaude.

Elle le dévisage, déroutée.

— Les trucs gluants sous la mer, explique-t-il, style méduses, calamars et autres joyeusetés.

Elle éclate de rire sans l'avoir prévu.

— Et comment ça t'est venu ? demande-t-elle. T'as croisé un animal mou, un jour, qui t'a fait la misère ?

— Nan, j'avais un bouquin quand j'étais môme avec toutes les espèces d'animaux marins. Les illustrations étaient tellement réalistes que ça m'a traumatisé.

— Tu te fous de moi ?

— Pas du tout. Je suis un vrai traumatisé d'animaux mous.

Consternée, elle secoue la tête et se replie dans un silence buté pour que Jules cesse de lui parler. De temps en temps, elle lui jette un regard furtif sous ses paupières à demi closes. Les cheveux du garçon sont grenat sous l'éclat du néon mais elle n'a toujours pas accès à la teinte de ses yeux.

C'est à cet instant-là qu'elle pense à Emmanuel. Une gifle fulgurante.

Près de ce garçon qui ne lui ressemble pas, elle pense à celui qui lui manque à des kilomètres d'ici. Elle entend ses pieds frapper l'asphalte lorsqu'il court, elle le voit posé sur un banc, ses doigts entourant une roulée et ce nuage bleuté qu'il exhale par le nez. Oui, c'est ça qui vient de la chambouler chez Jules : cette façon qu'il a de s'asseoir, le bras calé sur le genou comme s'il fumait une cigarette.

Emmanuel a la même posture, la même désinvolture.

Il faut que Jules se penche vers elle pour l'éjecter de ses rêveries.

— Tu sais, lui souffle-t-il, c'est pas parce que je balance des tas de conneries que j'ai pas peur.

Elle lui pousse l'épaule, faussement agacée.

Verts, ses yeux. Comme les poires.

7

— T'as pas une clope pour moi ? demande Jules à Nadia en tapotant ses lèvres avec nervosité.

— Non.

— Personne n'a de clope ? questionne-t-il plus fort en direction des trois autres.

Non plus.

— Fait chier, jette-t-il dans un soupir en cognant doucement l'arrière de son crâne contre les briques.

— On n'a rien à boire et rien à manger mais toi tu veux une clope, ironise Nadia.

Le garçon lâche un petit rire fade.

— C'est juste pour m'occuper les mains...

Quelques mètres devant eux, les jambes perchées au-dessus des rails, Théodore s'allonge sur le dos, absorbé par la voûte. À sa droite, Camille et Alexis sont toujours dans les bras l'un de l'autre, à bout de force.

— Y a forcément une sortie, marmonne Jules, tirant sur les fils de son jean. On est bien entrés *quelque part*, on n'a pas été téléportés dans ce trou.

Nadia lui glisse un regard en coin.

— Et qui nous a enfermés, à ton avis ?

— Un gros sadique qui prend son pied en nous matant.

— Comme dans *Saw* ? réplique Camille en fronçant le nez.

— Ouaip.

Nadia les observe, embarrassée.

— Qu'est-ce que vient faire un seau dans la conversation ?

— C'est de l'anglais, précise Camille. Un film d'horreur. Tu l'as pas vu ?

— Non.

La jeune fille confie que chez elle, son beau-père monopolise la télé avec ses courses de formule 1 et que ses propres copines préfèrent les histoires d'amour tragiques à la *Titanic* ou *Ghost*. Et ça l'arrange bien, au final, parce que lorsqu'elles se retrouvent allongées sur le canapé du salon d'Anne-Lise, Nadia en oublie les odeurs de pisse et de cannabis qui envahissent son quartier. Elle en oublie ces HLM aux balcons couverts de linge usé qui pend dans le vide. Elle en oublie ses grilles intimes et elle devient Rose, elle devient Molly.

Une femme combative, courageuse, qui surmonte toutes les épreuves de la vie.

C'est une grande romantique, Nadia, même si elle ne l'avouera jamais aux huit paires d'yeux qui l'entourent. C'est lorsqu'on se révèle sans y faire attention que les autres apprennent où vous attaquer.

— Peut-être qu'ils attendent qu'on les provoque pour sortir de leur cachette ? suggère Camille.

Jules se relève aussitôt en s'aidant du sol et abaisse la fermeture Éclair de son jean.

— Tu fais quoi là ? demande Nadia, hérissée.

— Je les provoque, explique-t-il. Je leur montre mon cul.

— T'arrêtes ça *tout de suite*.

Les doigts du garçon s'immobilisent sur le tissu.

— OK, murmure-t-il en se rhabillant. Je voulais pas te...

Il n'achève pas sa phrase et regarde l'adolescente se mordiller la lèvre inférieure avec fureur.

— Excuse-moi, ajoute-t-il encore plus bas en se rasseyant.

— T'as oublié qu'il y a un gamin ici, s'indigne Nadia en le désignant du menton.

— Excuse, Alex, répète Jules.

Mais le gosse somnole déjà entre les bras de Camille.

— J'ai pensé à la même chose, poursuit Nadia pour vite rayer l'incident. Que c'était un sale pédophile qui nous avait kidnappés parce qu'aucun de nous n'est majeur... mais un enfant de 11 ans, putain, c'est vraiment...

La phrase reste en suspens tandis qu'elle donne un coup de pied dans le vide, écœurée.

— Ouais, reconnaît Jules, c'est vraiment dèg.

Il laisse filer quelques secondes puis enchaîne :

— On parie qu'il nous filme et qu'on va finir sur le darknet ?

— Arrête... gémit Camille.

Nadia tourne la tête vers Jules, désorientée.

— Le quoi ?

— Le darknet. Tu connais pas ?

— Lui dis pas, supplie Camille.

Le garçon lève les deux mains en signe d'acquiescement.

— Mais si, dites-moi... insiste Nadia.

— Y a une comédie, les coupe Camille, je me souviens plus du nom. C'est l'histoire d'un type pas super sympa qui revit la même journée en boucle, du coup il commence à comprendre certains trucs, il change des choses et il finit moins con.

— Et... ? questionne Jules, interloqué.

— Et donc c'est peut-être la même chose pour nous... on revit les mêmes heures en boucle, ce qui expliquerait qu'on n'arrive pas à sortir d'ici.

— On s'égare, intervient Théodore que la voûte persiste à captiver. On part dans tous les sens. À mon avis, c'est plus simple que ça.

Jules acquiesce avec apathie puis risque un petit rire incolore.

— Ouais, si ça se trouve, c'est juste un *prank*.

Nadia le scrute, sourcils levés. L'adolescent écarte les bras.

— Mais sérieux, on vit dans le même monde, toi et moi ?

— Je sais pas ce que c'est non plus, reconnaît Théodore.

— Normal, il parle pas français, ce crétin, plaisante Nadia.

Camille leur apprend alors qu'un *prank* est une farce, souvent utilisée pour tourmenter quelqu'un.

Nadia exhale un soupir terne.

— Bah c'est vachement drôle, dis donc, commente-t-elle en se frottant les cuisses.

Jules l'observe à la dérobée en tapotant ses lèvres avec une cigarette imaginaire. Il se gratte la nuque puis toussote.

— Excuse pour tout à l'heure, reprend-il. Je voulais pas te choquer...

L'adolescente balaie la remarque du poignet.

— Il en faut plus pour me choquer.

— J'aimerais que ça s'arrête, confie tout à coup Théodore, interrompant leur discussion.

Fluette, sa voix, et assourdie, comme emplie de polystyrène. On y perçoit une profonde lassitude et, plus inquiétant encore, du découragement.

— Viens t'asseoir avec nous, lui lance Nadia sans même l'avoir prévu.

Mais le garçon secoue la tête. Il répond qu'il a besoin d'être seul quelques instants. Pour réfléchir. Camille l'observe avec nervosité puis glisse son regard vers Nadia qui pousse ses yeux vers Jules.

On dirait un domino de regards perdus qui n'aboutit à rien.

Les conversations s'évaporent et la station reprend ses allures de caveau.

Tous se rendent bien compte qu'ils *attendent* – un indice, un son, une révélation – au lieu *d'agir*. Les cerveaux sont desséchés et les corps drainés de toute énergie. L'espérance menace de se fendre à tout instant, aussi fine que la croûte caramélisée d'une crème brûlée.

— Allez tous vous faire foutre ! gueule Jules en levant deux majeurs vers le plafond.

Mais sa voix s'éraille sur les derniers mots.

Ce n'est qu'après de longues minutes de vide que Nadia ose l'interroger pour savoir de quelle ville il vient.

— Pont-Aven, livre-t-il sans résistance.

— Tu t'appelles Jules comment ?

— Laroche. Pourquoi ?

— Comme ça, pour se connaître. T'es au lycée ?

Il hoche la tête mais lorsqu'elle lui demande son âge, il répond : 17, puis 16. Nadia soupire, agacée.

— OK, s'incline Jules. 15 ans et demi.

— Donc je suis la plus vieille.

Il cogne la jambe de Nadia avec la sienne, taquin. Nadia retire ses tennis et les lui rend. Il les enfile sans essuyer ses chaussettes puis, poussé par la curiosité de sa voisine, il se raconte à mi-voix. Il a un grand frère et une petite sœur. Son père bosse tard, dans une station-service, donc Jules passe pas mal de temps à aider sa mère dans les tâches quotidiennes : cuisine, ménage ou devoirs de la petite sœur.

Oh, ça l'embête pas, il aime bien. Il a vraiment la chance d'être né dans un foyer où tout le monde se comprend, se soutient, se protège.

Mais dès que tombe le soir, il attrape son skate saturé d'autocollants et retrouve ses 15 ans.

Il se passionne pour tout ce qui va vite : VTT, rollers, et sa nouvelle mobylette. Quand il aura l'âge, il s'achètera une moto et il taillera la route, au gré de ses envies. Mais pour l'instant, il en est très fier de sa mobylette, il économise depuis un moment. Et puis il a trimé pour se l'offrir : il a nettoyé des greniers, tondu des pelouses, promené des chiens plus ou moins coopératifs, ou monté les meubles des voisins. Il a même soulagé sa mère dans son travail – elle est aide à domicile – en faisant les courses ou en repassant pendant des heures le linge des gens dont elle s'occupe. Alors OK, il a récupéré l'engin d'occasion dans un état lamentable, mais son frère l'a bidouillé pendant plusieurs mois pour lui redonner vie. Lorsqu'il s'assoit dessus, il se sent léger. Libre. Comme s'il chevauchait un oiseau.

— J'en ai jamais fait, lui confie Nadia.

— Ce frisson... poursuit Jules. Indescriptible. Ça te fait oublier la journée de merde que tu viens de passer.

Mais les sensations fortes, c'est bien plus cool à plusieurs. Il ne traîne pas tout seul, le soir, mais rejoint sa bande au skate-park. Il y a Léa, sa meilleure pote, puis Hassan, Zoé, Hugo-le-gros-bourrin et Maël. Elle l'entend, Nadia, lorsqu'il prononce leurs prénoms.

Le manque.

Le trou que ça creuse dans le bide.

— J'ai la trouille de plus jamais les revoir, conclut-il dans un souffle.

Alors elle pense à Malia et à sa magistrale crinière crépue sur laquelle elle aime tant glisser sa joue. Elle pense à Anne-Lise et à toutes ses réflexions de gamine pourrie-gâtée qui la rendent aussi odieuse qu'attachante : « Mais naaann, c'est pas un achat inutile, j'avais aucun top jaune citron dans ma penderie. Mais allez, regardez : j'ai du jaune pâle, là du jaune poussin, quelques hauts moutarde et plein de doré, mais j'avais pas *une seule fringue* en jaune citron. »

— Moi aussi elles me manquent, murmure-t-elle en contemplant Théodore couché loin devant elle, les mains liées sur le cœur.

Lorsqu'elle l'appelle, il renverse la tête en arrière. Elle lui fait un signe pour qu'il les rejoigne, alors il se relève enfin, époussette ses cheveux puis ses vêtements et marche vers eux d'un pas atone.

— À quoi tu pensais ? demande-t-elle tandis qu'il s'assoit face à eux.

Il met de longues secondes à lui répondre. Il semble triste, éteint.

— À Cassandre, souffle-t-il d'une voix lasse.

— Ta sœur ? l'interroge Jules. Ta copine ?

— Ma copine.

Mais le garçon n'en dit pas davantage et continue à fixer le vide en se massant le poignet.

Elle est de plus en plus inquiète, Nadia, parce que s'il y a bien une personne qui la rassure, c'est Théodore. Et le voir tanguer accentue l'hostilité du lieu. Sans sa stabilité et sa contenance, elle se sent condamnée. Elle ne croit pas qu'ils puissent s'en sortir si le plus cartésien d'entre eux se brise, fragment par fragment.

— Vous êtes ensemble depuis longtemps ? demande-t-elle pour penser à des choses belles.

Théodore vire au framboise jusqu'à la racine de ses cheveux.

— Oui, révèle-t-il. Onze mois.

Il confie que c'est sa première petite amie et qu'il a tout découvert auprès d'elle. C'est une chanteuse lyrique. Il l'a rencontrée à la fin d'un cours de musique parce qu'elle prenait sa suite. En la croisant, il s'est senti devenir faible, comme si son corps entier n'était plus qu'une pelote de laine. Il a cru qu'il allait tomber mais il s'est envolé. Une explosion de lumière dans sa chair. Il était déjà transformé.

— Elle va s'inquiéter de pas avoir de mes nouvelles, elle m'envoyait dix textos par heure.

— Tu devais la voir aujourd'hui ? l'interroge Nadia.

Théodore l'ignore : il ne parvient pas à se rappeler le fil de sa journée avant son réveil entre ces murs. Il précise pourtant qu'il entend Cassandre lui dire : « Arrête maintenant, t'es bizarre. » Il s'entend aussi jouer des arpèges au piano, il le sent *dans ses doigts.*

Mais rien d'autre.

— Pourquoi on a des trous de mémoire comme ça ? se demande Nadia à voix haute.

Et la question flotte dans l'air lourd jusqu'à s'émietter, dérisoire.

Remuant dans les bras de Camille, Alexis confie qu'il se souvient d'une grosse dispute avec sa mère. Il perçoit des bouts de phrases désossées, sans lien logique : « Passe-les au sèche-cheveux », « Range le gâteau » puis un sévère : « Viens, s'il te plaît. »

— Et puis je sens de la javel, conclut-il, impuissant.

Lorsque Jules lui demande s'il se trouvait à la piscine, Alexis l'observe avec des yeux ronds.

— Je vais jamais à la piscine, pourquoi tu me dis ça ?

— C'est peut-être une odeur de chlore que t'as dans le nez.

Plus une odeur de propre, corrige Alexis en pensée.

Du côté de Camille, c'est le noir absolu. L'image qui obsède son esprit, c'est le cercueil de Jérémie. La foule en vêtements sombres. Un air d'orgue qui résonne dans l'église, atroce. Le reste a été effacé. Jules, quant à lui, se souvient d'éclats de rire sans voir les visages auxquels ils appartiennent.

— Mais on se fout de moi, ajoute-t-il, bien plus dur. On se fout de ma gueule.

Il les sent poisser sur son corps, la honte, la rage. Il ne sait pas *qui* se moque mais c'est violent, c'est cruel.

Et ensuite ? Pourquoi ça résiste ?

— Moi c'est bizarre, c'est pas comme vous, révèle Nadia dont l'anxiété ne fait que croître. J'ai pas une image nette mais toujours cette pluie qui revient. Je l'entends, je la *sens* claquer sur moi, partout.

— T'étais sortie ? l'interroge Théodore.

— Oui, chez mes copines, mais il pleuvait pas.

— Donc t'es ressortie plus tard ?

— Je sais pas, peut-être...

Mais pour faire quoi ? Pour aller où ? Elle aurait embarqué son appareil photo pour aller immortaliser la nuit ? Aucun sens, elle ne prend pas de photos le soir, elle préfère les teintes lumineuses du jour.

Concentre-toi sur la pluie, pense-t-elle, *et affine l'image.*

Elle ferme les yeux puis les serre fort tandis que les voix des quatre autres s'amoindrissent. Une silhouette d'arbre s'esquisse en face d'elle, puis une deuxième. Des chênes ? Elle reconnaît ces arbres, elle passe devant chaque jour pour aller de l'appartement au lycée et inversement.

Oui, ce sont bien les chênes qu'elle aperçoit de sa fenêtre.

— Je suis dans ma chambre, annonce-t-elle sans rouvrir les paupières.

Elle n'entend pas Camille et Alexis se lever pour venir s'asseoir près d'elle. Elle n'entend plus aucune respiration parce qu'elle n'est plus dans cette station de métro mais devant la porte-fenêtre de sa chambre. Elle repère le bureau sur sa droite, le lit, toutes les photos épinglées au mur.

Et il pleut.

Ça coule sur la vitre en ruisseaux mous.

— Qu'est-ce que tu vois... ? lui demande Camille, trop nerveuse pour parvenir à se taire plus longtemps.

Nadia voit le stade gigantesque en face d'elle.

Les cinq tours qui composent le quartier.

Les phares d'une voiture arrêtée sur le trottoir et ses essuie-glaces qui balaient la pluie.

Un corbeau qui détale devant elle comme une gifle noire.

Ses fesses contre la rambarde en métal.

Et puis sa chute, interminable.

Elle rouvre les yeux et la bouche avec une extrême lenteur, comme si on l'arrachait à un long sommeil. Théodore la dévisage, les sourcils froncés, puis lève la main vers elle et la glisse sur son crâne.

— Tu saignes... dit-il en retirant ses doigts tachés de sang.

Paralysée, elle observe ce liquide rouge se loger dans les empreintes digitales du garçon.

— Nadia... chuchote-t-il, apeuré.

Ça lui vient par flashs aveuglants, à lui aussi : la bouteille de whisky qui roule sur la moquette. La rivière de sang sur son avant-bras, coulant de son poignet troué.

Il se souvient de la colère, il se souvient de la douleur.

— Mon Dieu, souffle-t-il en tentant de se relever.

Il vacille, se reprend puis trébuche à nouveau tandis que Nadia reste vissée au sol et que les autres s'efforcent de comprendre ce qui se passe.

— Mon Dieu, répète-t-il, penché comme s'il allait vomir. On est morts.

PARTIE 2

8

C'est toujours un déchirement de les voir comprendre.

Les images s'agrandissent comme autant de diapositives projetées sur un écran. Les liens se créent, le ciment sèche.

Et ils se rappellent ce qui leur est arrivé.

Le plus cassé, c'est Alexis. Non pas parce que c'est le plus jeune mais parce qu'il refuse de plier. Tournant autour de lui-même tel un animal en cage, il secoue la tête avec obstination en répétant :

non

non

non

non

non

et ça devient presque mélodieux à l'oreille tant c'est scandé de façon symétrique. Au terme d'une trentaine de « non », il fait volte-face et s'enfuit vers le tunnel. Théodore se dirige vers le mur à la manière d'une poupée de chiffon, les jambes flageolantes, et plaque ses paupières sur le béton sale et froid. Aucun son ne sort de sa bouche ; il n'est plus que blancheur et immobilité. Nadia, elle, ne bouge pas. Son corps s'est figé en un bloc de pierre. Son visage n'est plus qu'un masque blafard. Jules est une énigme, avalant sa salive sans discontinuer, observant les autres avec un mélange de stupéfaction et d'incompréhension absolue. C'est Camille la plus innovante, la plus spectaculaire. Elle ne ressent pas le choc de l'annonce, étonnamment lucide, et s'agite dans tous les sens en appelant son frère :

— Jérémie... ? Où t'es, Jérémie... ?

Cherchant sa silhouette menue, guettant le son de ses pas, la texture de sa voix.

Et ce prénom tinte sous la voûte à l'image d'une prière.

9

À présent, c'est à moi d'entrer en scène.

Contrairement à ce qu'on a pu croire, je n'ai rien d'une tortionnaire. J'ai choisi ces cinq jeunes parce que leurs blessures, leurs cicatrices, leurs combats les connectent de façon subtile et secrète. Je les ai réunis ici pour qu'ils se débarrassent des artifices et se montrent tels qu'ils sont, authentiques, vrais, transparents. Je les ai réunis ici pour leur ouvrir les yeux et l'âme.

Alors voici venu le temps de laisser parler les témoins.

J'ai entendu comme un coup de fusil

Elle réagit à peine, Nadia, mais Jules redresse la tête et Théodore se raidit sans se retourner. Camille cesse de chercher son frère et observe les alentours, la bouche tremblotante. Alexis s'arrête, égaré au fond d'un couloir sombre, les yeux levés vers le plafond.

Personne ne prononce un seul mot.

c'était un bruit mat, caverneux, qui m'a cloué sur place
j'ai pensé à un fou en train de tirer au hasard
ou un kamikaze qui s'était fait exploser

j'arrivais plus à avancer
et je suis resté là
à attendre une seconde déflagration qui n'est jamais venue

lorsque je me suis retourné
il y avait quelque chose par terre, au loin
alors j'ai avancé
et avancé
putain c'était pas quelque chose, c'était

quelqu'un

une fille avec des cheveux bruns

mes jambes ont lâché et je suis tombé
puis une femme a hurlé plus haut
agrippée à la rambarde d'un balcon
et j'ai compris que la fille sur le sol avait sauté

depuis j'arrive plus à penser à autre chose
et cette image me hante

Le mot final s'éparpille jusqu'à n'être plus qu'une poignée de résidus. Le silence redescend, ahuri.

— C'était quoi, ça... ? questionne Nadia, estomaquée.

Elle se tait, guettant une dernière parole qui ne vient pas.

— Qui me parle ? poursuit-elle en balayant la pièce des yeux. Mais qui fait ça... ?

Elle tente de se relever en s'appuyant sur le sol mais n'y parvient pas et retombe, lourde. Théodore continue à fixer le béton, les bras inertes le long du corps. Jules ouvre la bouche mais la referme sans avoir émis un son. C'est Camille qui s'approche de Nadia à pas lents et s'assoit devant elle.

Mais elle ne lui dit rien.

Nadia effleure le sommet de son crâne mais ses doigts sont intacts ; le sang a disparu. Tout devient si clair tout à coup. Le froid qui l'enserrait, la pluie qui la giflait. Elle lâche le manteau d'Alexis qui s'affaisse autour d'elle.

« C'était pas quelque chose, c'était quelqu'un. »

— Je suis désolée, avoue-t-elle enfin, meurtrie. J'y ai même pas pensé... j'ai pas pensé aux gens qui pourraient me trouver en bas...

Théodore finit par s'asseoir sans quitter le mur du regard, jambes pliées contre lui. Jules s'allonge sur le flanc, la tempe dans la poussière. Des larmes hachurent sa joue puis s'écrasent sur le sol.

— Vous l'avez fait aussi... ? demande Nadia.

Jules hoche la tête avec lenteur ; Camille aussi. Seul Théodore ne dévoile rien, statue de cire. Quant à Alexis, il s'est remis à marcher dans les entrailles de la station, mâchoire et dents serrées, répétant « non non non non non ». Il avale les couloirs, les salles, les escaliers, cognant dans les obstacles qui se dressent sur sa route, éclaboussant son pantalon en frappant dans les flaques.

Même le bord du monde ne pourrait pas l'arrêter.

— Je vais le chercher, leur annonce Camille en décollant du sol.

Et la voilà qui se déplace comme un robot, inexpressive, puis se fige au premier mot tant la voix qui se déploie est douce et... familière.

Je te connaissais pas vraiment, Camille
tu t'asseyais sur la chaise devant moi
tu faisais partie des filles qui s'engueulent avec personne
qui font pas de bruit
qui prennent pas de place

Camille balaie la pièce du regard, cherchant d'où jaillit cette voix, mais chaque caillou chuchote, chaque brique, chaque déchet sur le sol.

la chaise devant moi est vide maintenant
le prof de français nous a fait disposer les tables en cercle
et nous a demandé si on voulait parler de « ça »
c'est avec ce mot qu'ils évoquent ton geste : ton « ça »
moi, j'ai pas réussi à écouter
la voix du prof s'effaçait sous ta voix à toi
quand tu te retournais pour faire passer les copies
ou m'emprunter ma souris-blanco

j'arrive pas à croire que cette chaise va rester vide jusqu'aux vacances d'été
une chaise qui sanglote et nous accuse tous

dis-moi où t'es partie, Camille
est-ce que c'est beau ?
est-ce que c'est blanc ?
comment on meurt ?
qu'est-ce que ça fait ?
est-ce que t'as mal ?
est-ce que t'es bien ?

— Ça vous amuse ? siffle Jules en direction du plafond avant d'ajouter, plus rugueux : vous allez NOUS FAIRE CHIER ENCORE LONGTEMPS AVEC VOS MESSAGES À LA CON ?

— Crie pas, lui lance Nadia.

Le garçon la défie du regard mais elle ne plie pas, le menton haut. Ce prélude de conflit est crevé par Camille qui s'assoit, fesses sur les talons, en soufflant :

— J'étais persuadée qu'elle m'aimait pas, cette fille.

— Pourquoi ? demande Nadia, plus douce.

— Elle faisait pas partie de mon groupe de copines. En même temps, j'en avais plus, de copines.

Elle leur parle de Pauline, quand même. C'était elle, sa meilleure amie. Elles se sont connues en primaire, ne se sont plus jamais quittées. Pauline avait des origines asiatiques et, étonnamment, était très grande : 1 mètre 79. Du coup, Camille, du haut de son petit mètre 60, devait la forcer à se baisser sans arrêt. C'est l'image qu'elle a gardée de Pauline : une longue liane penchée vers l'avant avec ses cheveux noirs lisses et plus brillants qu'un carré de soie.

Elles se confiaient tout, les deux fouines. Les questionnements d'adolescentes, les drames idiots et les joies extraordinaires. Même lorsque Pauline a déménagé, elles n'ont pas cessé de s'écrire et de s'appeler. Mais quand Jérémie est parti...

Elle s'interrompt, caressant les lettres gravées sur sa gourmette.

— Quand Jérémie est parti... ? répète Nadia pour l'encourager.

— Je suis devenue super sauvage et j'ai perdu Pauline.

Elle se frotte les bras puis ajoute :

— Horrible d'entendre parler de soi au passé.

Ces dernières paroles sont taillées par un cri monstrueux qui prend naissance dans le ventre de Théodore. Le garçon abat ses paumes sur le sol puis frappe avec ses poings, hurlant des mots incohérents.

Tous restent pétrifiés.

— Je voulais vivre encore, sanglote-t-il, replié sur ses cuisses. J'avais pas fini...

Camille se rapproche et lui câline les cheveux ; elle le sent trembler sous ses doigts. Au bout de longues secondes, il se redresse enfin. Le choc continue à pulser dans ses mains et il est surpris de ressentir de la douleur.

— Mais on est où... ? questionne-t-il, démuni, en s'essuyant les yeux. Et on est *quoi*... ?

Personne ne lui répond.

— Elle imagine ça blanc, ton amie, poursuit-il en s'adressant à Camille. L'endroit où on est. J'imaginais ça blanc aussi. Je pensais que j'allais rejoindre toutes les personnes décédées de ma famille et qu'ils seraient là pour m'accueillir.

Il réfléchit, lèvres entrouvertes, puis il achève :

— J'imaginais un endroit magnifique. Avec une lumière magnifique.

Jules laisse échapper un rire étroit qu'on sent douloureux.

— Je crois qu'on t'a entubé, marmonne-t-il. Où est le blanc ? Où sont tes morts ?

— Ferme-la, Jules, menace Nadia.

Le garçon ne réplique pas et se contente de souffler par le nez. Puis il se lève et tourne en rond, les poings serrés. Camille se ronge les ongles puis se met à sangloter sans un bruit. Elle était sûre de le retrouver, Jérémie, mais il n'est pas ici. Elle s'est trompée d'endroit, leur avoue-t-elle. Elle n'avait pas pensé qu'il pouvait y avoir plusieurs endroits.

— Mais moi j'avais pas prévu de le faire, proteste Théodore.

— Oh putain, on l'a tous fait, lui siffle Jules, exaspéré. Alors assume maintenant, t'as des couilles ou pas ?

— Pourquoi tu l'as fait, toi ? intervient Nadia d'un ton offensif.

Jules se rembrunit avant d'évoquer un accident. Un « putain de con d'accident ».

— J'avais picolé et fumé des trucs un peu forts, explique-t-il. Je supporte pas les joints, ça me rend malade. Et puis je me suis barré en courant de cette soirée de merde, y a cette bagnole qui arrivait à ma droite, je l'ai pas vue, elle m'a renversé, basta.

— Tu l'as « pas vue » ? reprend Nadia, incrédule.

Il s'acharne à secouer la tête, la mâchoire si contractée que les os saillent.

— Tu te contredis, Jules. Tu viens de dire : « On l'a tous fait. »

Obstiné, il répète que la voiture a déboulé de nulle part et l'a renversé. Cette fois le ton est menaçant, le regard grille. À bout de nerfs, Nadia bondit sur ses pieds et abat ses paumes sur le torse du garçon. Déséquilibré, Jules fait deux pas en arrière puis trébuche sur un fouillis de graviers et chute.

Elle en reste figée, Nadia. Choquée par sa propre violence.

Elle murmure : « Je... »

Elle murmure : « Jules, j'ai pas... »

Mais le garçon s'est déjà relevé lorsqu'elle quitte son hébétude et tend le bras vers lui.

S'étirent plusieurs minutes durant lesquelles ne s'échangent que des regards à la dérobée. C'est Théodore qui colmate ce silence de glaise en déclarant :

— Vous voulez que je vous raconte ?

Camille frotte ses paupières bouffies.

— Raconter quoi ?

— Mon dernier soir.

Malgré la stabilité de sa voix, il semble plus fragile soudain. Il prend une forte inspiration qu'il garde un long moment dans ses poumons puis expire, ferme les yeux et lance :

— Je suis assis à mon bureau quand on frappe à la porte de ma chambre.

10

THÉODORE

Ma mère avance vers moi dans une robe aussi verte qu'une plaine d'Irlande. Chacun de ses pas s'agrémente d'un froissement de crêpe satiné. Le médaillon qui scintille sur son cou réfléchit la lumière jaune de ma lampe.

— On y va, annonce-t-elle en m'effleurant le haut du dos.

De la salle de bains, mon père exige dix minutes supplémentaires, le temps de choisir son costume. Ma mère lâche un soupir moqueur.

— Qui a dit que c'étaient les femmes qu'on attendait ? ironise-t-elle avant de s'éloigner.

Très vite me parviennent du salon les premières notes de la *Sonatine en* do *majeur* de Kuhlau. Je quitte ma chaise et la rejoins. Elle joue penchée, concentrée sur ses mains. Lorsque je pose une fesse sur le tabouret, elle se décale pour me faire un peu de place, et le Kuhlau se transforme en une valse à quatre mains de Brahms. Nos doigts coulent sur les touches, aériens, jusqu'à ce que ma mère manque une note et lâche un petit rire frustré.

Nous jouons pendant une dizaine de minutes lorsqu'un raclement de gorge puissant nous arrache à la musique ; mes mains trébuchent. Mon père se tient debout dans l'encadrement de la porte. Sans dire un mot, il tapote sur sa montre.

— Enfin, se moque ma mère en se levant du tabouret. Ne te couche pas trop tard, chéri.

— Non, dis-je.

— J'ai laissé le numéro des Berthellot à côté du téléphone. Appelle si tu as le moindre souci.

— D'accord.

Toujours assis face au piano, j'écoute le cliquetis des hauts talons de ma mère, le tintement du trousseau de clefs et la porte de l'entrée qui claque.

Je reste un instant immobile, absent à tout.

Puis je me lève et me dirige vers le buffet dans lequel mon père range ses digestifs. Je ne sais pas ce qui me guide : sans doute l'envie de mettre mes pensées sur pause. D'oublier cette mauvaise note qui me rend malade.

Simplement, le temps d'un soir, ne plus être le Théodore de mon père.

Je me baisse pour examiner les étiquettes et lis : « Vodka », « Cointreau », « Armagnac », « Tequila ». J'aimerais tout essayer mais choisis finalement une bouteille aussi verte que la robe de ma mère sur laquelle est inscrit : JAMESON IRISH WHISKY.

Et là, accroupi devant le buffet, je sirote ma première lampée d'alcool.

Aussitôt, je suis pris d'une quinte de toux qui me laisse les yeux détrempés et le cœur hystérique. J'y plaque ma paume, sur ce cœur, pour lui demander de se calmer.

Et je retente.

Ça fait flamber ma gorge, ça m'embrase les organes.

Je me relève et déambule dans le salon alourdi par le parfum au patchouli de ma mère et l'après-rasage de mon père. Mes orteils s'enfoncent dans les poils soyeux du grand tapis, puis je pousse la porte de la chambre à coucher parentale. La bouteille à la main, j'observe le lit fait au carré, les deux tables de nuit englouties sous les livres d'un côté comme de l'autre. Sans réfléchir, j'ouvre l'armoire de mon père et attrape une cravate bleu marine que je me passe autour du cou. Puis une deuxième, bordeaux cette fois.

Et je continue à vagabonder dans la maison, la tête légère.

Mon cœur offense le silence comme un gros tambour.

Je récupère mon téléphone sur mon bureau et compose le numéro de Cassandre.

— Thédoux, sourit-elle en décrochant dès la toute première sonnerie.

Ce sourire se pose sur mes lèvres. Ce soir, je me fiche totalement qu'elle m'attribue ce diminutif un peu idiot ; je le trouve presque attachant. Je me dirige vers le couloir en chancelant puis m'assieds sur le parquet.

— Tu me manques, dis-je en fermant les paupières.

Ça tombe bien : je lui manque aussi. Sa respiration palpite contre mon oreille.

— Qu'est-ce que tu fais ? me demande-t-elle.

— Je traîne dans la maison, mes parents sont partis dîner chez des amis.

Elle paraît surprise.

— Ils t'ont laissé tout seul ?

— Oui.

— Alors tu passes chez moi ?

— Je peux pas, dis-je, frustré. Je sais pas à quelle heure ils rentrent.

— T'as une drôle de voix, s'étonne-t-elle soudain.

Je me racle la gorge puis déglutis en fixant le whisky à mes pieds.

— Non, ça va. Je me sens vraiment bien.

Et puis d'un coup ça tangue. Le sol vient à ma rencontre et m'écrase la joue.

— C'était quoi ce bruit... ? s'inquiète-t-elle.

— Ma tête sur le parquet.

— Ta quoi... ? T'es tombé... ?

De la panique dans sa voix.

— Non, dis-je, je me suis *allongé* dans le couloir.

Je ne comprends pas dans quel sens je suis. Face à moi, la plinthe du mur se décolle de quelques centimètres.

— Attends, je suis en train de m'étrangler, dis-je avant de retirer les deux cravates serrées autour de mon cou.

— Mais qu'est-ce que tu fabriques... ?

Je jette les cravates qui retombent en serpentins mous, inutiles.

— Thédoux... ?

— Tu veux que je te joue un truc ?

Elle hésite un instant, déconcertée.

— Comme ça... ? Au téléphone ?

Je me relève en prenant appui sur le sol et me dirige vers le salon. Le parquet grince sous mes pas vacillants.

— Je te pose sur le piano, dis-je en activant le haut-parleur. Tu m'entends ?

— Oui.

Je m'installe sur le tabouret et entame une sérénade de Schubert, *Le Chant du cygne*. Très vite, mes doigts s'emmêlent – et je ne comprends pas pourquoi, c'est une pièce que je maîtrise à la perfection. Une fausse note crisse, puis une deuxième. J'abrège le morceau et ramasse le téléphone.

— C'était nul, lui dis-je dans un souffle, triste et honteux.

Elle, elle trouve ça très beau. Puis, d'un seul coup, je lui dis que je l'aime. Je crois percevoir un bref soupir teinter sa respiration.

— T'as entendu... ?

— Oui.

— Et tu t'en fiches ?

— Arrête maintenant, t'es bizarre.

Je la sens à la fois agacée et inquiète. L'instrument éructe une mélodie dissonante lorsque j'aplatis mon front sur les touches.

— Mais bon sang, qu'est-ce que tu fabriques... ?

— Je suis couché sur le piano.

— T'es vraiment pas comme d'habitude, marmonne-t-elle, la voix plus pesante.

— J'ai un peu bu...

— De l'alcool... ?

— Oui.

— T'es con ou quoi ? lâche-t-elle d'un ton furieux.

Je me mets à rire sans savoir pourquoi. Elle ronchonne avec force pour me faire taire.

— Arrête, c'est plus marrant.

Le rire s'alanguit et meurt sur mes lèvres.

Je me redresse, j'agrippe le whisky et avale une lampée qui m'incendie la gorge et le ventre en me faisant tousser. Mes mouvements commencent à ralentir ; le verre cogne mes dents.

— Je t'entends, tu sais ? se fâche-t-elle. Repose cette putain de bouteille.

— J'ai eu 14 en maths, Cass...

— Et puis ? C'est très bien, 14.

— Moi j'ai jamais ramené une note aussi mauvaise, mon père va m'étriper...

— Je pourrais te réconforter si tu venais chez moi, me susurre-t-elle alors, plus douce.

Je lui souris, la bouche collée au combiné. J'ai la sensation qu'elle est là, entre mes bras, à l'endroit où elle aime se blottir contre moi. Je sens presque ses doigts s'entrelacer aux miens. L'odeur de rose qui imprègne sa peau.

— J'ai envie de toi, lui dis-je dans un chuchotement.

— Moi aussi, murmure-t-elle après quelques secondes, troublée. Tout le temps.

Un crépitement se tresse alors aux battements de mon cœur.

— Oh, il pleut, dis-je en me tournant vers la fenêtre.

Oui, elle le sait, qu'il pleut ; ça fait une demi-heure au moins. Bon, il va falloir qu'elle me laisse parce que sa dissert' de français l'attend et qu'elle n'a même pas inscrit son nom dans la marge. Sans comprendre pourquoi, je la sens plus lointaine. Non, lui dis-je, je ne bois pas plus. Oui, promis, je range la bouteille. Oui, bien sûr, je t'appelle demain matin avant les cours.

— Je t'aime, dis-je tout bas pendant qu'elle raccroche.

Seul le piano m'a entendu.

J'improvise quelques notes, plaque les premiers accords de la *Waldstein* de Beethoven puis me lève, jette mon téléphone dans le canapé et avale une nouvelle gorgée de whisky.

Une série de tapotements entame soudain le silence.

Je mets de longues secondes à comprendre que quelqu'un frappe à la porte d'entrée.

Lorsque j'ouvre, je tombe nez à nez avec la voisine du dessous en robe de chambre et pantoufles à pompons. Impossible sur le moment de me rappeler son nom.

— Bonsoir, Théodore, me dit-elle, la bouche pincée. Je pourrais parler à ta mère ?

— Elle est pas là.

— Ton père, alors ?

— Ils sont pas là, ils sont partis chez des amis.

Ses yeux coulent vers la bouteille qui ballotte entre mes doigts ; je la glisse dans mon dos. Elle se racle la gorge par saccades puis reprend :

— Donc c'est toi qui joues du piano ?

— Oh, lui dis-je, tout ému, ça vous a plu ? Le Schubert ou le Beethoven ?

— Ton jeu est superbe mais il est 10 heures passées, réplique-t-elle, le front plissé.

Je me redresse, penaud.

— Pardon, dis-je, j'avais pas fait attention... excusez-moi.

Elle hoche la tête puis s'éloigne et redescend l'escalier. Je ferme la porte, le cœur lourd, et plante le goulot dans ma bouche. Je trinque avec les bibelots, les pêle-mêle ornant les murs et les chaises qui surgissent devant moi. Puis je pénètre dans le bureau paternel et je trinque avec ses dossiers, ses tableaux et ses bibliothèques aux rayonnages courbés sous le poids des livres.

Il me glace, cet endroit, dès que j'y pose un pied.

Ça sent mon père.

Ça sent l'autorité et l'après-rasage à l'odeur marine.

Titubant, je traverse la pièce et m'affale dans son fauteuil pivotant. Voir si on y est plus important, plus puissant.

— Non, dis-je à l'agrafeuse. Je me sens toujours aussi pitoyable.

L'agrafeuse ne me répond pas. La nature morte accrochée en face de moi m'observe en sépia ; un coin du cadre est écaillé. L'alcool me grignote l'estomac. Lové dans le fauteuil, je tourne dans un sens, puis dans l'autre, et m'arrête en sentant la nausée s'épanouir. J'éparpille les dossiers posés sur le sous-main, attrape un stylo-plume.

— Au début j'ai eu 16, dis-je à la nature morte. J'avais jamais eu 16, je restais dans les 19, 20. Allez, un 18 quand je ratais une dissertation. Mais 16...

Je place la plume du stylo sur le dos de ma main gauche et dessine des notes de musique. Elles suintent, tordues par les tendons saillants.

— Le regard qu'il m'a lancé quand j'ai ramené ce 16. Atroce, ce regard, j'ai cru mourir de l'intérieur.

La pluie s'aggrave contre la vitre, violente et suraiguë. Des gouttes qui claquent telle une volée de gifles.

— D'ailleurs, je crois que je suis mort à l'intérieur ; j'ai senti quelque chose casser. Il était assis là, dans ce fauteuil. Il m'a dit que si je lui apportais une autre note indigne de moi, il serait « dans l'obligation » de supprimer mes cours d'orgue. Il m'a surtout dit qu'elle me déconcentrait, la petite Delage, et que j'avais intérêt à me ressaisir très vite.

Ce sont ses mots exacts ; ils pourrissent dans ma chair.

Les nerfs à vif, je rebouche le stylo et me mets à tourner avec fureur dans le fauteuil. Mais très vite je suis à nouveau contraint de m'arrêter, l'alcool au bord des lèvres.

— Je vais vomir, dis-je en plaquant mon visage sur l'un des dossiers.

Je me rends compte que c'est mouillé ; c'est moi qui pleure. J'essuie la chemise cartonnée mais ne fais qu'étaler mes larmes.

Il me vient alors une idée : je vais écrire une lettre.

Je fouille les tiroirs un par un jusqu'à tomber sur un bloc de correspondance. Je ramasse le stylo et colle ma paume sur la page pour l'empêcher de bouger.

Cher Papa,

trace la plume à l'encre noire. La nature morte marmonne, sceptique. Et je réalise qu'il n'y a aucune photo de moi sur ce bureau.

Pas une fichue photo de moi.

Une seule est punaisée sur le mur de droite, près d'un livre sur l'affaire Papon, en dessous d'un cliché de ma mère avant ma venue au monde. C'est donc l'unique portrait que mon père a retenu.

Mais j'ai 8 ans dessus.

Aurait-il aimé me fixer à cet âge-là ?

A-t-il cessé de m'aimer après mes 8 ans ?

Les sanglots reviennent arroser mes joues. Je raye le « cher » puis le « Papa » et griffonne à la place :

Mais pourquoi tu m'aimes plus ???

J'en ajoute plusieurs, des points d'interrogation, comme autant de silhouettes qui courbent le dos et baissent la tête.

Où est le père de mes 8 ans ?

On s'aimait bien avant...

Est-ce un constat ? Est-ce une question ?

Qu'est-ce que j'ai fait qui t'a déplu ?

Je barre le « déplu » pour noter « déçu ». Mes larmes diluent l'encre et affinent la feuille. J'écris presque à l'aveugle.

Qu'est-ce que j'ai fait pour que t'arrives plus à m'aimer

Je n'ai pas le temps d'inscrire mon point d'interrogation ; l'alcool jaillit de ma bouche et éclabousse tout autour.

J'en reste choqué, humilié, les yeux exorbités.

J'attrape la corbeille à papier et crache dedans, deux fois. Puis j'essuie mes lèvres avec un Kleenex déterré d'une belle boîte en bois laqué. Les notes de musique ont bavé sur ma main.

— Laisse-moi ! dis-je en envoyant valser tout ce qui se trouve devant moi.

Ça tombe sur la moquette avec fracas ; le silence qui suit n'en est que plus imposant. Je me lève du fauteuil mais m'affale sur le sol après m'être cogné le front contre le rebord du bureau. Lorsque j'y glisse mes doigts, il n'y a pas de sang. Pourtant je sens une bosse commencer à pousser.

Et je reste là, couché sur le dos, les bras en croix.

Ma main tâtonne en quête de la bouteille mais je ne la trouve pas. Je plaque mes paumes sur mon visage et hurle avec une rage qui m'épouvante. Je crie : Laisse-moi tranquille ! Gémis : « Laisse-moi respirer, j'arrive plus à respirer… »

La pluie cravache la fenêtre et se transforme en averse de grêle.

— Tu sais bien que je veux devenir facteur de pianos, dis-je à la longue fissure du plafond comme s'il s'agissait de mon père. J'ai *pas envie* d'entrer dans ton cabinet d'avocats, j'ai *pas envie* d'entrer en fac de droit, je te l'ai déjà dit mille fois, je veux fabriquer des pianos, c'est tout. Pourquoi t'arrives pas à comprendre ça... ? Pourquoi tu m'entends pas... ?

Je me redresse et reste assis sur la moquette, encerclé par les feuilles évadées des dossiers. Des stylos ont sauté jusqu'à la porte. Des lunettes de lecture gisent sur le sol. Je les récupère, terrifié : par chance, les verres n'ont pas été fêlés. Je rampe ensuite pour ramasser un porte-documents, un tampon encreur ainsi qu'un ancien coupe-papier impressionnant de beauté. Il m'émerveille depuis que je suis tout petit mais mon père m'a toujours empêché d'y toucher tant il est aiguisé. L'objet, lourd dans ma main, ressemble à une épée ; des arabesques en or sont sculptées sur la garde et le manche est en marbre bleu.

Lorsque j'ôte le fourreau de cuir, j'aperçois mon visage cireux dans la lame en argent.

Mes yeux rouges et gonflés.

Ça pue le whisky épais et la peur acide.

Sans prévenir, je me remets à chialer. Mon 14 sautille devant moi, obscène. J'ai saccagé le bureau de mon père et mon avenir avec Cassandre. Je ne vois plus d'issue. Je me sens impuissant. J'étouffe.

La pluie furieuse s'est émoussée, me laissant seul avec ces pensées dans ma tête.

On s'aimait bien avant, papa.

Qu'est-ce qui s'est brisé ? Quand ?

Et qui s'est éloigné de l'autre ?

Qui est l'abandonné ?

Le Kuhlau de ma mère s'évanouit sous ma chair.

Les dents serrées, avec la force du désespoir, je plante le coupe-papier dans mon poignet.

11

Théodore glisse ses doigts sur le réseau de veines bleutées qui s'emmêle sous sa peau. Là où il a tout déchiré.

— C'est une erreur, dit-il, la voix trempée. J'avais bu du whisky, je devais pas mourir comme ça. Je devais pas mourir *maintenant.*

Il repense aux chiffres coincés sur l'écran de sa montre : 23 h 13. L'heure de sa fin.

Bouleversées, les filles se pelotonnent dans le silence comme dans un grand édredon. Seul Jules ouvre les lèvres :

— Pourquoi t'avais autant peur de ton père ?

— Parce qu'il attendait que je sois parfait.

Ça sort sans une seconde d'hésitation ; ce n'est même pas pensé. C'est la chair qui parle, c'est l'enfance.

— T'es sûr de ça ?

Théodore hoche la tête avec ardeur.

— 14, c'est vraiment la pire note que t'aies ramenée ? intervient Nadia, stupéfaite.

— En mathématiques, oui.

— J'avais 12 de moyenne, lui confie-t-elle, blasée.

— J'avais 11, renchérit Jules, et j'en étais fier en plus.

Mais ces confessions ne parviennent pas à faire sourire Théodore. Le garçon leur explique que c'était une matière primordiale pour son père qui y voyait l'apprentissage de la rigueur, de la logique et d'une extrême finesse de la pensée. À savoir toutes les qualités requises pour devenir un avocat de renom.

— J'ai toujours excellé en maths, reprend Théodore, mais là j'avais bâclé mes révisions pour passer du temps avec Cassandre.

— Pourquoi tu pensais que ton père ne t'aimait pas ? lui demande Jules sans transition.

— Parce qu'il ne me l'a jamais dit.

— Jamais ?

— Jamais.

Ça le sidère, Jules, que des parents soient incapables d'articuler des mots si simples, si naturels et essentiels pour l'estime d'un enfant.

— Moi je lui disais, à ma copine, que je l'aimais, poursuit Théodore. Dire à quelqu'un que tu l'aimes, c'est lui dire que t'es meilleur à ses côtés. C'est lui dire : j'aime tout ce que tu m'apprends, j'aime ton odeur, j'aime tes colères, j'aime tes manies. C'est lui dire : m'abandonne pas, la vie est moins belle quand t'es pas là.

Nadia détourne le regard, mal à l'aise. Elle n'a jamais prononcé ces mots à voix haute, les gardant dans son ventre, orphelins et stériles. Et si certaines personnes les lui ont dits un jour, c'était par fourberie ou stratégie. Pour obtenir un service en échange. Elle ne voit aucune loyauté dans ces aveux, ni grandeur ni respect.

C'est Camille qui l'arrache à ses pensées en décollant du sol, les jambes maculées de saletés.

— Où tu vas ? lui demande Nadia.

— Chercher Jéréxis.

— Quoi... ?

Camille ne répond rien et se dirige vers le souterrain avec détermination. Étonnamment, elle n'a plus envie de dormir. Ce poids qui lui refermait les paupières et gorgeait son corps de coton s'est envolé. Sa vue est plus précise et son esprit plus aiguisé. Elle appelle « Alexis » puis « Jérémie » et les deux prénoms s'unissent dans sa bouche. Elle tente de s'engager dans un long tunnel gris mais n'en voit pas l'issue et décide donc de bifurquer à gauche.

Après une vingtaine de mètres, la silhouette menue d'Alexis apparaît enfin devant elle, repliée contre un mur.

Elle s'assoit à ses côtés tandis qu'il redresse la tête, les joues trempées.

— J'entends, lui dit-il, le menton tremblant.

Camille retire une mèche de cheveux qui s'est collée aux cils du gamin.

— J'entends tout, enchaîne-t-il, épouvanté. J'ai entendu les messages des gens tout à l'heure. J'entends des bruits autour de moi. Et j'ai entendu tes pas quand t'es arrivée. Je suis *mort*, Camille. Je suis *vraiment mort*.

Elle le rapproche et pose sa tempe contre elle. Il se laisse faire comme un poupon.

— Ils ont gagné, dit-il tout bas.

— Qui ça ?

— Les garçons du collège.

— Pourquoi ?

Alexis se met à parler sans respirer :

— Ils me détestent. Ils me font des croche-pieds dans les couloirs, ils me volent mes cahiers, ils vident ma trousse dans les toilettes et me forcent à tout récupérer à la main. Et puis ils déforment mon nom de famille, Orlinski, et ils m'appellent « œuf pourri ». Alors je me sens comme un œuf pourri.

Elle s'écarte pour agripper son regard.

— Pourquoi ils font tout ça ?

— Parce qu'ils m'aiment pas.

— C'est pas une vraie raison, ça.

Le gamin hausse les épaules avec engourdissement.

— Y en a toujours un qu'on n'aime pas dans une classe et là c'est tombé sur moi. Je suis le plus petit, j'ai des appareils et en plus je suis à moitié étranger.

— Ça a commencé y a longtemps ?

En mai de l'année dernière, explique-t-il, parce qu'ils font la prière pour Marie chaque matin du mois au milieu de la cour. C'était dans le bâtiment d'à côté, celui réservé aux primaires. Tous les élèves se tenaient en lignes impeccables, chaussures cirées, cheveux peignés. Puis Alexis a perçu des ricanements dans son dos. Lorsqu'il s'est retourné, l'un d'entre eux lui a jeté un clin d'œil mauvais. Un autre a braqué un pistolet de doigts contre son front avant de tirer.

— « Bang », il a mimé avec ses lèvres. Dans un grand sourire.

Camille l'écoute, abasourdie.

— C'est Franck qui m'a tué avec ses doigts. C'est le pire des trois.

— Ils sont trois... ?

— Oui. Y a Franck, David et Adrien. Je les entendais se moquer de mes appareils.

Il incline la tête pour en montrer un à Camille.

— Ça passe derrière mon oreille, tu vois ? Alors c'est impossible à cacher à moins d'avoir les cheveux longs. Mais on n'a pas le droit d'avoir les cheveux longs à Saint-Joseph.

Comme elle ne trouve aucun mot réconfortant à lui offrir, elle le serre plus fort contre elle. Sous l'éclat blafard du néon, elle a presque la sensation d'enlacer Jérémie.

— Je veux pas être mort, Camille.

— Dis pas ça, s'il te plaît.

— Je veux pas être mort, répète-t-il, dévasté. Je veux rentrer chez moi. Je veux mon lit, mes livres et le gâteau aux pommes de ma mère. Je veux les blagues de ma sœur. Je veux ma sœur.

Secouée par ses propos, elle se relève et lui saisit la main.

— Viens, dit-elle, on rejoint les autres.

— Je veux rentrer chez moi, répond-il, bloqué dans son refus.

Mais elle ne sait pas quoi lui dire, Camille, alors elle accélère le pas, forçant le gamin à la suivre, hurlant dans les profondeurs de son crâne : *tais-toi, tais-toi, tais-toi.*

Sur le quai, ils sont tous éparpillés tels des coquillages égarés. Jules est allongé et fixe le plafond. Théodore est debout, adossé au mur, et Nadia assise entre les deux garçons, bras serrés autour de ses jambes. Lorsque Alexis surgit, elle tend la main vers lui. C'est spontané – elle n'explique pas ce geste. Elle ressent une étrange connexion entre eux, une familiarité.

Et puis il est attendrissant avec ses yeux lunaires et son visage de chaton.

— Vous avez parlé de quoi ? demande Camille en s'asseyant face à eux.

— De picole, répond Jules en se redressant sur ses coudes. Vu que Mister Parfait s'est torché au whisky.

Le ton est amical mais Théodore s'irrite :

— C'était *la seule fois* de ma vie.

— Moi je me servais dans les médocs de ma mère, déclare Camille sans même l'avoir prévu. Elle se faisait prescrire des tas de trucs depuis la mort de Jérémie. Et un jour j'ai eu envie d'essayer. Malheureusement pour moi, j'ai trouvé ça merveilleux alors j'ai recommencé.

Elle raconte qu'elle aimait que tout devienne mou et brumeux. Qu'elle avait la sensation d'écraser ses émotions, d'éteindre la lumière trop vive comme on abaisse un store. Elle dit qu'il y a quelque chose de magique dans le fait d'ingérer une pilule : on anesthésie la détresse qui brûle tout au fond. On se love dans un cocon moelleux sans plus se préoccuper de rien, on s'efface comme on efface les contours du monde. Même l'absence de Jérémie ne lui paraissait plus aussi grave parce qu'elle se sentait proche de lui, comme *connectée* à lui.

— Mais la descente, achève-t-elle, c'était monstrueux. La souffrance te revient dans la gueule puissance mille.

— Pareil pour moi, révèle Jules à son tour. Quand je picolais, j'y allais à fond. Ça m'intéressait pas d'avaler un verre ou deux, j'avais envie d'être arraché à mon corps, j'avais envie de *planer*. Que plus rien ne soit dangereux ni compliqué.

Mais il parle aussi des lendemains de cuite, quand t'as la bouche pâteuse et mal aux cheveux. Quand t'as envie de t'enterrer en jurant de ne plus jamais boire une goutte de ta vie.

Je ne les dérange pas.

Je les laisse se confier, créer des liens.

Comprendre que c'est ensemble qu'ils pourront s'évader d'ici.

— Tu sens bon, souffle Nadia après avoir posé un baiser sur le crâne d'Alexis.

— Je sens quoi ?

— La vanille.

— C'est mon shampoing, dit-il tandis que les images affluent.

La dernière douche avant le drame. L'odeur de javel qui imprégnait le hall. Les menaces jetées à sa mère : *Si tu me traînes là-bas, je me fous en l'air.*

À quoi pense-t-elle à cet instant ?

Que fait-elle ? Où est-elle ?

— Ils vous manquent, vos parents ? demande-t-il à mi-voix.

Elle tressaille contre lui, Nadia. Réaction infime mais qui se communique à son corps à lui. Une seconde s'écoule avant qu'elle ne réponde :

— Non.

C'est un « non » brut, sans émotion.

Camille observe ses ongles en marmonnant qu'elle les avait perdus depuis longtemps. Jérémie avait emporté avec lui l'âme de la maison et ne leur avait laissé qu'un tombeau. Ça sentait la vie en état de décomposition. Son père englué dans le canapé, triste animal empaillé, un verre de gin à la main. Sa mère gisant dans le lit conjugal, assommée par les somnifères.

— Mes parents *d'avant* Jérémie me manquent, pas ceux que j'ai quittés.

— Ma mère m'a pas cru, livre à son tour Alexis en tirant sur les lacets de ses chaussures. Je l'ai menacée de me tuer si elle m'emmenait à Saint-Joseph et elle m'a pas pris au sérieux. Elle m'y a emmené quand même.

Sa voix sonne étranglée lorsqu'il parle. La bouche gorgée de rancœur.

— Moi je leur ai rien dit du tout, à mes parents, reprend Camille d'un ton trop calme. J'ai attendu qu'ils soient couchés et j'ai écrit un mot d'adieu.

— T'as écrit un mot ? s'étonne Jules.

— Oui, j'avais besoin d'expliquer des choses. Leur dire pourquoi je m'en allais et pourquoi *maintenant*, même si c'était évident. Leur expliquer que j'étais pas folle mais simplement super malheureuse. Leur dire surtout que c'était pas leur faute, que j'avais pris ma décision depuis longtemps.

Nadia esquisse une moue dubitative. Camille se rembrunit.

— Tu crois que c'est mieux de les quitter sans explication ?

— Écrire une lettre n'a jamais consolé aucune famille, réplique Nadia, plus offensive, en frappant sur le sol.

— Je suis assez d'accord avec ça, intervient Théodore d'une voix douce. Je crois qu'une lettre est une façon d'expliquer aux gens qu'ils sont arrivés trop tard.

— T'as laissé un mot, toi ? demande Jules à Nadia.

La jeune fille s'apprête à secouer la tête puis se ravise.

— Mon journal intime, confie-t-elle du bout des lèvres. Mais sans faire exprès, j'ai pas eu le temps de le détruire. Et franchement, ma mère est pas prête pour ce qu'elle va trouver dedans.

12

— Combien de temps on va rester ici... ? murmure Théodore, horrifié, en se laissant glisser au sol.

— C'est super cruel de nous enfermer, enchaîne Camille. On était déjà enfermés en nous et là ça continue.

— Franchement, le suicide est l'arnaque du siècle, lance Jules avec cynisme.

Nadia laisse échapper un soupir qui rebondit sur les cheveux d'Alexis.

— Et si tu nous parlais de toi au lieu de balancer des trucs idiots ? Monsieur « moi-c'est-un-accident » ?

Jules se redresse en position assise et lui adresse une grimace qu'elle lui renvoie aussitôt.

— J'ai rien à vous dire, marmonne-t-il.

— T'as fait le guignol devant la voiture et elle t'a percuté ?

— Fous-moi la paix, Nadia, bordel.

Le ton est plus abrupt mais l'adolescente s'entête à le fixer du regard.

— OK, lâche-t-il en s'acharnant sur les fils de son jean troué. J'ai passé une soirée de merde, on s'est foutu de moi.

— Pourquoi ?

Elles ont prononcé le mot en même temps, les filles.

— J'ai fait un truc que j'aurais pas dû faire.

— Quel truc ? demande Camille.

— C'est un interrogatoire ?

— On *s'intéresse*, Jules, répond Nadia d'un ton plus tendre.

Et ça l'adoucit, le garçon, de constater qu'on lui accorde de l'importance. Il se frotte la nuque pour se rassurer, gagner du temps, puis jette :

— J'ai embrassé un mec et il m'a envoyé bouler.

— Oh, chuchote Nadia, bouleversée.

— Voilà, conclut Jules avec davantage de dureté. Pensez ce que vous voulez, sachez que je m'en bats les couilles.

— Qu'est-ce que tu crois qu'on pense ?

Il hausse les épaules avec une désinvolture qui sonne faux puis marmonne qu'il ne dira rien de plus en croisant les bras sur son torse.

Définitivement verrouillé.

Personne n'insiste mais sous l'abri de ses cheveux, les yeux de Jules s'emplissent de larmes. Il se relève, saute sur les rails et disparaît dans le tunnel. D'instinct, Nadia le suit, sauf qu'il marche vite, Jules, à grandes enjambées, et elle traverse trois couloirs avant de réussir à le rattraper.

— Arrête-toi, ordonne-t-elle en agrippant le dos de son T-shirt.

Lui continue à foncer en tournant la tête de tous côtés.

— Je cherche mon téléphone... lui répond-il.

— Arrête-toi, Jules.

Il balaie les graviers avec son pied et respire par saccades.

— J'ai vraiment besoin de le retrouver...

— On *s'en fout* de ton téléphone, réplique Nadia en cramponnant son bras.

Elle le tourne vers elle et repousse la masse rousse qui recouvre son regard. Jules bredouille qu'il avait des trucs importants sur ce téléphone. Des messages de ses potes.

— Et t'as besoin de tes messages pour te souvenir des gens que t'aimes ?

Cette fois-ci il la dévisage un court instant puis se dérobe.

— Non... c'est juste que...

Difficile à la cracher, cette phrase ; il ne sait pas pourquoi.

— J'aurais voulu les emmener avec moi.

Ils sont déjà en toi, pense-t-elle. *On n'est fait que des gens qu'on aime. Le reste, c'est du remplissage.*

Lorsque Jules baisse la tête sur le bras qu'elle serre, elle le lâche, embarrassée. Il fait un pas de côté puis pointe le couloir qui lui fait face.

— Attention, c'est l'antre de l'araignée.

Elle n'a pas le temps de répondre parce que la voix de Jules se brise. Il s'accroupit et se met à sangloter, les mains plaquées sur sa bouche.

— Pleure pas, lui dit-elle, je sais pas quoi faire...

— Il me manque, murmure-t-il derrière ses doigts trempés.

— Qui ça ?

— Maël.

— C'est lui, le garçon ?

— Oui.

Sans réfléchir, elle lui effleure le haut du dos.

Elle n'a jamais fait ça, Nadia, même avec ses meilleures copines. Si elle n'aime pas qu'on la touche, elle n'aime pas toucher non plus. Elle se sent malhabile dans ses caresses. Elle n'a jamais su comment approcher la peau des autres.

— Relève-toi, Jules.

— Deux secondes, s'il te plaît…

Nadia ne supporte pas la vision d'un garçon vulnérable. On lui a enseigné que les hommes ne faiblissaient pas et qu'ils n'étaient que des carnassiers, dirigés par leur sexe et leur compte en banque. Chez elle, la mère devait fermer sa gueule et exécuter les demandes du mâle.

— Relève-toi, répète-t-elle, de plus en plus nerveuse.

Mais Jules presse ses paumes sur ses oreilles, les paupières serrées.

Happé par un souvenir, quelques années plus tôt.

Ses amis sont tous là avec boutons d'acné, dents de travers, cheveux gras et hormones en feu.

— Cap de faire les Koh-Lantassiens tout le week-end ?

C'est Hugo le grand fan de l'émission, mais c'est Zoé qui lance l'idée parce qu'elle est certaine qu'il ne tiendra pas. Sauf qu'il relève le défi, le torse bombé, en confiant qu'il a toujours voulu chier dans les bois.

— Ce garçon a des rêves simples, commente le père de Maël en nous apportant des sacs de couchage. C'est une bonne chose, il ne sera pas déçu dans la vie.

De son côté, bloc-notes sur les genoux, Zoé établit la liste de tout ce que nous n'avons pas le droit d'avoir sur nous :

* *savon*
* *PQ*
* *brosse à dents + dentifrice*
* *crèmes + make-up*
* *shit de Hugo*
* *bazar pour s'occuper*

Et de ce qui est autorisé :

* *duvet*
* *culotte/caleçon de rechange*
* *pull s'il fait froid*

— Et l'eau ? rappelle Léa, penchée sur la feuille. Et le riz ?

Zoé ajoute deux étoiles puis inscrit « eau » et « riz » à côté. Je pointe la ligne « bazar pour s'occuper », perplexe.

— Traduction ?

Elle m'explique que ça englobe tous les objets qui nous aideraient à passer le temps, à savoir smartphones, consoles DS et Switch, bouquins, musique, skates, ballons, jeux de société.

— Pas d'Insta du week-end ? s'affole Maël.

Non, Zoé reste intransigeante.

— Enfin la liberté, dis-je en levant les bras au ciel.

— Bon, moi je garde mon tél, précise Zoé, parce que je vais filmer notre aventure pour ma chaîne YouTube.

— Depuis quand t'as une chaîne YouTube ? dis-je, surpris.

— Depuis maintenant.

— OK, mais tu floutes mon visage.

Je ne sais pas si elle m'a entendu parce que Hugo est en train d'inspecter la liste, très concentré.

— Et comment je chie dans les bois si j'ai pas de PQ ?

— Avec des feuilles d'arbre, lui répondent en chœur Maël et Zoé.

Hugo s'apprête à riposter lorsque Léa se jette sur moi.

— Oh putain, le suçon d'enfer !

Toutes les têtes se redressent et ça lance des « Qui ça ? » de tous côtés.

— Ju, rigole-t-elle en tirant sur le col de mon sweat. T'as remis ça avec Mathis et tu m'en as pas parlé ?

— C'est peut-être pas Mathis, dis-je en levant un sourcil secret.

— Oh.

— OK, Ju se fait suçonner, c'est passionnant, marmonne Zoé, mais si on pouvait finir de préparer le campement avant que la nuit tombe, ça serait cool.

Bien sûr, quelques différends nous opposent encore : Maël aimerait bien pouvoir apporter sa guitare, histoire de nous interpréter deux trois trucs qu'il a composés récemment, Hugo réclame son putain de rouleau de papier toilette et moi j'essaie de négocier un pauvre tube de dentifrice qui nous permettrait de discuter à moins de deux mètres les uns des autres.

— T'as vu du dentifrice sur « Koh-Lanta » ? s'agace Zoé. Ils se frottent les dents avec des machins en bois.

Je m'assieds sur mon duvet, dépité.

— Je peux apporter des chewing-gums, suggère Maël.

Mais Zoé tape du pied, excédée.

— Vous commencez à me gonfler à pas jouer le jeu. Ils ont que dalle sur leur île toute pourrie, ils s'emmerdent toute la journée et ils puent à donf. Alors maintenant soit vous jouez et vous fermez vos gueules, soit vous dégagez direct.

Plus personne n'ose prononcer un mot après cette tirade.

— Bon, reprend-elle, plus apaisée, avant de se crisper en me voyant lever le doigt : oui, Ju ?

— On en parle de la bombe anti-araignées que tu planques sous ton blouson ?

— J'ai pas de bombe, réplique-t-elle en replongeant le nez dans sa liste.

— C'est vrai que t'as pris un peu de bide, jette Léa, l'œil amusé.

Remarque à laquelle Zoé répond par un haussement d'épaules détaché.

— Du bide qui a la forme d'une bombe anti-araignées, dis-je, railleur.

— Mais je supporte pas les bêtes, gémit Zoé en sortant l'objet avant d'en lire l'étiquette : « Élimine fourmis, puces, araignées et cafards ».

— Tu vas surtout nous éliminer, nous, avec ton truc radioactif, lui dis-je, inquiet.

— Remets ça dans la maison, demande Maël d'une voix douce.

— Mais Hugo il a chouré une cannette de bière, lâche-t-elle en le pointant du doigt.

Hugo écarquille des yeux faussement innocents et lève les bras.

— Jamais fait ça.

— Dans son jean.

— Nan, répond-il en s'empoignant l'entrejambe, ça c'est ma bite.

Elle lui balance son stylo au visage mais rate sa cible. Maël se lève et s'interpose entre eux pour mettre un terme à la dispute.

— Ramène la bière, Hug, lui ordonne-t-il gentiment.

— Donc toi t'amènes tes clopes et j'ai pas le droit à ma bière ?

— Vous me faites chier, crache Zoé en jetant son bloc-notes à terre avant de regagner la maison.

Je lui cours après, cramponne le creux de son coude.

— On te taquine, Zoé, pars pas…

Furieuse, elle continue à grimper les marches en pierre de l'allée.

— C'était pour être ensemble, me confie-t-elle enfin, la voix mouillée, en s'arrêtant sur la terrasse. Mais vous faites les relous, comme d'hab.

— Excuse.

Elle se tourne vers moi en s'essuyant les yeux tandis qu'un éclat de rire explose au loin.

— C'est pas toi qui m'as énervée.

— Reviens, dis-je. On ligote Hugo à un arbre et on lui scotche la bouche avec du chatterton.

— C'est qui ?

Je fronce les sourcils alors elle précise, malicieuse :

— Le suçon, c'est qui ?

— À ton avis ?

Elle hoche la tête puis fait face au jardin et observe la bande qui rigole, gueule et s'agite pour des broutilles.

— OK, lâche-t-elle en redescendant l'escalier. C'est quand même mon idée et j'ai une vidéo méga stylée à faire.

Je lui emboîte le pas et nous rejoignons le groupe lorsque le père Karadec nous annonce qu'il laisse la porte-fenêtre ouverte, « au cas où ». Hugo adresse un regard désabusé à Maël.

— Il croit en nous, ton daron, ça fait peur...

Puis les préparatifs reprennent.

Nous avons rassemblé nos vêtements de rechange dans un sac à dos, accumulé plusieurs bouteilles d'eau et maintenant nous observons le riz cru qui tinte dans la casserole sous l'œil-caméra de Zoé.

— Je « like » pas ce plan foireux, bougonne Hugo.

— Dans « Koh-Lanta », ils font du feu, réplique Zoé qui a récupéré sa bonne humeur. Faut qu'on trouve des cailloux et des morceaux de bois.

— Bon, joker, lance Maël en se levant pour s'éloigner vers la maison.

Pendant les trois longues minutes que dure son absence, nous nous demandons si nous l'avons énervé – Léa – et s'il va revenir – moi.

Oui, bien sûr qu'il revient, avec quelque chose qui brille dans les mains.

Un plat recouvert d'aluminium qu'il pose au centre de notre ronde.

— Poissons panés, annonce-t-il en ôtant le film argenté qu'il froisse dans son poing.

— Ils mangent pas ça sur « Koh-Lanta », fait remarquer Zoé.

— Y a du poisson, ils peuvent pêcher. Donc considère que j'ai pêché.

— Des poissons déjà panés ?

— C'est ça, le talent.

— Mais c'est froid, grogne Hugo après avoir mordu dedans.

Maël lui balance une claque sur l'arrière du crâne qui nous fait tous marrer.

Un peu plus tard, lorsque le ciel s'enduit d'un drap violine, nous nous réfugions dans nos duvets, à l'abri du vent. Je râle parce que je déteste me coucher sans m'être brossé les dents. Maël trouve que son jardin n'est pas si confortable que ça quand on dort sur le dos. Léa pense à tous les chocolats de Pâques qu'elle va récupérer chez ses mamies dimanche et engloutir en trois jours.

Et Hugo a une ultime requête à nous faire.

— On chante le générique de l'émission ?

Quatre voix lui répondent un « non » à l'unisson.

— Putain, vous abusez... j'ai même pas de bandana aux couleurs de mon équipe, pas de totem, pas de flambeau, alors si en plus on chante pas...

Zoé désactive la lampe qui nous éblouissait puis le silence nous emmaillote, écorché par les sons grouillants de la nuit.

— C'est l'idée merdique de qui, déjà ? dis-je en frictionnant mes bras glacés.

— Personne ne ronfle, menace Léa en se tournant dans tous les sens.

— Personne ne se tripote, renchérit Hugo. J'ai une oreille d'aigle.

— De lynx, corrige Maël.

— C'est toi qui parles de cul depuis trois heures, dis-je à l'intention d'Hugo.

Léa rigole.

— Mais c'est Ju qui se fait suçonner.

— Merde, dis-je pour mettre un terme à la conversation.

Une demi-heure plus tard, nous déménageons tous pour nous coller les uns aux autres, recroquevillés dans nos duvets comme des chenilles dans leurs cocons. Une heure plus tard, nous émigrons dans le salon sans récupérer nos affaires et finissons affalés dans les canapés en bouffant des chips au paprika et du pain de mie sans rien dessus.

— Vous êtes des gros blaireaux, balance Zoé en léchant le sel sur ses doigts.

Maël lui adresse un regard blasé en s'allumant une cigarette.

— Qui c'est qu'a chouiné parce qu'elle voulait pas pisser dans la nature ?

— Oh, toi t'es un mec, tu peux pas comprendre.

— Qui c'est qu'a chouiné parce qu'une bête faisait « pouik-pouik » ?

— #TaGueule.

Maël croise mes yeux et me tend un sourire complice auquel je réponds. Le téléphone sur ses genoux, Zoé visionne un ancien épisode de téléréalité où un type, en pleine fureur, cogne son poing dans un mur et fait un trou dedans.

— Quel gros taré, lâche-t-elle entre deux poignées de chips.

La chaleur du salon m'enveloppe et détend mon corps crispé par le froid. J'avale les croûtes de pain de mie qu'Hugo étale joyeusement sur mes cuisses tandis que Léa souffle, à mes côtés :

— Protège-toi, Ju.

Elle a parlé de façon que personne ne l'entende à part moi.

— J'ai pas l'intention de m'envoyer en l'air dans les prochains mois.

— Protège ton cœur, Ducon.

Je tourne la tête vers elle pour happer son regard mais elle m'évite et se met à tresser les cheveux de Zoé, assise sur le sol devant elle.

— Ça va, lui dis-je, t'inquiète.

— Je sais même pas comment tu fais. Un mec qui me largue par snap, je le vire direct de ma vie.

— Lé, on s'est expliqués, j'ai digéré le truc, on passe à autre chose, OK ?

— Moi j'ai pas digéré.

— Arrête, lui dis-je d'un ton plus sec.

Zoé, qui nous entend discuter du bout des lèvres avec une raideur palpable, lève son sachet de chips entre nous deux.

— Peace and love, *chantonne-t-elle.*

Léa lâche la tresse entamée et pioche une grosse poignée qu'elle se fourre dans la bouche ; je la sens tendue et déçue. Hugo s'est endormi en quelques secondes et ronfle, avachi sur mon épaule. Maël me propose sa cigarette ; je tire une longue taffe puis renverse la tête en arrière et me laisse fondre dans les coussins du sofa. Je pense à la peau de Mathis contre la mienne, à ses lèvres dans mon cou, à ses soupirs, ses promesses.

J'ai envie de recommencer à croire en cette histoire.

J'ai envie d'avoir à nouveau confiance en lui.

Lorsque le souvenir s'émiette et que Jules redresse la tête, c'est sa chemise à carreaux qui attire son œil – portée par Théodore.

Oh, mais ils sont tous là, derrière Nadia.

— Bande de voyeurs, crache-t-il d'un ton léger pour dissimuler sa détresse.

— En fait on écoutait votre conversation de loin, corrige Camille.

— Bande d'écouteurs.

Personne ne répond à sa plaisanterie.

Il s'essuie les cils à la hâte, ramène ses cheveux sur son front puis se relève.

— C'est d'avoir paumé mon téléphone qui m'a mis dans cet état.

— C'est clair, se moque Camille.

Jules baisse la tête et personne n'aperçoit le sourire qui chatouille sa bouche.

13

Ils rejoignent le quai à la queue leu leu, les visages raturés par le tourment, mais je les sens plus francs les uns envers les autres. Les cœurs s'entrouvrent, les histoires se dévoilent.

Il est temps de les bousculer un peu.

Le gamin était mis à l'écart parce qu'il était sourd
c'est tellement cruel, l'internat
le différent, l'étrange et le fragile n'ont pas leur place ici
même à mon époque on se moquait de Gilles
qui souffrait d'un bec-de-lièvre
ou de Jean-Claude qui pissait dans ses draps

j'ai quitté Saint-Joseph parce que je n'arrivais plus
à supporter cet endroit
j'y ai travaillé de 22 à 36 ans
et sans cesse je réentends ces élèves minauder devant moi
« on rentrait dans nos chambres, monsieur »
« on fait une pause entre nos révisions d'histoire et de latin, monsieur »
je savais pertinemment que quelque chose n'allait pas
mais je n'ai pas insisté

j'ai poursuivi ma ronde dans les couloirs du dortoir
et un jeune garçon en est mort
Alexis Orlinski
il n'avait que 11 ans

vingt ans que j'essaie d'accepter ma faute
et de sauver d'autres Alexis
je n'aurai pas assez de toute ma vie pour tenter de me pardonner
et cesser d'imaginer l'homme qu'il aurait pu devenir

comment peut-on penser au suicide à 11 ans ?
comment peut-on renoncer au monde aussi tôt ?

Évidemment, il ne comprend pas, Alexis.

— « Vingt ans »... ? répète-t-il, désorienté au point d'avoir les jambes qui flageolent. Qu'est-ce que... pourquoi... ? Pourquoi vingt ans ?

Il se sent mou à l'intérieur, et déchirable, comme gorgé de dentelle. Autour de lui, ça se dévisage avec effarement, ça murmure, ça panique.

C'est Jules qui prononce la phrase qui va tout faire basculer :

— T'es mort en quelle année exactement ?

— 1998, lui répond Alexis. Pas vous ?

Nadia plaque lentement sa paume sur sa bouche. Camille se met à respirer trop fort.

— Oh mon Dieu, chuchote Théodore, les yeux exorbités et la main sur le cœur. Oh mon Dieu, oh mon Dieu.

Alexis dévore ses compagnons du regard, de plus en plus déboussolé.

— On était en 2001 quand j'ai sauté, lâche Nadia derrière ses doigts.

— 2017, enchaîne Camille.

Un bruit sourd résonne contre le bitume : c'est Théodore qui vient de s'affaisser par terre. Jules lui demande sa date à trois reprises avant que l'adolescent comprenne le sens de la question.

— 2006, bafouille-t-il enfin.

Jules les fixe un par un, affolé, puis il dit :

— J'ai fêté le nouvel an 2020.

La terreur que chacun lit dans les yeux de l'autre palpite tel un cœur arraché.

— Je me suis réveillé aujourd'hui *dans cet escalier*, souffle Alexis en pointant les marches à sa droite. Comment je peux être enfermé ici depuis vingt ans ?

L'esprit ne peut pas appréhender une telle révélation, alors le garçon se cabre et repousse tout ce qu'il entend. Le 2020 de Jules, il n'y croit pas. Il ne veut plus participer aux discussions et se replie dans un coin, à l'écart. Tout dans son corps hurle : *Ne m'approchez pas, laissez-moi seul.* Alors ses quatre compagnons respectent ce besoin de distance.

Même si Camille change de position pour pouvoir l'apercevoir.

Même si Nadia lui jette des coups d'œil réguliers.

La tempe contre ses genoux, elle murmure du bout des lèvres :

— C'est du délire.

Le temps file, engourdi, sans autre son que les vagues mouillées des déglutitions.

Puis Camille part s'asseoir à côté d'Alexis et tend le bras vers Théodore. Quant à Jules, il se rapproche de Nadia.

— Tu m'autorises à me poser ici ?

Elle acquiesce alors il s'exécute.

Curieusement, c'est elle qui entame la conversation.

— Tu réalises qu'on se serait jamais rencontrés dans la vraie vie ? lance-t-elle, ébahie. Quand je suis morte, toi t'étais même pas né.

Elle tente de compter l'année de naissance du garçon mais s'emmêle dans les chiffres.

— 2004, répond-il pour elle. 16 avril. Bélier.

— 2004, répète-t-elle, abasourdie, en tripotant le bijou qui brille sur son cou. C'est dingue... complètement dingue.

Il hoche la tête puis elle ajoute :

— T'es un bébé, en fait.

Il laisse échapper un rire bref qui la fait sourire avec lui.

— Et tu penses qu'on est toujours en 2020 ? reprend-elle.

— Aucune idée.

— C'est comment ?

— C'est pourri. Dans tous les sens du terme. On a flingué la planète et y a une grippe chelou qui est en train de menacer la Chine. À Wuhan, je crois, un truc du genre.

Il racle ses semelles sur le sol puis demande à son tour :

— Raconte le passage à l'an 2000.

Aussitôt, le visage de Nadia se rallume. Elle lui parle d'un moment à la fois très angoissant et très excitant. Du compte à rebours lumineux sur la tour Eiffel puis de ce feu d'artifice d'exception qui les fait pénétrer dans le nouveau millénaire. Elle parle surtout de ces regards braqués sur les ordinateurs.

— On était persuadés qu'ils allaient tous péter, lui révèle-t-elle. Que le monde allait disjoncter.

— Et t'as vu les tours jumelles s'effondrer ?

Elle hoche la tête avec lenteur, plus grave. Elle se souvient des images qui tournaient en boucle sur les écrans de télévision. De ce magazine trônant dans le salon d'Anne-Lise qui titrait en majuscules atroces : LA GUERRE.

— Les Américains l'ont buté, le Ben Laden, lui signale Jules.

— C'est pas vrai... ?

— Si.

Nadia sent aussitôt sa respiration s'adoucir. Ses épaules se relâchent.

— Merci, lui dit-elle.

Puis elle veut savoir ce que lui a vécu d'inoubliable. Alors il lui confie les premiers souvenirs qu'il conserve. Il a 5 ans : Barack Obama devient le premier président noir des États-Unis ; Nadia en est éblouie et ne peut pas s'empêcher de penser à Malia qui a dû être fière d'assister à ça. Mais peu de temps après, Michael Jackson se fait la belle.

— Il est mort... ? répète-t-elle, choquée.

— Oui.

— OK, ne donne que des bonnes nouvelles.

Il obéit, même si ce ne sont que des drames qui assaillent sa mémoire : typhons et tsunamis, les frères Kouachi saignant les bureaux de *Charlie Hebdo* et, peu après, l'horreur du Bataclan. Sans oublier Donald Trump succédant à Obama et les scandales sexuels qui éclatent de partout.

Un putain de désespoir, ce monde-là.

À 10 mètres d'eux, Camille abreuve Théodore de questions sur la musique auxquelles il répond avec passion. Il a commencé le piano à 6 ans et découvert l'orgue à 13. C'est la *Waldstein* de Beethoven qui l'a fait tomber amoureux de son tout premier instrument. Un petit concert en extérieur avec sa mère. Ils s'étaient installés au premier rang sur des chaises branlantes. Il faisait atrocement froid et tous deux claquaient des dents.

Et puis les premières notes ont grondé dans l'air comme un jet d'émeraudes.

— Une révélation, déclare-t-il, encore émerveillé.

Il aimait déjà le piano, mais ce soir-là il a su qu'il en aurait besoin pour survivre. En rentrant, il a demandé à sa mère de lui apprendre à en jouer. Son œuvre préférée ? C'est un morceau *a cappella* : le *Miserere* d'Allegri. Il pense que toutes les explications à la vie et à la mort sont logées dans cette œuvre.

— Ça me prend là, lui confie-t-il en posant sa paume sur son cœur. Toutes ces voix qui se répondent et s'emmêlent, ça parle à toutes tes peurs, tes doutes, tes peines. Tu sens que le monde entier crie et pleure en toi.

— Je connais pas, avoue Camille.

Il s'apprête à lui répliquer « Écoute-le quand tu seras rentrée » puis se souvient. Qu'il n'écoutera plus Allegri ou les pièces de Kuhlau que sa mère interprétait avec éclat. Ses doigts s'agitent sur ses cuisses, hagards. De son côté, Camille joue avec les franges de son écharpe. Elle glisse ses jambes sur le côté et presse ses pieds contre ses fesses.

— Moi aussi j'avais l'impression d'avoir perdu mon père, livre-t-elle après une longue minute de silence.

Elle lui dépeint cet homme grand et massif aux mains puissantes qui portait ses deux enfants sur le dos sans faiblir une seconde. Il racontait son éternelle blague de Toto sur le cafard-olive qui ne faisait rire personne à part lui. Il était la tendresse et la bonté mêmes. Possédait un cœur énorme dont il ne dévoilait qu'une infime partie. Mais après le décès de Jérémie, cet homme s'est rabougri. Il pleurait en secret, baissant la tête en permanence comme s'il ne voulait pas qu'on puisse apercevoir l'absence de son fils dans ses yeux.

Et soudain ça la frappe, comme un coup au sternum.

— Ils n'ont plus d'enfants, déclare-t-elle. Ils ont perdu mon frère et ils m'ont perdue, moi. Ils sont tout seuls maintenant.

Bouleversée, elle cille plusieurs fois puis observe Alexis. Le jeune garçon s'est endormi, replié en fœtus. Sa respiration légère soulève à peine son pull rouge. Camille part récupérer le manteau et l'étend sur le petit corps, puis retourne s'asseoir aux côtés de Théodore.

— Étrange qu'on puisse dormir, remarque-t-il d'un ton lointain.

Camille opine avec lenteur mais ne trouve rien à répliquer.

— Je suis mort pour une mauvaise note, reprend-il en fixant les rails.

— Une note tout court, corrige Camille.

Avant même qu'elle ne réalise la violence de ses mots, le garçon acquiesce, stupéfait. Puis la stupéfaction laisse place à une immense onde de chagrin.

— Je suis mort *pour une note*, dit-il en battant des paupières pour ne pas se mettre à pleurer.

Mais tu sais bien que ce n'est pas le véritable motif, Théodore.

C'est l'élément déclencheur, le coup de grâce, la toute dernière étincelle qui a incendié ton foyer.

Les réponses que tu cherches gisent dans les braises mais il faut accepter d'y plonger les mains.

Incapable d'offrir un mot réconfortant, Camille lui prend les doigts et les serre fort. Et pour qu'il cesse de penser à sa note, elle lui raconte n'importe quoi : un jour, ils ont fait une bataille de spaghettis bolognaise avec Jérémie et leur mère a hurlé en découvrant le salon saccagé. Les gamins n'avaient pas réfléchi à ce qu'ils allaient salir, ils étaient dans la joie pure de l'instant. Un autre jour, au cours d'une virée à vélo, ils se sont disputés et Jérémie s'est éloigné de son côté, fâché. Il est revenu un bon quart d'heure plus tard, surexcité, en brandissant un coquelicot.

— Il était super fier d'avoir trouvé ma fleur préférée, lui explique-t-elle, amusée. Sauf que ma fleur préférée c'est la tulipe. Et lui a cueilli le coquelicot en croyant cueillir une tulipe.

Théodore sourit avec elle.

Au final, elle n'a pas osé corriger l'erreur de son frère et, aussitôt rentrée, a fait sécher la fleur entre les pages d'un dictionnaire. Par la suite, elle en a fait des dizaines de marque-pages, de ces coquelicots-tulipes qu'il rapportait de ses excursions.

— J'aurais aimé avoir un frère ou une sœur, lui révèle Théodore.

Camille allonge son sourire.

— C'est fou, confie-t-elle, cet amour qui te déborde.

Et ça le bouleverse, le garçon, une communion aussi profonde.

Il en a effleuré l'écrin dans les bras de Cassandre mais n'a pas eu le temps de construire tout ce qu'il aspirait à construire. Il a dû déposer ses rêves sur le bord de la route.

Si quelqu'un passe par là, pense-t-il, *j'aimerais qu'il ramasse mes rêves et qu'il les poursuive.*

— Quand Jérémie est parti, reprend Camille, il m'a emmenée avec lui.

Elle explique qu'il y avait la moitié Camille et la moitié Jérémie. En disparaissant, il a arraché sa part et lui a laissé un trou béant. Elle n'a jamais réussi à combler ce vide. Elle a continué à se lever le matin et à se coucher le soir en n'étant qu'une moitié. Un hiver permanent a pris naissance au fond d'elle. Son soleil a déposé les armes.

— Qu'est-ce qui s'est passé ? risque Théodore du bout des lèvres.

— Je l'ai quitté des yeux une seconde, répond-elle en frottant avec frénésie le Jérémie gravé sur sa gourmette. Il était là, à sauter sur la balançoire à bascule, avec son copain à l'autre bout. Et l'instant d'après il était par terre.

Elle s'interrompt de brèves secondes avant d'expulser les derniers mots :

— Il est mal tombé.

Elle l'entend encore, le silence qui a suivi la chute. Pas un seul cri d'oiseau ou klaxon de voiture n'a fendu ce silence. L'univers entier a cessé de respirer pour Jérémie.

Et puis un hurlement a sabré ce silence.

Le sien.

— Une heure plus tard, il était mort.

— Mais c'était un accident, chuchote Théodore.

Camille n'est pas de cet avis. Elle raconte qu'elle surveillait les deux gamins, assise sur un banc, et qu'ils sautaient trop fort.

— Je me souviens que Jérémie volait littéralement au-dessus de la balançoire. Je l'ai engueulé deux, trois fois, et à chaque fois il recommençait à sauter plus haut. C'était obligé qu'il tombe, obligé.

— Tu peux pas porter ça, Camille...

— J'ai tenu un an, poursuit-elle, sourde à ce qu'il lui dit. Et j'ai craqué.

Elle se rend compte alors que Nadia et Jules ont cessé de discuter pour l'écouter. Depuis combien de temps, elle ne sait pas. Même Alexis, camouflé sous son manteau, a les yeux ouverts sur elle.

— T'avais tout prévu, hein ? lui balance Jules.

— Quoi ?

— Ton départ.

— Oui, reconnaît-elle.

— Depuis longtemps ?

— Plusieurs mois.

Elle avait choisi la date anniversaire du décès de Jérémie pour être sûre de le rejoindre. Elle savait où sa mère stockait toutes ses boîtes de médicaments. Y en avait assez pour abattre un éléphant, dans ce placard qu'on n'avait même pas pris la peine de verrouiller.

Alors oui, c'est devenu de plus en plus précis dans son esprit.

De plus en plus *faisable.*

— Comme s'ils me disaient « viens... », ces putains de médocs.

Et elle, gamine fragilisée, a cédé à l'appel.

14

CAMILLE

2 mai, 20 h 14.

Ma chambre est prête ; j'ai rangé tout ce qui traînait et jeté tout ce que je ne veux pas qu'on trouve. J'ai besoin de savoir que je pars dans l'ordre et la propreté. Que mes proches ne seront pas assaillis par le chaos qu'était ma vie.

Je file ensuite récupérer l'aspirateur et commence à nettoyer la moquette.

Quelqu'un m'agrippe le bras ; je me retourne et éteins l'appareil.

— Pourquoi tu passes l'aspi à cette heure-ci ? s'étonne ma mère en resserrant la ceinture de sa robe de chambre.

Les mensonges jaillissent de ma bouche avec une aisance effarante :

— J'ai fait tomber toutes mes pelures de taille-crayon.

Elle hoche la tête en me demandant de me dépêcher parce qu'elle voudrait dormir.

Il est plus tôt que d'habitude mais c'est un jour spécial : ma mère n'a été présente pour personne. Elle n'est sortie de son lit que pour nous traîner au cimetière avec ses bouquets de fleurs puis est rentrée se recoucher. Elle n'a pas répondu au téléphone. Elle n'a pas ouvert lorsqu'on a sonné.

Elle est restée morte le temps d'une journée.

Même Mamie savait qu'elle n'était pas la bienvenue et a déposé du gratin dauphinois sur le paillasson.

20 h 23.

Ma moquette est irréprochable. Je jette un œil vers la chambre de mes parents : un filet de lumière filtre encore sous la porte. Ma mère est probablement vautrée sur son lit avec la photo de Jérémie dans la main. Mon père est enfoncé dans le canapé du salon avec un verre de gin.

J'ai du temps devant moi.

Je me douche puis me brosse les dents, les cheveux, et j'enfile ma chemise de nuit avec les papillons brodés – celle qui me donne de la force. De retour dans ma chambre, je lance *Evelyn Evelyn*, ma chanson fétiche, appuie sur REPEAT puis m'assieds au milieu de la pièce, les bras autour de mes jambes.

Et je reste là, à penser.

À ce que j'abandonne.

Aux gens qui m'ont faire rire, qui m'ont aimée, qui m'ont blessée, qui m'ont grandie.

Aux garçons que j'aurai désirés sans qu'ils ne le sachent jamais.

Je dis adieu à tous ces livres qui m'auront fait rêver et surtout à Frodon Sacquet, le héros qui m'aura guidée. Aux photos décolorées dans les cadres. À tous ces bibelots inutiles mais qui portent une histoire que personne ne connaît sauf moi. Je dis adieu à mes peluches – et surtout à ma petite tortue verte. Gamine, je m'amusais à coller sa tête sous ma lampe de bureau pour me réchauffer la joue. Un jour je l'ai oubliée et elle a brûlé ; un gros cercle orange barbouillait son crâne râpé. J'ai tant pleuré que ma mère a couru en ville puis est rentrée avec cinq boîtes de feutres différentes.

Il a fallu mêler trois teintes de vert pour réparer le crâne roussi de la blessée.

Et là elle me regarde, cette conne, avec sa tête penchée par les câlins et ses yeux de verre tout rayés.

C'est toute mon enfance qui me regarde à travers elle et ne comprend pas.

Pourquoi je pars ce soir.

Dans mes oreilles la chanson recommence et je dis adieu aux chaussons de pointes en satin suspendus à ma fenêtre. À toutes ces citations punaisées sur mon mur. À mon planétarium qui projetait des étoiles sur le plafond et que mon frère me piquait sans arrêt. À ce lit qui a tout entendu, tout vécu.

Je dis adieu à ce corps qui ne me sert plus à rien.

À cette autre version de moi qui aurait pu faire de belles choses.

À l'homme que j'aurais pu aimer un jour.

Aux enfants que je n'aurai pas.

Je tends le bras vers ma table de nuit, ouvre ma boîte à bijoux dans laquelle tournoie une ballerine et ramasse mon camée que j'enfile à l'annulaire. Ma mère me l'a offert après la visite d'un grand château en Provence. Jérémie et mon père avaient préféré se gaver de gaufres tandis que cette bague m'avait appelée, oubliée sur l'étal d'une boutique artisanale. Le ciel était d'un lavande insolent, sans une seule éraflure. Les taches de rousseur de Jérémie éclataient sous le soleil chargé. Ça sentait le sucre glace et la mer.

Et ce moment était absolument *parfait*.

J'ai besoin de cette bague ce soir, comme j'ai besoin de cette chemise de nuit. Les porter me fait l'effet d'une dernière étreinte, d'une vague de chaleur pure.

21 h 41 déjà ?

Je me relève puis ramasse mon ordinateur, chausse mes lunettes et me recroqueville sur mon lit. Je demande la suppression de mon compte Facebook puis j'ouvre ma boîte mail et clique sur : RÉDIGER UN NOUVEAU MESSAGE.

Chère Pau,

C'est super bizarre d'écrire ce texte. Tu le liras demain, je pense.

Je m'excuse de n'avoir pas répondu à tes textos et tes messages WhatsApp mais je n'arrive pas à parler. Tant que je garde la bouche fermée, je me dis que rien ne peut ressortir. Le chagrin, la colère et ce sentiment de crime qui ne me quitte pas. Je préfère que ça reste à l'intérieur, j'aurais trop peur de voir à quoi ça ressemble hors de moi.

J'espère que tu ne seras pas trop choquée par mon geste.

(Y a une ambulance qui gueule au loin et j'imagine qu'elle vient pour moi, c'est super flippant.)

Je t'en supplie, ne m'en veux pas, ne me juge pas. Si j'avais trouvé une solution moins terrible, j'aurais choisi cette solution.

Surtout ne t'emmerde pas à venir sur ma tombe. Vire simplement les plaques si y en a et les Jésus parce que j'aime pas les Jésus. Par contre, j'aime bien les bougies et les fleurs. Les tulipes et les pivoines blanches (mais pas en plastique, s'il te plaît).

J'étais partie pour t'écrire un pavé mais j'ai tout oublié (évidemment, ça me reviendra quand j'aurai cliqué sur : « ENVOYER ».)

Je te souhaite une longue vie avec Clément (si t'es toujours avec), plein de bébés tout bruns et plein de chats chauves comme t'aimes bien.

Ton ex-meilleure amie adorée,

Cam.

PS : J'ai gardé toutes les boîtes de Tic-Tac sur lesquelles on a noté des conneries au blanco en cours d'espagnol. Récupère-les si tu veux. J'aimerais bien que ce soit toi qui les ai (ais ? aies ? voilà je sais plus conjuguer, super...).

PS2 : J'ai aussi gardé toutes les lettres que j'ai écrites à Dorian et que j'ai jamais envoyées. Je t'autorise à les lire si tu as besoin de rire un peu.

Je parcours le mail deux fois, de plus en plus atterrée par la pauvreté de ma prose, puis je clique sur : EFFACER LE BROUILLON. Au bout de quelques minutes, je décide d'appeler. Comme Pauline ne décroche pas quand je téléphone et n'écoute jamais ses messages vocaux, je sais que je ne cours aucun danger qu'elle puisse prévenir quelqu'un. Comme d'habitude, son répondeur m'informe qu'elle n'est pas disponible et attend mon blabla après le bip.

Je lui souhaite un joyeux anniversaire en retard – mais je suis tellement à côté de la plaque en ce moment. Je lui dis qu'elle aura été l'amie la plus précieuse, celle que je retiens en premier quand je repense à toutes celles que j'ai eues. Je lui dis que j'oublierai jamais le fou rire qui nous a pris dans un couloir du collège, pour une histoire d'élastique à la con, au point de nous pisser dessus. Que j'oublierai jamais sa capacité à gober trois Flanby à la suite, sans en recracher une bouchée. Et que j'ai pas disparu parce que je ne l'aimais plus mais parce que *je ne m'aimais plus*. Je lui dis merci parce que j'emporte avec moi mes dernières années de gaieté et que c'est elle qui les remplit. Je lui dis que je l'aime d'une voix si basse qu'elle ne l'entendra probablement pas.

Dès que j'ai raccroché, j'efface le contenu de mon téléphone : applications, SMS, notes et photos partent à la poubelle. Les SMS surtout, c'est important. Je n'ai pas le courage de tout relire et je n'ai pas envie que mes proches tombent sur quelque chose que j'aurais écrit qui me rabaisserait dans leur estime. J'épargne mes playlists musicales et ne laisse qu'un objet vide, sans âme, qui ne livre aucun de ses mystères.

Un peu à mon image.

22 h 31. J'ouvre Internet et me connecte sur le forum :

Vivre sans toi.

La page d'accueil s'étale, d'un bleu ciel pur et doux. Les pétales d'une grande capucine s'enroulent autour du V de « Vivre ».

Bonjour jiminy54,

🖂 Vous avez 2 messages privés

J'ouvre ma messagerie puis les deux enveloppes qui clignotent en gras. J'envoie des pensées à luciole_884 ainsi que des cœurs à kheops08. Ensuite, je retourne sur l'accueil du site et clique sur l'onglet : PERTE D'UN FRÈRE OU D'UNE SŒUR.

✦ 1 membre et 14 invités dans cette section ✦

Je parcours les nouveaux sujets en faisant rouler la molette de ma souris :

✎ trois ans aujourd'hui......
Démarré par albatros.ndg
3 réponses
141 vues

✐ Perte de mon jumeau
Démarré par Etoile_Filante
5 réponses
254 vues

☹ au bout du rouleau help !!!!!
Démarré par BaMbOu
0 réponse
398 vues

Déjà longtemps que je n'écris plus rien ici. Avant, je m'efforçais de lire tous les sujets et de laisser quelques phrases de soutien aux messages esseulés. Aujourd'hui, ça ne me touche plus. Je n'ai plus d'émotions, plus rien à dire.

Je suis devenue aussi sèche qu'un bloc de granit.

Je demande la suppression de mon compte puis j'efface favoris et historique. Je ferme Internet, lance un nettoyage de disque et rabats mon ordinateur.

Au départ, je ne voulais pas le faire chez moi. Je ne voulais pas que mes parents me trouvent morte. J'ai bien pensé aller dans un hôtel mais je me suis dit qu'on ne me laisserait jamais de chambre sans qu'un adulte m'accompagne.

Alors ça se fera ici, pardon.

Un an que tu nous as quittés, Jérémie, et rien n'a changé. Maman se shoote à un mélange affolant de médicaments et passe la majeure partie de son temps au lit, les volets clos, quand elle ne divague pas dans la maison en tenant des propos incohérents. Papa boit tous les soirs lorsqu'il rentre du boulot, assis dans le canapé du salon.

Mais la télévision n'est pas allumée.

Je ne sais pas s'il observe l'écran noir ou son propre reflet à l'intérieur.

Tu hantes chaque pièce, tu es partout, tu *vis* ici.

Sur nos blessures, tu ne cicatrises pas.

Ta brosse à dents traîne toujours sur le lavabo, ton dernier manteau accroché au cintre de l'entrée. Ta chambre est restée comme tu l'as laissée : avec tes jouets éparpillés, tes vêtements pliés dans l'armoire, ta couette de lit Iron Man et ton pyjama roulé en boule. Tes robots que tu transformais en avion, en camion, en tank. Tes Tortues Ninja, tes dinosaures et tes cahiers d'écolier habillés de ton écriture soignée : *Jérémie Morel, CE2.*

22 h 53.

Je vole une feuille à mon imprimante et m'installe à mon bureau. Les verres de mes lunettes sont salis par mes larmes. Le crayon tremblote dans ma main.

C'est terrifiant de penser que demain, je ne serai plus là.

Que je ne connaîtrai pas le 3 mai 2017.

Je pose la mine sur le papier sans parvenir à trouver le bon mot.

J'imaginais que ce serait simple mais c'est un moment atroce.

Excusez-moi

Mais ça ne me plaît pas et je déchire la feuille pour en attraper une seconde.

Je suis désolée
C'est pas la vie que je voulais
J'y arrive plus, il me manque trop
Je vous aime fort, merci pour tout

Je ne signe pas – pour quoi faire ? – et laisse le mot sur mon bureau.

23 h 16.

Le canapé est vide et le rai de lumière sous la porte parentale s'est éteint.

Téléphone à la main, je sors de ma chambre sur la pointe des pieds et pars chercher un verre dans la cuisine – ça sent le gratin de Mamie. Puis je verrouille la salle de bains et fais face au miroir.

Mon visage me paraît livide sous le néon.

Je m'accroupis devant le meuble logé sous le lavabo, fouille dans les boîtes de médicaments et attrape n'importe quoi. Je ramasse aussi le petit dinosaure en plastique orange, un jouet que tu adorais et à qui tu faisais vomir du gel douche en riant aux éclats. Il n'a jamais quitté le rebord de la baignoire, entre les flacons de shampoing et le rasoir moisi de maman. Je remplis mon verre d'eau puis j'entre dans ta chambre avec mon butin dans les bras.

Ce serait mentir de dire que je n'ai pas peur.

J'ai peur de me rater.

J'ai peur de ne pas te rejoindre, de ne pas te trouver.

J'ai l'image d'Alice perdue dans cette grande forêt du pays des Merveilles avec tous ces panneaux pointant dans des directions opposées.

Je suis Alice et le chien-balai efface mon dernier chemin.

Alors je gèle mes pensées et j'agis en mode automatique.

Il est 23 h 29 sur mon téléphone lorsque je me glisse dans ton lit. Ça sent le coton et la crème fouettée par-dessus la poussière. Ça sent ton corps, mais sans doute est-ce mon imagination. Ton oreiller est creusé au milieu. Après ta mort, j'y ai récupéré des cheveux roux que j'ai fourrés dans une enveloppe.

Je n'ai jamais pu rouvrir cette enveloppe.

J'entends ton rire parfois, brut et rapide, qui m'évoquait un jet de confettis. Et je me souviens de ta voix quand je serre les paupières et que je plonge en moi.

C'est ici que je te retrouve.

Dans des zones clandestines que rien ne peut salir.

Mais les vidéos, je suis incapable de les visionner. Te voir sauter, danser et faire coucou à la caméra : impossible. Ton « toi » vivant m'est trop cruel à regarder.

Je te préfère statufié dans mon cœur.

Il est 23 h 38 lorsque je retire mes lunettes, visse les écouteurs dans mes oreilles et relance ma chanson, volume à fond – j'ai besoin de musique pour écraser le flot de mes pensées, pour m'empêcher de réfléchir, de regretter. Je sors les cachets un par un et les aligne devant moi. Bleus, blancs, ronds ou ovales, ils me défient, aussi petits qu'ils soient.

J'avale une gorgée d'eau avec un comprimé, puis deux, puis trois. Je tiens la suite de mon histoire entre mes doigts. Je peux décider de.

De continuer ou partir.

Un quatrième cachet, un cinquième, un sixième.

J'ai le choix. J'ai la possibilité de tout.

23 h 45.

J'en gobe une poignée entière, de ces comprimés. Et plus les minutes passent, plus j'ai du mal à respirer. Comme tu as eu du mal à respirer juste avant de mourir. Mon cœur force contre mes côtes comme s'il voulait hurler ou *sortir*. La chambre frissonne – mais peut-être est-ce moi ? Je lève la tête et observe le plafond arrosé par les étoiles phosphorescentes de mon planétarium.

Qui l'a allumé ?

Elles m'appellent, tes étoiles.

Elles me sourient.

Et puis...

— Oh, dis-je en ôtant mes écouteurs. Jérémie...

Croyant halluciner, je chausse à nouveau mes lunettes, mais non : tu es bien là. Tu marches vers moi puis t'assois sur le bord du lit. Tu portes les vêtements dans lesquels tu es mort : un short beige, un T-shirt à rayures et des baskets à scratch. Tes joues sont pleines et tes mollets tout fins, dorés par le soleil. Une écorchure abîme ton genou gauche. Tes cheveux explosent en un pétard fauve.

— Je te vois, Jérémie...

Tu ne me réponds pas, alors je tends le bras et j'effleure ton épaule.

— Je te *sens*, Jérémie... tu me sens toi aussi... ?

J'entends les écouteurs crépiter sur les draps. Tu ne dis toujours rien.

— Viens, s'il te plaît...

Ma bouche me paraît engourdie, ma langue lourde et pâteuse. Ça sent la sueur acide par-dessus le coton et la crème fouettée – c'est moi qui transpire comme ça ? Lorsque tu te glisses enfin contre moi, je serre tes doigts menus entre les miens. Je sens ton souffle sur ma joue. Ton cœur qui se tresse à mon cœur.

— Me lâche pas, te dis-je dans un murmure. Me lâche pas.

15

Extirpé de son sommeil depuis quelques minutes, Alexis la fixe avec un regard accablant.

— Mais moi elle m'a lâché, ma mère, chuchote-t-il d'une voix chevrotante.

Sa respiration s'épaissit, plus grave et plus bruyante.

— ELLE M'A LÂCHÉ, MA MÈRE ! hurle-t-il, les paupières pressées par la douleur.

Puis il tire sur ses cheveux comme s'il tentait de les arracher. Nadia est la première à se précipiter vers lui et cramponne ses poignets mais la force qu'il a, ce gamin, malgré son petit corps... c'est un brasier qu'il porte en lui.

— SORTEZ-MOI D'ICI ! crie-t-il. SORTEZ-MOI D'ICI !

Nadia parvient finalement à le maîtriser et le serre fort pour que la rage s'épuise. Peu à peu, Alexis s'abandonne à l'étreinte de la jeune fille. Ses poings se rouvrent et quelques filaments blonds tournoient jusqu'au sol.

Les larmes succèdent aux cris, les mots succèdent aux larmes.

— Je lui en veux tellement, gémit-il, la bouche écrasée contre le ventre de Nadia. Elle m'a jamais pris au sérieux, *jamais*.

Il raconte que son père ne l'écoutait pas davantage. Lorsque sa mère appelait l'ex-époux pour lui parler des sanglots de son fils, l'homme se mettait à gueuler : « Foutu chantage ! Son école me suce tout mon salaire de crevard et le gosse vient encore chouiner. » Le tout agrémenté d'insultes en polonais qu'Alexis ne comprenait pas.

Ses compagnons se regardent, effarés.

— Comment t'es au courant de ce que disait ton père ? lui demande Nadia.

Alexis se détache d'elle et explique qu'il utilisait le deuxième téléphone de la cuisine, un vieux machin avec des trous qu'il fallait tourner.

— Attends, tu saignes, dit-elle en frottant le filet de sang qui s'écoule de sa tempe.

Bizarre qu'on puisse se blesser, songe-t-elle pendant qu'Alexis observe les ongles avec lesquels il s'est écorché, teintés de rouge. Mais ça ne l'empêche pas de continuer à parler. Il dit que malgré son mal-être, il avait de bons résultats scolaires et elle se trouve peut-être ici, l'erreur : personne ne s'inquiétait pour lui.

Excepté sa grande sœur.

— Avant de repartir pour la fac, elle est venue dans ma chambre et elle s'est assise sur mon lit. Elle m'a demandé si j'aimais l'école et j'ai dit « oui ». Elle m'a demandé si c'était pas trop chiant, le caté, les messes du mercredi, tout ça ; j'ai rigolé et j'ai dit « non ». Elle m'a demandé si je dormais bien la nuit et j'ai dit « oui ».

Il cille plusieurs fois, désœuvré.

— J'ai fait semblant, achève-t-il en baissant la tête sur ses chaussures. J'ai dit n'importe quoi.

Puis il dirige son regard vers Camille.

— Moi aussi j'y pensais, confesse-t-il. J'imaginais que je mourais et que tout était fini. Mais j'en ai jamais parlé à personne.

Théodore s'accroupit près de lui et chuchote :

— Pense à un endroit où tu t'es senti bien. Un moment où tu t'es senti bien.

D'emblée, c'est le visage de sa sœur qui bondit sous les paupières pâles d'Alexis.

Teresa déboule dans ma chambre avec deux sacs plastique entre les mains.

— Surpriiiise, m'annonce-t-elle en les balançant sur la moquette.

Je retourne le livre que je lisais pour ne pas perdre ma page.

— Y a quoi dedans ?

Elle m'adresse un clin d'œil mystérieux.

— Plein de trucs pour s'amuser ce soir. Tu sais quel jour on est ?

— Vendredi 31 octobre.

— Bonne réponse. Et ?

Je hausse les épaules.

— Halloween, Koti. La fête des Morts.

Elle s'assoit en tailleur puis renverse le contenu d'un sac et de nombreux paquets de confiseries s'étalent devant mes yeux émerveillés. L'autre sac vomit plusieurs cassettes vidéo. C'est Noël avant l'heure.

— Ça te dit qu'on mate plein de films d'horreur en se bourrant de sucre ?

— Sans demander à maman ?

— Évidemment.

J'acquiesce, un grand sourire sur les lèvres.

— OK, dit-elle en éparpillant les cassettes. J'ai loué Halloween *1 et 2 au cas où on aime bien le 1,* Freddy *le dégoûtant,* Les Dents de la mer *et* L'Exorciste, *mais c'est peut-être un peu crado pour toi.*

Je me penche sur les boîtes pour en étudier les images, attrape la cassette des Dents de la mer *et la tends à ma sœur.*

— Va pour le requin, me dit-elle en se relevant. Mais avant, on se transforme en démons.

Je la dévisage, dérouté.

— Je vais te maquiller, Koti.

— Mais c'est les filles qui se maquillent...

Amusée, elle m'explique qu'elle va me déguiser en mort. Et cinq minutes plus tard, je suis assis sur le couvercle des toilettes tandis qu'elle pose une trousse sur le rebord du lavabo. J'ai installé le gros saladier de bonbons sur mes cuisses et y plonge régulièrement la main.

— Mange pas tout, me dit-elle en ouvrant un rectangle avec plein de carrés colorés. T'auras encore mal au bide après.

Je la regarde tremper un pinceau dans du gris foncé.

— On dirait une palette de peintre...

— Ferme les yeux, demande-t-elle en se penchant sur moi.

J'obéis et me fige.

— Tu peux continuer à mâcher, tu sais, plaisante-t-elle en peignant ma paupière gauche.

— Ça peut pas me faire gonfler... ?

— On verra, répond-elle, impassible.

Je rouvre les paupières si brusquement qu'elle manque de m'enfoncer le pinceau dans l'œil. Elle râle en attrapant un Kleenex qu'elle frotte sur ma peau.

— J'ai pas très envie de gonfler...

— Mais tu vas pas gonfler, Koti, t'es allergique à rien.

— Si, à l'internat, dis-je tout bas.

Elle m'observe, attendrie.

— Ça, je veux bien te croire, mais tu passeras pas toute ta vie là-bas.

— C'est long, quand même...

— Je sais, dit-elle en me caressant la joue avec le dos de ses doigts.

La douceur imprévue de ses yeux me donne envie de pleurer. Pour me ressaisir, je choisis un Carambar que je mets une minute à déballer.

— « Monsieur et Madame Liguili ont un fils, comment s'appelle-t-il ? »

Elle donne très vite sa langue au chat. Je retourne le papier pour en lire la réponse :

— « Guy, dis-je. Parce que Guili guili. »

— C'est nul.

Nous rions et faisons une pause dans le maquillage pour nous goinfrer de bonbons. Je mâche toujours mon Carambar ultra dur pendant que Teresa gobe deux crocodiles d'un coup.

— Il pleut, dis-je en jetant un œil vers la petite fenêtre sombre.

— C'est l'ambiance parfaite pour nos films d'horreur, me répond-elle en attrapant un crayon noir.

Elle l'applique sous mes cils du bas mais j'ai si peur qu'elle dérape que je n'ose pas respirer. Son souffle sent la fraise artificielle.

— T'es un très beau garçon, tu sais ? me chuchote-t-elle, très tendre.

— Même maquillé en mort ?

— Même maquillé en mort. T'auras toutes les filles à tes pieds. Alors dis plus jamais à maman que t'es moche.

Je baisse la tête, gêné, mais elle me redresse le menton.

— Juré craché ?

— Juré craché.

Elle frotte ensuite un feutre muni d'une brosse sur mes cils puis se recule, ravie.

— Fini, m'annonce-t-elle. Tu peux regarder.

Je décolle des toilettes et m'approche du miroir.

— Oh, dis-je, on dirait Lestat le vampire.

— D'où tu connais Lestat, toi ?

Je rougis sans lui répondre. Elle penche la tête, sourcils froncés.

— Tu fouilles dans mes bouquins, maintenant ?

— Mais j'ai lu tous les miens...

— Attention, dit-elle en rouvrant sa palette colorée. Y a des bouquins qui sont pas pour toi.

— Des bouquins comment ?

— Des bouquins pour les grands, trop durs pour toi.

Mais moi ça me donne encore plus envie d'aller fouiller dans ses bouquins de grands.

— Pas touche, Koti, lâche-t-elle en agitant son index comme un essuie-glace.

Durant les dix minutes qui suivent, je la regarde se peindre les yeux en violet foncé en me gavant de Schtroumpfs.

— Allez viens, dit-elle en me volant le saladier. C'est l'heure du méchant requin.

Nous débarquons dans le salon et trouvons maman, assise à la table, en train de recoudre le col d'un chemisier. Elle lève la tête et reste immobile de brèves secondes, éberluée.

— Qu'avez-vous fait de mes enfants ?

— On squatte la télé pour mater un film, annonce ma sœur en sautant dans le canapé.

— Quel film ?

— Oui-oui et les lutins magiques.

Maman laisse échapper un soupir.

— Quel film, Teresa ?

— Les Dents de la mer, *marmonne-t-elle en enfonçant la cassette dans le magnétoscope.*

— Ton frère a pleuré tout à l'heure à cause d'un pigeon mort, rouspète-t-elle, et tu veux lui montrer des horreurs...

Ma sœur grogne d'exaspération.

— C'est pas des horreurs, c'est un chef-d'œuvre du cinéma.

Puis elle glisse un œil vers moi et ajoute :

— En plus le pigeon était pas mort du tout, il sortait du bar à pigeons et était complètement pété. Donc il cuvait ses trois pintes sur le trottoir.

Les lèvres de maman se tordent en une moue amusée.

— Et la grosse marmite de caries est absolument nécessaire ?

— C'est Halloween, lui dis-je en m'installant à côté de ma sœur. C'est le jour des bonbons et des méchants.

Maman fait claquer sa langue, incrédule, mais reste malgré tout avec nous pendant les deux premières minutes du film, toujours assise à la table. Elle pioche même un nounours jaune dans le saladier et résume son expérience en un mot :

— Ignoble.

— Chuuuttt, fait ma sœur, les joues déformées par les sucreries.

Maman nous annonce alors qu'elle nous quitte pour aller lire au lit :

— N'oubliez pas de vous laver les dents et de me débarbouiller tout ça, conclut-elle en désignant nos visages maquillés.

Elle nous embrasse sur le crâne puis jette un dernier regard aux bonbons, affligée.

— Ne traumatise pas ton petit frère, Teresa, lance-t-elle du couloir avant de refermer la porte de sa chambre.

— « Ne traumatise pas ton petit frère », singe ma sœur avant de se tourner vers moi : t'es traumatisé ?

— Non.

Ce qui ne m'empêche pas de me rapprocher d'elle à chaque scène angoissante. Attentive, elle passe son bras autour de moi et me cale contre elle.

Puis Michael Myers succède au requin.

Mais je ne garde aucune image de ce deuxième film parce que je m'endors.

Je me souviens qu'à un moment donné ça bouge autour de moi et que le canapé s'allège – Teresa, où tu vas... ? Je me souviens qu'on étend quelque chose de lourd et de chaud sur mon corps. Je me souviens surtout du vieux lapin qu'elle glisse contre ma joue parce que je sens l'odeur de ma peau d'enfant imprégnée dans la peluche.

— J'ai pas lavé mon visage, dis-je, les lèvres écrasées sur le lapin.

Teresa rabat la couverture sur ma nuque et plaque un baiser sur ma tempe.

— Dors, Koti.

Juste avant qu'elle ne me retire mes appareils, elle souffle à mon oreille :

— Tu passeras pas toute ta vie là-bas, oublie pas.

C'est un craquement qui arrache Alexis à sa mémoire. Et c'est moi qui en suis l'auteure. Ils sont très touchants, mes enfants, mais ils n'avancent pas assez vite.

Il est temps d'accélérer le mouvement.

— C'était quoi, ça ? s'inquiète Jules en levant la tête.

Camille n'a rien perçu mais Nadia et Théodore l'ont également entendu, le bruit. Très fin, comme une fêlure qui s'imprime dans un mur.

— Ça venait de là-bas, déclare Nadia en désignant le souterrain.

Jules se relève, le corps en alerte et les yeux patinant dans la salle.

— Non, ça venait d'ici.

Au départ ça crépite, comme des bougies magiques. Puis le crépitement se transforme en un grondement opaque.

— Là, murmure Théodore, l'index pointé vers le plafond.

Les bouches se taisent et les oreilles s'affûtent. À petits pas, Nadia se rapproche du tunnel en sifflant :

— Je reste pas ici, moi...

Je crache une deuxième pierre, puis une troisième, et les regards s'écarquillent, les corps gesticulent dans tous les sens, désaccordés.

— OK, on se taille ! balance Jules en sautant sur les rails.

Camille agrippe les doigts d'Alexis, Théodore les suit et tous s'enfoncent dans les couloirs qu'ils ont eu tant de peine à fuir.

Une masse noire de câbles et de fils électriques pend du plafond comme des entrailles hors d'un ventre ouvert. Ça jonche aussi le sol cendreux et attire le regard de Nadia qui se penche dessus.

— Touche pas, lance Jules en la poussant sur le côté.

Ce n'était pas l'intention du garçon, mais le geste a été brutal. La jeune fille se tourne vers lui, hérissée.

— Pousse-moi encore une fois et tu te prends une baffe, rétorque-t-elle avec provocation.

Jules lève deux mains navrées dans la poussière.

— Excuse, répond-il vite. Y a encore du courant puisqu'on a un peu de lumière... j'ai eu peur que tu touches les fils.

— Tu me crois assez conne pour les toucher ?

— Non, mais...

Théodore toussote pour dissiper le conflit et la bande se remet en marche pour s'éloigner des pierres qui chutent au loin dans un son de monde qui périt. De massives portes métalliques surgissent les unes après les autres, munies de barres qu'il faut pousser. Les rails s'emmêlent à l'image d'un long tapis de serpents rouillés. Au bout d'une dizaine de minutes, la tribu déboule dans une salle moins délabrée.

— On dirait un garage abandonné, note Théodore.

Ses paroles ricochent contre les murs, démultipliées. Alexis lance plusieurs « Ah ! », perturbé par le déploiement de sa voix ; il éprouve encore de la difficulté à s'apprivoiser. La pièce entière sent l'huile de moteur et l'essence mêlées à des relents d'urine. Plusieurs marteaux corrodés traînent dans un coin, insolites. Au fond, englouti sous une couche de crasse qui le rend presque invisible, un distributeur de sucreries. Alexis s'en approche et frotte sa paume sur la poussière qui colle aussitôt à sa main.

— On se pose là ? suggère Jules.

Camille fronce le nez.

— Ça pue la pisse.

— Ça pue partout et on sent pas la rose non plus.

Tous prennent donc la décision de se reposer ici. Alexis, de son côté, tape sur tous les boutons de la machine dans l'espoir d'obtenir un sachet de friandises. Devant l'inefficacité de sa méthode, il se met à brutaliser l'engin à coups de pied.

— Arrête, lui lance Nadia d'une voix douce. Même si t'arrives à récupérer un truc, on te laissera pas le manger.

Le gosse tourne les talons et vient s'asseoir à côté d'elle, déçu.

— Tu crois qu'on peut manger ? réplique Jules en se frottant les lèvres d'un air pensif.

Nadia hausse les épaules, interroge ses compagnons du regard ; personne ne sait.

— En tout cas, précise-t-elle en pointant du menton le distributeur décrépit, j'essaierais pas avec ces trucs pourris.

— Je peux te poser une question, Camille ? intervient soudain Théodore.

L'adolescente acquiesce, intriguée.

— Je juge absolument pas, reprend le garçon, mais j'ai du mal à comprendre que t'aies rangé ta chambre... tout jeté, tout effacé.

Camille fait danser le camée bleu autour de son annulaire.

— J'ai expliqué pourquoi. Je voulais leur laisser une belle image de moi.

— Mais c'était *toi* toutes ces choses dont tu t'es débarrassée.

Sauf qu'elle ne l'écoute plus, Camille. Elle se rend compte qu'elle n'a pas été aussi pointilleuse qu'elle le pensait.

— Et merde, j'ai oublié de vider ma clef USB.

— En quoi c'est grave ? lui demande Théodore.

Camille sent qu'elle se braque. Sa voix sort inégale, oscillant entre raideur et tracas :

— Mais t'as jamais rien caché, toi ?

— Non, avoue-t-il sans hésiter.

— Sérieux ? s'étonne Jules. Y a rien que t'aurais voulu planquer illico si quelqu'un entrait dans ta chambre ?

— Ça nous donne une idée de ce que *toi* tu planques, rétorque Nadia avec sarcasme.

Quelques rires clapotent à l'image d'une bruine.

— T'as effacé les preuves, reprend Théodore en reportant son attention sur Camille.

— Quelles preuves ?

— Celles qui auraient pu expliquer ton geste.

— Mais j'ai laissé une lettre sur mon bureau...

— C'était *ta chambre*, la lettre.

Le silence se dépose sur ces paroles en un long rideau de taffetas.

C'est vrai qu'il n'y a rien de plus bavard qu'une chambre d'adolescente, songe Camille. *Mes livres, les cartes postales qui envahissaient mes murs et les choses sans valeur que j'avais gardées. Toutes ces choses me racontaient, moi. Et c'est là que mes parents auraient dû regarder lorsqu'il était encore temps.*

— J'ai voulu contrôler ma mort, dit-elle dans une moue chagrinée.

Faire le vide autour de soi est terriblement révélateur : on range, on donne, on jette *parce qu'on n'en aura plus besoin.* Quel message plus limpide que celui-ci ?

— Moi, je préfère Eowyn à Frodon Sacquet, confie Nadia pour attendrir les tensions qui éreintent la pièce.

Et ça fonctionne.

Les visages se redressent, les yeux s'éclairent.

— Sam Gamegie, réplique Jules. Frodon aurait jamais réussi à détruire son anneau tout pourri sans lui.

— Moi, celui qui m'a marqué, c'est Sauron, leur dévoile Théodore.

Dans ses cauchemars, son père apparaissait très souvent sous les traits de ce « Grand Œil » enflammé qui voit tout.

À l'écart de la discussion, Alexis est occupé depuis cinq minutes à frotter la crasse visqueuse qui s'est collée à ses paumes lorsqu'il a brutalisé le distributeur de sucreries.

— Tu connais le livre, Alexis ? lui demande Nadia pour l'arracher à son isolement.

Le garçon ne réagit pas, continuant à fixer ses mains. Alors Jules se relève et part s'asseoir à ses côtés. Il reste un instant silencieux, écoutant le bruissement des voix, puis se penche vers l'enfant.

— Moi aussi je m'en prenais plein la tronche, tu sais ?

Cette fois-ci Alexis redresse la tête, troublé.

16

— On se moquait de toi ? chuchote le gamin d'une voix-brindille.

Jules acquiesce, confiant qu'il endurait des insultes particulièrement fleuries.

— Raconte, l'invite Nadia en s'immisçant dans la conversation.

Mais le garçon n'a pas trop envie de s'immerger à nouveau dans la boue pour leur dire à quoi ça ressemble en dessous. Ça dépassait le stade de la vulgarité : c'étaient des crachats projetés à travers l'écran d'ordinateur à défaut de pouvoir être lancés au visage.

— Raconte-nous, Jules, répète Nadia d'un ton plus calme.

— OK, marmonne-t-il enfin tout en glissant un œil vers Alexis, mais j'aurai prévenu. J'avais droit aux habituels « tarlouze » et « pédale », mais y avait des originaux qui m'écrivaient « Combien pour une pipe ? » ou « T'es dispo ce soir pour un plan à trois ? » avec des gros smileys qui se marraient à en chialer. Sur Twitter, y avait un type qui m'insultait en m'appelant « Chucky » et m'envoyait des photos de sa bite par DM, va comprendre la logique. On insistait pour que je me rase les cheveux « façon Auschwitz » vu que c'était là-bas qu'était ma place. On me conseillait de me pendre parce que – je cite – « Rouquin et gay, y en a vraiment qui cherchent la merde ». J'avais droit aux hashtags #AuFourLesGays et #UnBonPédéEstUnPédéMort.

Mais ce qui m'a le plus marqué, c'est le SUSSEUR DE QUEUES écrit sur mon mur Facebook en majuscules, histoire d'être bien sûr que j'ai pas loupé l'info. Avec une belle faute d'orthographe en prime.

Ils mettent du temps à répondre, les autres.

Scandalisés, blessés à travers Jules.

Nadia ne sait pas ce que sont Twitter, Facebook ou un *hashtag*, mais la haine est universelle et n'a pas d'époque. Camille, elle, a envie de pleurer parce qu'elle le connaît bien, ce monde, et que ça a sans doute contribué à la tuer aussi.

— Les gens sont tellement méchants quand on n'est pas pareils qu'eux, souffle Alexis, le menton tremblotant.

Jules passe un bras autour de ses épaules.

Personne ne s'attendait à des propos d'une telle violence.

L'émotion s'éternise.

La digestion est lente et douloureuse.

Mais il y a pire que les insultes, leur confie Jules d'une voix plus basse : il y a les soi-disant amis qui « likent » ces saloperies. Ils n'écrivent rien d'eux-mêmes, ne répondent rien sous les publications, mais ils cliquent sur le bouton : J'AIME.

— Tu peux « aimer » une insulte ? l'interroge Nadia, abasourdie.

— Eh oui.

— Donc c'est pas des amis.

Il hausse les sourcils, aussi consterné qu'elle.

— Si, c'est comme ça qu'on parle sur Facebook. T'« acceptes » un ami si tu considères qu'il est suffisamment digne pour faire partie de ta vie. Parce que t'es Dieu. T'as tous les pouvoirs, toutes les libertés. Et tu peux « supprimer » un ami quand ça te chante s'il t'a fait une crasse ou si t'as simplement plus envie de le fréquenter parce qu'il t'intéresse plus.

On jette les gens comme un mégot de cigarette.

Monde d'imposteurs et de vendus où les cœurs de chair ont été remplacés par des cœurs plastiques. On oublie qu'on s'adresse à des personnes réelles de l'autre côté de l'écran. Des personnes qui ont des sentiments, des fragilités, des plaies secrètes. On ne voit que l'image et on efface l'être humain qui respire derrière.

— Tu pouvais les retirer, toutes ces méchancetés ? questionne Théodore, bouleversé.

— Oui, mais ça revenait sans arrêt. Du coup, je bloquais les profils.

Il explique qu'il n'avait de comptes que pour ne pas être exclu de la société. Ce qui le faisait vibrer, c'était la vraie vie loin des smartphones : aller siffler une bière en douce avec les potes, faire des courses de skate dans les rues, discuter des choses importantes de l'existence.

Puis il leur parle de ce déversement quotidien de conneries, selfies narcissiques et commentaires hypocrites. Il parle de tous ceux qui se permettent de donner leur avis alors même que tu ne leur as strictement *rien demandé, putain*. Il parle des propos déformés, sortis de leur contexte et retwittés partout. Des moqueries qui font boule de neige et se transforment en avalanches de haine. Il parle de cette sensation d'oppression constante. De l'estime de soi qui saigne et lutte contre le courant pour garder la tête hors de l'eau.

Un monde devenu virtuel qui aliène, éloigne et exclut.

Un monde malade de son image.

Et Camille ne peut pas le contredire.

Elle qui a installé puis désinstallé Instagram cent fois.

— À chaque fois que je me déconnectais, confie-t-elle, j'étais super mal. Je repensais à toutes les belles photos que j'avais vues, tous ces visages parfaits, ces vies parfaites, et la mienne à côté qui ressemblait à rien.

Jules acquiesce avec indolence en se massant les tempes.

— Ça te renvoie à la figure que toi t'as pas tout ça, poursuit l'adolescente, et que t'es pas capable de faire tout ce qu'ils font.

Sans oublier cette angoisse étrange de ne pas réussir à voir toutes les photos, lire toutes les publications et passer à côté d'une information essentielle. Bordel, ça va trop vite, j'ai pas le temps, je me sens dépassée. Partout ça te crache à la gueule : t'as vu ce corps qu'elle a ? Les pompes de luxe qu'il a ?

— Et toi, t'es juste une merde, achève Camille.

— Parle pas de toi comme ça, rétorque Théodore, crispé.

— C'est comme ça que je me voyais.

Elle dit qu'elle a failli punir son corps à cause de ces images. Aller trop loin dans l'espoir de ressembler à quelqu'un QUI N'EXISTE MÊME PAS. Parce que tout est retouché : on vire les boutons et les cicatrices, on grossit les seins et les fesses, on affine la taille et redessine des abdominaux qu'on n'a pas. On se transforme en une créature utopique. Même les décors sont falsifiés : on sature les couleurs du ciel, on dore les feuilles des arbres, on ajoute des fleurs où elles ne poussent pas.

— Comme si rien n'était jamais assez beau, conclut-elle, écœurée.

L'agression se poursuit même lorsque tu as reposé ton téléphone. Les corps sublimes se gravent sur ta rétine mais tu as déjà oublié qu'ils sont factices. Tu ne penses plus qu'à devenir l'une de ces silhouettes.

C'est le nouvel enfer terrestre.

Mon travail est enfin récompensé : en plus des cours de danse des mercredis et samedis, je suis admise dans le groupe du mardi soir : la classe des grandes. Si toutes les ballerines ont entre 15 et 16 ans, moi je n'en ai que 13.

Et je suis très fière en grimpant les escaliers, ce premier mardi de septembre, 18 h 30.

Même si toutes les têtes chignonnées me scrutent dans les moindres détails.

— Salut... dis-je en entrant dans les vestiaires sans obtenir davantage que des « mmm » distants.

Mon sourire se fane aussitôt.

Je réalise vite que les discussions n'ont rien à voir avec celles que je connais : les mercredis et samedis, on papote garçons en gloussant tandis que le mardi soir, seul le corps importe.

La silhouette. La maigreur.

— J'ai pas grossi du cul ? lance une jolie fille au teint mat.

— Ouais, un peu, répond sa copine.

— C'est mon nouveau mec, ça. Ce couillon est un fana de kebabs, du coup j'ai voulu y goûter. En plus j'ai changé de crème amincissante et celle-là est naze.

Une autre fille s'immisce dans la conversation :

— T'as essayé les pilules de Carla ?

— Celles qui te font chier toute la nuit ? Ah non merci.

— Mais nan, celles qui te coupent la faim... paraît que c'est radical, la Clara elle a fondu.

— Sans déc ? Putain, il me faut ces pilules.

— Askip, c'est des trucs qu'elle trouve aux États-Unis. C'est galère à avoir.

— M'en fous.

Et ça bavarde comme des grandes, ça prend des poses et des attitudes de grandes. J'écoute ces échanges d'une oreille distraite en nouant les rubans de mon cache-cœur sur ma taille menue. On ne m'appelle pas par mon prénom ; je suis « la nouvelle », « la gamine » ou « miss barrettes coccinelles ». Je les jetterai le soir même, les barrettes, pour demander à ma mère des pinces plates beaucoup plus sobres.

On commente mon corps sans même s'en cacher.

— Elle a pas de seins.

— Mais c'est mieux que mes gros lolos écrabouillés dans mon justaucorps...

— Regarde ses bras, on parie que j'en fais le tour avec ma main ?

Et vas-y qu'elle essaie, la fille, une brune filiforme qui gémit toutes les cinq secondes qu'elle a pris des cuisses à cause du putain d'anniversaire de sa sœur. Elle en sort abasourdie d'être effectivement capable d'enserrer mon bras entre son pouce et son majeur.

— T'étais pas obligée d'en bouffer, du gâteau, lance sa copine d'un air moqueur.

— Ma mère m'a tannée, j'avais pas le choix. Elle m'a même suivie jusqu'aux chiottes, ça a été une galère sans nom pour gerber cette merde sans faire de bruit. Y avait au moins cinq putains de couches dans ce truc à huit mille calories.

— C'était quoi ?

— Un millefeuille framboise.

Et la voilà partie à décrire la texture de la mousse, de la crème, la gelée si ferme et les éclats de noisette. Le tout en déglutissant plusieurs fois pour ne pas baver sur le sol. Ça parle de nourriture jusqu'à ce que le groupe envahisse la salle et se place devant les barres.

Dans la voiture qui me ramène chez moi, je pense à la fille qui a serré mon bras. Je pense à celle qui maudissait sa poitrine et l'aplatissait en frappant dessus.

Ces danseuses n'ont que deux ans de plus que moi et déjà leur corps les trahit.

La chair s'épaissit, la graisse s'installe. Même la prof – une jeune femme sèche et noueuse – n'a pas manqué de jeter quelques commentaires acides :

« Marie, tu t'es empâtée pendant les vacances. »

« Emma, plus haut la jambe, c'est lourd tout ça. »

« Anaïs, on s'épile les aisselles s'il te plaît, pour le respect de toutes ici. »

En retrouvant le douillet de ma chambre, je me demande, honteuse, si je devrais raser les poils fins et blonds qui ont commencé à pousser sous mes bras. Je me blottis sur mon lit et ouvre Instagram. Jusque-là, je ne suivais que des comptes de danseuses classiques : clichés de ballerines qui s'envolent en grand écart impeccable, gros plan de pointes sur un cou-de-pied fabuleux ou d'un tutu rouge dans les coulisses d'un théâtre.

C'était mon monde, ma vision de la femme, de la beauté.

Mais ce soir, je tape #maigre.

Et fais défiler les images, harponnée par une terreur délicieuse.

Une fille porte un crop top fleuri et dévoile un ventre ultra-plat : est-ce bien moi qui viens de liker ? Une autre s'exhibe en jean skinny lacéré avec plein de perles multicolores coincées entre les épis de ses cinq tresses, façon Raiponce : je like aussi. Une troisième fille a créé un montage pour exposer son extraordinaire perte de poids : sur la première, poignées d'amour et cuisses moelleuses ; sur la dernière, hanches saillantes et jambes faméliques.

Je like encore.

Déboussolée, hypnotisée.

Toutes les émotions se mélangent.

Il y a des citations, postées seules ou accompagnant des corps osseux : « Thinness or death[1] », « Being skinny makes me exceptional[2] », des clichés d'assiettes gorgées de verdure #healthy et de smoothies #nocalories. Toutes ces filles se sentent #strong, #pure et #perfect.

---

1. « La minceur ou la mort. »
2. « Être maigre me rend exceptionnelle. »

Je continue à liker, commenter, puis m'abonne à ces comptes qui m'ensorcellent.

Et toute cette maigreur commence à corrompre mon cerveau.

Je me plante devant mon miroir et j'observe ma silhouette. Clavicules proéminentes, bras aussi fins que des tiges, taille dont on pourrait faire le tour avec les mains et – oh, merveille des merveilles – cuisses qui ne se touchent pas lorsque les pieds sont collés.

Moi qui n'étais que danse et mouvements, ce soir-là je deviens corps.

C'est le premier jour de ma vie de corps.

Un bip résonne soudain. Je lis « Skinny_leeloo_xoxo a aimé votre commentaire » : « T'es super belle… » je souris au plafond. C'est la fille-brindille avec les perles dans les tresses. Cheveux roses et regard d'héroïne de manga. Je repose le téléphone et file sous la douche, mais les notifications tintent pendant que je me lave et j'accélère pour pouvoir me jeter dessus.

« Ana-nas1272 a aimé votre publication. 7 min. »

« Skinny_leeloo_xoxo a aimé votre publication. 6 min. »

Au loin, ma mère m'annonce que le dîner est prêt mais je suis trop absorbée par mon écran pour répondre.

« Moonlight-under-the-stars a aimé votre commentaire » : « Je veux ton corps ! 4 min. »

C'est la fille qui estime qu'être maigre la rend exceptionnelle.

« Skinny_leeloo_xoxo a commencé à vous suivre. 4 min. »

Je tournoie dans ma chambre, surexcitée. Je sens que quelque chose d'immense est en train de démarrer. Moi aussi je veux devenir une fille likée. Une fille qu'on épingle dans un album Pinterest.

— Camille, tu viens manger maintenant ! s'agace ma mère de la cuisine.

« Moonlight-under-the-stars a commencé à vous suivre. 3 s. »

J'ai de nouvelles amies et un nouveau projet.

Le jeu débute à peine.

Ça aurait pu déraper ; elle a été secourue avant la grande dégringolade.

— Si ma mère avait pas remarqué que j'avais arrêté de bouffer des gâteaux, des bonbons, tous les trucs gras et trop sucrés, que je me pesais sans arrêt et que je nageais de plus en plus dans mes fringues, je crois que je serais tombée dans un trip super dark.

Un monde dans lequel les corps ne sont plus que de fragiles mosaïques d'os qui cliquettent dans le vent.

Camille n'est pas dupe : elle sait qu'elle ne s'est pas retrouvée en conflit avec elle-même à cause de la danse classique mais à cause des réseaux sociaux. À cause de toutes ces filles-poupées au teint opalescent qui poétisent et décorent leur souffrance à coups de filtres. À trop vouloir être admirée, Camille s'est effacée.

Et plus elle s'effaçait, plus elle était likée.

Et puis une conversation happée un soir entre ses parents, derrière la porte de leur chambre. Sa mère qui lance entre deux clappements de tiroirs : « Je le vois, son manège, elle me dit à chaque fois qu'elle a déjà goûté ou qu'elle a pas faim, mais je suis pas née de la dernière pluie, t'as vu de quoi elle a l'air ? » Son père qui réplique, hésitant : « Elle a toujours été très fine... » sa mère qui proteste : « Prends pas ça à la légère, j'ai obtenu un rendez-vous avec une psy pour mardi prochain, j'espère qu'elle acceptera d'y aller. » Son père qui répond : « Bien. »

Étonnamment, Camille ne s'est pas révoltée.

Installée dans le fauteuil rembourré d'une minuscule femme au visage en forme de cœur, elle a pu déverser tout ce qui polluait son esprit, parler, parler, prendre de la distance, *comprendre* et stopper son sordide projet.

Camille-the-fairy a supprimé son compte Instagram, apaisée.

Elle s'est remise à manger.

Et puis Jérémie est tombé.

— Affreux, lâche Alexis en retirant ses appareils.

Il les fait rouler dans sa paume puis les lance loin. Les escargots s'écrasent dans un jet de poussière.

— De toute façon, j'entends maintenant.

Nadia le fixe avec une étrange profondeur, trop mutique à mon goût. Alors c'est pour la réveiller, la grande secrète, que je la ramène au passé.

Ils ont parlé de toi dans les journaux

Nadia se relève sur-le-champ, les yeux hagards, et tourne le dos à ses compagnons.

— Oh non, pas Malia... murmure-t-elle, les poings rassemblés contre sa bouche.

un petit rectangle à la page des « FAITS DIVERS »
et moi j'arrive toujours pas à y croire
ma pote, ma copine, ma Didou
mais pourquoi t'as sauté ?
et est-ce que t'as vraiment sauté ?
t'avais la trouille du vide en plus
alors au début j'ai imaginé que t'avais voulu
prendre l'air
et que t'avais glissé
j'ai tenu plusieurs jours comme ça
dans un déni facile, total
et puis j'ai compris que je me mentais

La voix d'Anne-Lise se joint à celle de son amie.

chaque seconde je te vois enjamber ta fenêtre
et sauter vers le ciel
ils ont dû halluciner les oiseaux en te voyant voler
ils ont dû te prendre pour l'un des leurs
jusqu'à ce que tu ne voles plus du tout

quand t'as dit que t'en avais marre de tout
et que tu voulais tout laisser tomber
est-ce que c'était un message déguisé ?
c'est toi que tu voulais laisser tomber ?

j'aurais voulu habiter sur ta fenêtre
pour t'empêcher de sauter

c'est vrai que t'étais devenue terne
t'avais perdu ton beau sourire
tu prenais la mouche pour un rien
tu mangeais plus beaucoup

mais tu t'étais peut-être allégée en prévision de ton saut
pour te déposer sur le béton comme une feuille
sans avoir mal
sans faire de bruit

t'avais pas la tête d'une fille qui a prévu
de se foutre en l'air
t'as joué un rôle, c'est ça ?

tu nous trompais depuis combien de temps ?

je voyais bien que t'avais besoin de parler
alors pourquoi j'ai pas insisté
pour te faire entrer chez moi ?
si je l'avais fait, tu m'aurais parlé ?

dégueulasse, cette remarque que j'ai lancée
c'était une plaisanterie
j'ai même pas pensé que ça pourrait te blesser
dis-moi que c'est pas cette phrase de merde
qui t'a fait sauter

le monde est devenu terne et gris
parce que tu t'es barrée en volant les couleurs

quel intérêt de vivre encore en noir et blanc ?

attends-moi là-bas pour le jour où on se retrouvera
mets des panneaux pour me guider
je serai peut-être une vieille dame toute moche
et toute ridée
mais j'espère que tu me reconnaîtras
m'oublie pas, Didou
m'efface pas

je t'aime encore et c'est la seule chose que tu peux pas m'arracher

17

La voix c'est tellement personnel, tellement intime.

Nadia revoit les silhouettes de ses amies dans chaque mot, leurs démarches et leurs gestes, leurs yeux surtout. Bleu bébé pour Anne-Lise et noir obsidienne chez Malia.

— Tu mangeais plus, murmure Camille en se rapprochant d'elle. Comme moi...

— J'avais plus faim, répond Nadia. J'avais perdu le goût de tout.

Même les photographies qu'elle prenait s'étaient affadies. Une tristesse s'était posée sur son œil et dénaturait ses clichés. Le monde s'était transformé en un paysage blême, insipide ; seul Emmanuel brillait encore dans ce décor éteint.

Et soudain elle se demande s'il s'est marié ou s'il a eu des enfants.

Les années la traversent à l'image d'un torrent. Son esprit calcule l'âge qu'auraient ses amies aujourd'hui s'ils sont toujours en 2020 : 36 ans pour Malia et 37 pour Anne-Lise.

Elle a quitté une bande d'adolescentes ; ce sont devenues des femmes.

Des mères, peut-être.

Un frisson parcourt sa chair : elle aurait pu avoir 36 ans elle aussi ; elle en aura 17 pour l'éternité.

— Non, Anne, chuchote-t-elle pour elle-même, c'est pas ta phrase de merde qui m'a fait sauter.

La main de Camille entoure la sienne.

— Qu'est-ce qu'elle t'a dit… ?

Douloureux à recracher, cette blessure. Mais de dos, elle se sent moins vulnérable.

— Elle me demandait pourquoi j'étais pas maquée et j'ai dit sans réfléchir que ça finissait toujours par te faire mal, un mec. Là, elle m'a répondu en rigolant : « Faudrait déjà que t'en aies un pour le savoir. »

Nadia se détache de Camille puis se retourne et constate que tous se sont levés et rapprochés d'elle.

— Elles ont raison, poursuit-elle dans un geste résigné. Je suis une putain de menteuse. J'ai rien dit, rien laissé paraître.

Elle esquisse quelques pas au hasard, tentant de diluer sa peine.

— Je les connais, mes copines. Elles doivent penser que je les aimais pas suffisamment pour leur parler. Mais c'est justement *parce que je les aimais trop* que j'ai pas parlé.

Pour ne pas les accabler davantage, pense-t-elle.

Pour ne pas qu'elles changent de regard sur moi.

— Visiblement, j'ai eu tort.

— On suicide les gens qu'on aime avec soi, déclare Théodore, songeur.

Cette remarque engendre un silence vertigineux.

Et ça la brise, Nadia, de réaliser qu'elle était *aimée* au moment où elle a sauté.

— Excusez-moi, fait-elle en se dirigeant vers la sortie de la pièce. J'ai besoin d'être seule.

Mais Jules s'élance après elle et la suit dans ce couloir qu'elle traverse, tête baissée, avec la hâte des hontes et des regrets.

— Laisse-moi, Jules.

Le garçon ricane malgré lui.

— Comment t'as su que c'était moi ?

— J'ai reconnu tes baskets de petit con.

Il accélère et tente d'attraper le bras de Nadia. Elle le repousse et recommence à marcher, elle court presque, mais elle n'a pas fait dix pas qu'elle se fige, le dos raide et le souffle étroit.

— Ça valait pas le coup, lâche-t-elle enfin.

Jules parcourt les derniers mètres qui les séparent puis la dépasse et s'arrête devant elle.

— Qu'est-ce qui valait pas le coup ?

— De sauter.

Ça la transperce comme une révélation.

— J'ai fait une connerie, Jules.

Elle couvre sa bouche sous ses mains pour en masquer les tremblements.

— Une grosse connerie, répète-t-elle, la gorge encombrée par une nappe de sanglots.

Jules tente de dégager le visage de Nadia mais la jeune fille résiste.

Et ressent soudain le besoin urgent d'être enlacée.

— Prends-moi dans tes bras, s'il te plaît.

Jules lève des sourcils étonnés.

— Moi ?

— Tu vois quelqu'un d'autre ici ?

— OK, répond-il, paumes tendues vers elle pour lui laisser l'initiative du geste.

Elle s'y loge avec gaucherie, dans ces bras.

Au début elle le trouve envahissant, ce corps contre elle. L'odeur de Jules la trouble, mélange de tabac froid, de sueur, de menthe et de quelque chose qui lui rappelle une bougie juste éteinte. Elle ne sait même pas où poser ses mains, elle tâtonne, elle n'ose pas.

— J'ai pas trop l'habitude... dit-elle tout bas.

Mais, peu à peu, elle s'attendrit et relâche tous ses muscles. Elle s'approprie cet espace contre lui.

Et commence à aimer cette étreinte qui l'enrobe à l'image d'un gilet douillet.

Il ne serre pas comme un garçon qui attend une récompense en retour, il serre avec respect, avec le cœur.

— J'ai menti, souffle-t-elle. T'es pas un petit con.

Elle sent le sourire de l'adolescent rebondir sur sa joue.

Elle sent toutes ses défenses céder.

Et ça l'effraie, cet abandon.

Elle s'écarte enfin, à la fois troublée et intimidée, puis annonce qu'elle est prête à rejoindre le groupe. Les deux jeunes rebroussent chemin mais découvrent alors un cadre très différent.

— Bon sang, ça me tape sur les nerfs, soupire Nadia, fermant brièvement ses paupières. J'ai toujours détesté les labyrinthes, en plus.

— Je croyais que t'aimais bien les challenges, lui rappelle Jules, surpris.

— J'aime pas qu'on *s'amuse* à me perdre.

Jules se frotte les lèvres, l'air pensif, puis répond avec taquinerie :

— Et moi je crois que l'endroit veut qu'on reste ensemble...

Nadia incline la tête sur le côté, sourcils levés.

— Pour voir jusqu'où je peux te supporter ? ironise-t-elle.

Le garçon lui offre un sourire en coin.

— Je relève le défi.

Ils s'engouffrent donc dans de nouvelles galeries et, très vite, les gravillons laissent place à du bitume. Le bleu ardoise succède au vert-de-gris. En face d'eux, une nappe d'eau sale force Nadia à se coller au mur pour la contourner tandis que Jules la traverse avec indifférence, inondant ses chaussures. Un grand panneau jaune « DANGER D'ÉLECTROCUTION » ballotte à la surface.

— Rassurant, raille-t-il en shootant dedans.

L'écriteau dérive, insolent.

Ils empruntent ensuite un autre couloir puis atteignent un escalier en pierre menant vers le bas, enduit de vieux articles de journaux. Lorsque Nadia se penche pour tenter d'en déchiffrer quelques mots, elle note que l'encre a été effacée. Une image sillonne son esprit : les flammes d'un âtre grignotant son portrait qui se tord, se désagrège puis disparaît.

— Tu crois qu'ils vont nous oublier ? demande-t-elle en s'asseyant sur une marche. Les gens qu'on a aimés ?

Jules prend place à côté d'elle et inspire avec vigueur, coudes sur les cuisses et mains lacées. Nadia pose sa tempe sur ses propres genoux pliés, le visage tourné vers lui. Les néons se reflètent dans les yeux du garçon et y peignent de minuscules baguettes dorées.

— J'espère pas, chuchote-t-il enfin.

*

Alexis griffonne dans la couche de crasse les lignes d'un jeu de morpion. Il dessine un rond au milieu puis lève les yeux vers Camille qui trace une grande croix.

— Ma chambre me manque, confie-t-il en esquissant un deuxième rond. Même les trucs qui m'embêtaient, comme les contrôles le lundi matin. Le directeur qui examine nos armoires et nos cahiers sans prévenir. Les haricots verts pleins de fils à la cantine. Les portes des douches qui ferment pas bien.

Nouvelle croix pour Camille qui se prend au jeu :

— Les tours de stade en février avec le prof de sport qui te crie dessus parce que tu craches tes tripes.

Alexis ébauche un sourire qui s'affadit très vite.

— La dame du quatrième qui répond jamais quand tu dis bonjour.

— Les boutons sur la figure le jour où tu veux aller parler au garçon qui te plaît.

— La sonate que tu réussis chez toi et que tu rates devant ton professeur, intervient Théodore.

Match nul sur le sol. Alexis dessine une seconde grille à côté.

— Les gens qui te bousculent sans s'excuser, marmonne-t-il, plus morose.

Camille grave sa croix au même endroit que la première fois et lance :

— Les gens qui t'envoient un texto pour ton anniversaire en incluant la bonne année parce que t'es née début janvier, comme si t'étais pas assez importante pour qu'on t'en envoie deux.

— C'est quoi un texto ? demande Alexis.

— C'est un message que tu tapes sur ton téléphone, lui répond Camille.

— Comme des petits mots sur des papiers ?

Elle sourit, attendrie.

— Un peu, mais en moins poétique...

Et pendant que ses compagnons poursuivent le jeu, Théodore laisse ses pensées s'évader.

« T'avais pas la tête d'une fille qui a prévu de se foutre en l'air. »

Ça l'obsède, ces mots-là. Il se demande bien à quoi ressemble une fille qui a prévu de se tuer. Lui, quelques jours avant le drame, s'imaginait de grands projets d'avenir. Quelques minutes avant, il faisait une déclaration d'amour à sa petite amie. Elle avait cette façon de le regarder qui le rendait magnifique, immense. Et le piano lui manque moins que cette fille qui a ensoleillé le monde incolore dans lequel il évoluait. Même son apparence physique s'était transformée : les boutons massés sur son front et ses joues avaient disparu, ses épaules s'étaient dépliées.

Mais il a fallu cacher la puissance de cet amour pour en préserver la magie.

— Pourquoi on a peur d'être soi ? se questionne-t-il tout haut.

C'est épuisant, les artifices. Il faut veiller à ce qu'ils ne tombent pas.

— T'avais l'impression d'être faux ? l'interroge Camille, déroutée.

Le garçon hoche la tête. Il dit qu'il se sentait en représentation constante, muni d'un script à réciter dont il ne devait pas modifier une seule ligne.

— Même ici, dévoile-t-il en observant la pièce, je me comporte comme si mon père me surveillait.

Il dit qu'il ignore s'il a été authentique une fois en seize ans, devant ses parents. Il dit qu'il a le sentiment d'avoir simulé sans relâche, d'avoir porté une mauvaise peau. Et ce feu qui couvait en lui, cette fantaisie, cette soif de vie qui lui démangeaient le cœur et la chair, il les a retenus prisonniers pour ne pas déborder du cadre. Seule Cassandre est parvenue à l'entrouvrir pour laisser filtrer sa lumière, mais elle n'aura pas eu le temps de le révéler pleinement.

En sortant du lycée, je l'aperçois sur le trottoir d'en face, assise sur un poteau en fer. Elle plonge une confiserie dans sa bouche et jette l'emballage au sol. Je traverse la rue, ramasse le papier et le glisse dans la poche de mon manteau.

— Si tout le monde faisait comme toi, la Terre serait une décharge à ciel ouvert.

Elle roule des yeux puis me tend son sachet.

— Bonbon ?

J'en choisis un orange.

— T'as pas orgue aujourd'hui, m'annonce-t-elle simplement.

— Pourquoi ? Les cours sont annulés ?

Elle sourit d'un air canaille pendant que je déballe le bonbon et le fourre dans ma bouche.

— Peut-être, peut-être pas...

Puis elle se lève, se hisse sur la pointe des pieds et m'offre un baiser brutal. Pleine de coulis à la fraise, sa bouche colle contre la mienne.

— Embrasse-moi mieux que ça, râle-t-elle en forçant l'entrée de mes lèvres.

Je la laisse faire jusqu'à ce qu'un klaxon de vélo me sorte de ce bref instant de communion.

— Mmm, susurre-t-elle. Orange-fraise... délicieux.

Je reviens à la charge :

— Comment tu sais que j'ai pas orgue ?

— On sèche.

Un petit rire m'échappe.

— Tu sèches si tu veux, moi je vais en cours.

— Oh allez, fait-elle en s'affalant sur mon bras. J'ai une méga flemme de chanter. De toute façon, je serai jamais la nouvelle Mady Mesplé alors...

— Donc tu veux m'entraîner dans ta chute ?

Elle m'assène une pichenette sur la joue.

— J'ai envie qu'on passe un moment seuls loin de tes parents et de la prof qui nous engueule toutes les trois secondes, c'est tout.

— C'est toi qu'elle engueule, dis-je en ôtant un brin d'écharpe qui s'est pris dans sa tresse. Moi elle m'adore. Tout le monde m'adore.

Elle grogne puis plaque son visage sur mon torse et me serre fort. Gênée par mon sac, elle le fait glisser de mon épaule, le jette à terre et reprend son étreinte.

— Mes chocolats... lui dis-je, inquiet.

Elle s'écarte sur-le-champ.

— T'as des chocolats ?

— Pour la prof. Un cadeau de ma mère pour les fêtes de Noël.

— Lèche-cul.

Je lui adresse un sourire malicieux.

— T'es juste jalouse parce que t'y as pas pensé.

— Haha, fait-elle, insolente. De toute façon, on s'en fout vu qu'on va pas au cours.

— Je vais me faire massacrer si je sèche.

— Mais arrête, personne le saura.

— Mon père a des yeux partout, dis-je en regardant instinctivement autour de moi.

Il est fondu dans le ciel, rôde derrière chaque ombre.

— Viens, lance-t-elle en m'agrippant le poignet.

Vaincu, je ramasse mon sac et nous sillonnons les rues jusqu'à la place du Panthéon.

— Ici, fait-elle dans un geste englobant le paysage, impossible qu'on nous fasse chier.

Les arbres sont habillés de décorations qui clignotent à intervalles réguliers. Quelques guirlandes allument les feuilles en rouge et or. Nous nous asseyons à califourchon sur un banc pour pouvoir nous embrasser.

Et les gens disparaissent.

Le sachet de bonbons craque entre nos deux corps.

— Fais voir les chocolats, exige-t-elle lorsque nos bouches se décollent. J'ai pas eu ma dose de sucre aujourd'hui.

— C'est pour la prof, lui dis-je en repoussant son bras.

Mais cinq minutes plus tard, nous avons troqué ses bonbons contre mon coffret mordoré, le nez plaqué contre les friandises pour en respirer les parfums. Cassandre choisit un carré noir orné de feuille d'or et croque dedans.

— Mmm, fait-elle, inspirée. Je me sens comme une comtesse dans son petit salon molletonné. J'ai envie d'essayer toutes mes parures de bijoux et d'employer des mots que personne ne dit jamais, juste pour me la péter.

— Quels mots ?

Elle réfléchit quelques secondes puis me répond :

— « Rédhibitoire », « sémaphore » ou « vestibule ». Qui dit ces trucs ?

— Moi.

— Oui, mais toi t'es pas un exemple de modernité.

Je ris et pioche à mon tour dans la boîte.

— C'est quoi une sémaphore ?

— Un *sémaphore.*

Je commence à lui expliquer mais elle ne m'écoute pas.

— T'as quoi comme goût ? me demande-t-elle.

J'observe mon chocolat qui bave un coulis ambré sur mes doigts.

— Praliné caramel.

Elle me le vole puis me propose le sien.

— Tiens, y a du fruit à l'intérieur, j'aime pas.

Nous testons toutes les confiseries pendant que le ciel aubergine se drape d'un satin noir corbeau.

— Je vais me faire tuer par ma mère, dis-je, dépité, devant la boîte défigurée.

Cassandre me donne une claque sur la cuisse.

— T'occupe, on en achètera d'autres au Leclerc d'à côté.

— C'étaient des chocolats un peu plus chers que ça, Cass...

— Alors on collera un beau ruban doré dessus.

Je soupire tandis qu'elle suce son palais laqué de praliné.

— On le fera boucler avec des ciseaux, précise-t-elle avant d'approcher ses lèvres des miennes. Ça fera chic.

Très tendre au départ, son baiser s'intensifie puis s'accélère. Des éclats de gaufrette passent de sa bouche à la mienne et craquent sous mes dents.

— Je crois que je suis amoureux, dis-je en me penchant vers son oreille pour couvrir le bruit d'une mobylette.

— Andouille, lâche-t-elle en m'essuyant les lèvres avec son pouce, t'es juste en hyperglycémie.

— En hyperglycémie et amoureux.

Elle éclate d'un rire guilleret qui m'évoque du Scarlatti puis jette la boîte dans mon sac et se lève en tirant sur mon avant-bras.

— Où on va ? dis-je.

— Chez moi.

Je m'arrête et la fais stopper aussi.

— On est des hors-la-loi, déclare-t-elle d'un ton dramatique. On a séché le cours de musique et on a mangé les chocolats. Je sais pas si vous réalisez l'ampleur de la catastrophe, monsieur : ON A MANGÉ LES CHOCOLATS. *On est un peu des Bonnie and Clyde maintenant. Donc il faut qu'on fuie.*

Elle a beau plaisanter, mon ventre se contracte, mon cœur s'emballe.

Je sais ce qu'elle attend de moi : elle veut qu'on fasse l'amour.

Sauf que je ne l'ai jamais fait.

— Allez, viens, me susurre-t-elle avec suavité. Mes parents sont pas là.

Malgré le froid, ma main transpire sur la grosse lanière en cuir de mon sac. Nos haleines dessinent des visages poudrés. Ça sent la neige qui rôde au loin. Ça sent la vie qui s'ouvre devant moi, infinie, terrifiante.

Mille interrogations asphyxient mon esprit.

Est-ce que je vais y arriver ?

Est-ce qu'elle ne va pas me trouver mauvais ?

Et surtout : voudra-t-elle rester avec moi si ça se passe mal ?

Ces questions me torturent toujours lorsque nous parvenons devant le portail blanc de sa maison.

— Welcome at my place, Clyde Barrow, *m'annonce-t-elle en déverrouillant la porte d'entrée dans une révérence malicieuse.*

— To my place, *dis-je.*

Elle me débarrasse de mon sac puis se jette sur ma bouche en m'attirant vers l'escalier qui conduit à l'étage. Elle m'entraîne dans sa chambre et claque la porte avec sa hanche. Je n'ai pas le temps de découvrir à quoi ressemble la pièce parce qu'elle me pousse vers son lit et je m'affale sur un tapis de vêtements.

— *Oui, bon, lance-t-elle en expédiant pulls, jeans et petites culottes sur la moquette, faudrait que je range un jour.*

— *Faudrait...*

— *Regarde pas mes soutifs, obsédé, ronchonne-t-elle en se couchant sur moi.*

Mais je la sens fébrile et j'entends qu'elle étouffe un rire nerveux contre mon cou. Nos gestes maladroits se heurtent, nos sourires sonnent craintifs. J'entends le bourdonnement sourd d'un avion au loin puis ma tête se gorge d'une musique argentée. Les mains de Cassandre s'insinuent sous mon pull et moi j'ai la sensation d'être empli de minuscules soleils qui carillonnent à l'unisson.

Lorsqu'il serre les paupières et plonge en lui, il arrive à réveiller la voix de Cassandre, il arrive à l'étreindre. Avec ses mains d'avant. Il se glisse à nouveau en elle, nageur inexpérimenté mais ivre de bonheur. Il sent ce parfum à la rose qu'il rapportait chez lui ensuite, fondu sur ses vêtements, incrusté dans sa peau. Cassandre est collée sur ses paumes, sa bouche, sa langue, et refuse de s'évaporer.

— Mais quel gâchis, chuchote-t-il en fixant le cadran de sa montre inanimée.

*

Nadia contemple les journaux décolorés sous ses chaussettes.

— Ils vont oublier mon visage, murmure-t-elle sans substance. Ils vont oublier ma voix, ma façon de parler, de bouger, de rire. Ils vont oublier les peines et les joies qu'on a vécues ensemble. Ils vont me remplacer.

Et je vais chavirer dans le brouillard, pense-t-elle sans l'énoncer.

Je deviendrai de plus en plus petite au fil des ans jusqu'à n'être plus qu'un prénom qui vient chatouiller la mémoire.

— Ils me résumeront en une date de naissance et une date de mort.

À ses côtés, Jules demeure silencieux, incapable de trouver les paroles consolantes qu'il aurait aimé offrir. Alors il se contente de l'écouter.

— On aimerait être inoubliable, reprend-elle en se redressant.

— C'est pas parce qu'on n'est plus là qu'on doit les empêcher de vivre, répond enfin le garçon. Il faut bien qu'ils avancent… qu'ils cicatrisent.

Mais Nadia ne veut pas qu'ils cicatrisent. De façon égoïste, elle veut continuer à manquer.

— Même morte, je veux qu'on m'aime encore.

Jules se tapote les lèvres et se revoit sur son lit débraillé, cinq mois plus tôt. Allongé sur le dos, il mâchonne la paille de sa brique de jus de pomme. Léa a posé sa tête sur son ventre et pianote sur son téléphone. Elle lui parle de ce mec sur lequel elle a flashé, un terminale « aussi canon que l'acteur, là, qui joue dans le film sur les rêves où j'ai rien pigé », et fouille ses contenus Facebook et Instagram à l'aide d'un faux compte qu'elle vient de se créer.

Étrangement, ce sont des sensations simples qui lui manquent, des habitudes un peu idiotes. Assiéger la cuisine en rentrant du lycée et se gaver de barres chocolatées trempées dans de la pâte à tartiner. Traîner sur la console pendant des heures. Chercher comment entrer en douce dans la salle des profs pour choper les sujets du devoir de bio.

La vie facile avec les potes et le monde à leurs pieds.

— Toi, t'as envie d'une cigarette, se moque Nadia, le menton dans la main.

Le garçon lâche un petit rire.

— J'ai jamais essayé, lui révèle-t-elle alors.

Jules écarquille les yeux.

— Sérieux ?

Elle acquiesce avec véhémence.

Tout le monde fumait dans son quartier et ça dealait de la drogue entre la poste et le bar-tabac du coin. Ça dégénérait très souvent ; des poubelles et voitures étaient régulièrement renversées, incendiées. Les vapeurs âcres s'insinuaient dans les failles des fenêtres mal isolées et ça puait le plastique carbonisé et le caoutchouc fondu, les pneus qui éclatent, les cris de protestation, la rage. Parfois des tirs crevaient la nuit, échangés entre gangs ennemis, suivis par la sirène des policiers. Glaçant. Impossible de traverser la rue sans qu'un type t'interpelle et te glisse un : « Ça t'intéresse de la MD ? » Mais même dans ses journées les plus noires, elle ne s'est jamais laissé avoir. Elle préférait la colorer, sa peine, alors elle attrapait son Canon et partait photographier la ville.

— T'as une sacrée volonté, commente Jules en grattant une couche de papiers collés avec le bord de sa semelle.

— On m'a appris la discipline très tôt avec le patinage, donc je faisais hyper gaffe à mon corps. Je voulais qu'il reste fort, endurant, pour pouvoir gagner mes compétitions.

— T'en faisais beaucoup des compétitions ? lui demande Jules.

— Oui, c'est ce que je préférais. Même s'il fallait se réveiller à l'aube, ignorer les piques de tes concurrentes et dormir dans des motels dégueulasses où on trouvait les rognures d'ongles du client d'avant.

— Beurk, grimace Jules.

Mais cette puissance qu'elle ressentait lorsqu'elle grimpait sur la première marche du podium et brandissait la coupe dorée : magique.

— Alors j'ai toujours évité les poisons qu'on mettait sur mon chemin.

Jules se lève pour se dégourdir les jambes et lance :

— Pas moi. J'ai goûté à toutes les merdes que j'ai pu trouver.

Et puis ça se passe si vite que Nadia n'a pas le temps de tendre un bras vers lui.

Est-ce qu'il perd l'équilibre ?

Est-ce son pied qui glisse sur la crasse ?

Jules bascule vers l'avant et dévale l'escalier jusqu'à la dernière marche comme un sac de chiffons. Durant les brèves secondes de sa dégringolade, le garçon n'émet pas un son mais le hurlement qu'elle pousse, elle, ricoche contre les murs et cravache l'air en lui donnant l'impression que l'endroit entier hurle avec elle.

18

Suffocant, ce silence qui se déploie après la chute.

Sous l'effet du choc, Nadia trébuche en descendant, se relève puis chancelle à nouveau et décide de glisser de marche en marche, les fesses sur le béton. Jules est couché sur le côté, au pied de l'escalier, les jambes emmêlées et la tête dissimulée dans le creux de son coude. Il a du sang dans les cheveux et ça coule en un lacet tordu sur le sol.

Elle ne sait pas dans quelle position le bouger.

Elle ne sait même pas si *nom de Dieu* elle doit le bouger mais elle le fait quand même ; elle veut voir son visage.

Un gémissement s'échappe du blessé mais il ne réagit pas lorsqu'elle lui parle. Instinctivement, elle essuie le sang qui lui souille la bouche.

— Théo ! gueule-t-elle jusqu'à ce que sa voix s'écorche tandis que ses propres larmes claquent sur les pommettes de Jules et diluent les plaies de ses lèvres.

Elle plaque sa tempe sur le cœur du garçon, écoutant chaque pulsation en guettant la suivante avec angoisse.

— Meurs pas, lui souffle-t-elle sans se rappeler qu'il l'est déjà, mort.

19

C'est une jeune fille prostrée que Théodore aperçoit en bas des marches lorsqu'il la retrouve, essoufflé. Il dévale l'escalier pendant qu'Alexis et Camille restent pétrifiés.

— Il est tombé et je sais pas quoi faire, sanglote Nadia, le visage pressé contre le torse du blessé.

Le premier réflexe de Théodore, après s'être agenouillé à côté de Jules, c'est de lui parler.

— Tu m'entends ? demande-t-il en glissant ses doigts sur le cou du garçon.

Geste absurde, il le sait, mais machinal. Il lui tâte les côtes, les bras, les jambes. Nadia finit par s'asseoir sur la dernière marche, attirée par une Camille aussi désemparée qu'elle. Jules ouvre enfin les paupières, se détourne et crache. Une étoile de sang s'imprime sur le sol. L'adolescent s'essuie maladroitement la bouche avec le dos de sa main.

— Ça va, lâche-t-il sans même faire vibrer sa voix.

Un peu plus haut, l'œil vide, Alexis se balance d'avant en arrière comme s'il se berçait.

— Mais pourquoi on peut encore se faire mal ? s'inquiète Nadia, tremblante.

— Je sais pas, souffle Jules en s'agrippant au bras de Théodore pour se relever.

Théodore qui se frotte le visage puis pousse un soupir fourbu.

— On se sépare plus maintenant, déclare-t-il, sévère. Si l'un d'entre nous a besoin de marcher, on va *tous* marcher. Et c'est non négociable.

Nadia acquiesce, mal à l'aise, tandis que Camille caresse le dos d'Alexis. Jules ébauche quelques pas pour vérifier la stabilité de ses jambes puis plaque son front contre le mur.

Je pourrais les secourir, bien sûr, mais ce n'est pas ma mission de les protéger. Je n'ai rien d'un abri ou d'un refuge, si sinistre soit-il ; je suis le miroir de leur esprit, la représentation visuelle de leur perdition.

Alors je veux qu'ils deviennent moins craintifs et moins sauvages qu'ils se réclament, je veux que chacun ait besoin des autres.

Et si je les accompagne dans leur évolution, je ne les assiste pas.

Il leur appartient de trouver leur propre salut.

— Je suis tombé sur la tête, marmonne Jules après un instant de silence. En quittant la soirée.

Il coule une main pâteuse sur l'arrière de son crâne.

— J'entends Léa m'appeler, je l'entends courir derrière moi. Et puis la voiture déboule de nulle part et je tombe sur la tête.

Il se tourne vers ses camarades, expliquant que ça lui est revenu brutalement.

Nadia le contemple, bouche bée.

— C'est plus là, bafouille-t-elle. Le sang sur ton visage...

Par réflexe, Jules y glisse les doigts mais seule une fine couche de poussière les souille. Il n'a plus ce goût ferreux dans la bouche. Il se sent bien. Furieusement bien. À la différence de cette voix qui les muselle, anéantie.

T'étais le premier, Théodore
le premier garçon qui me respectait
m'écoutait blablater des heures sans jamais m'interrompre
riait à mes blagues pourraves même lorsqu'il ne les comprenait pas
mangeait les bonbons au citron dégueu qui envahissaient mes sachets
et avait appris à jouer « Caravane » de Raphaël au piano
parce que j'étais obsédée par cette chanson

L'adolescent redresse la tête, les yeux béants.

— Cass... murmure-t-il, décomposé.

tu sais à quoi j'arrête pas de penser depuis des heures ?
ton corps couché sur moi
je ne suis pas timide mais là
dans ma chambre d'enfant
je redeviens une petite fille
mes volets ne sont pas fermés
et le rayon d'un réverbère s'allonge sur ton épaule
ta peau est aussi douce que le velours d'une pêche
mon lit grince sous le poids de nos baisers
mes vieux posters m'observent avec tendresse
attendant de voir glisser ma chair de gosse pour

devenir une femme

j'entends le sachet du préservatif craquer entre tes doigts
et mon cœur exécute une acrobatie affolante
qui me fait trembler de partout

« t'as peur... ? » te dis-je du bout des lèvres
« oui » réponds-tu très honnêtement avant d'ajouter :
« on peut attendre si tu veux »
mais je t'attire vers moi
« non, j'ai envie maintenant »
et cet aveu te fait rire
un rire nerveux, plus étroit que ton rire habituel
tu t'allonges sur moi en me demandant de te guider
je sens ton souffle fébrile contre mes cheveux
il me semble que j'arrête de respirer
et puis

oh

c'est envahissant, chaud, rugueux
tu chuchotes sur ma bouche : « je te fais mal... ? »
« non », te dis-je, « continue... »
alors tu progresses et emplis mon ventre
et moi j'ai l'impression de naître
sous ta peau brûlante qui sent la résine et le laurier

Il pleure, Théodore, mais curieusement il n'est pas le seul. Nadia écaille les derniers restes de vernis qui teintent ses ongles en respirant trop fort. Jules marche en rond avec une fausse décontraction, les poings plongés dans les poches de son jean. Cassandre remue des blessures dont ils ignoraient l'existence. Elle est le miroir de tout ce qu'ils ont perdu ou ne connaîtront jamais plus.

pourquoi je ne suis pas venue chez toi
quand j'ai compris que tu buvais ?
pourquoi je n'ai pas entendu ta peur ?
pourquoi j'ai raccroché ?

je t'imaginais immortel
je n'ai jamais pensé que je pourrais te perdre un jour
alors j'appelle ton numéro pour entendre ta voix sur le répondeur
et je t'appellerai jusqu'à ce que tes parents coupent la ligne
je t'écris de longues lettres que je ne poste pas
je te cherche parmi les garçons coiffés comme toi
et je comprends peu à peu que je ne te toucherai plus
que je ne t'entendrai plus jouer

je n'ai pas pu te dire au revoir, pardonne-moi
j'ai essayé un pantalon, trois jupes, deux robes
des collants noirs que j'ai filés tellement mes gestes étaient brisés
et au dernier moment j'ai pas pu sortir de chez moi
entendre ton prénom dans l'église
ou la musique qu'on jouerait pour toi
affronter ton cercueil surtout
le voir, simplement, comme une chose réelle
et imaginer le garçon que j'aime dedans

j'aurais sauté dans la fosse avec toi

j'ai mal partout où tu n'es plus
mal à chaque endroit de moi que tu as embrassé
et que tu n'embrasseras plus

comment je vais refaire l'amour maintenant ?
pourquoi tu m'as abandonnée ?

L'adolescent remonte l'escalier avec empressement.

— Arrête, lui lance Nadia en grimpant à sa suite, cramponnant le tissu de sa chemise.

— Mais *pourquoi ils font ça* ? jette-t-il en poussant les doigts de Nadia.

La jeune fille resserre sa prise. Il se pince l'arête du nez et reste immobile, la respiration heurtée, puis déclare :

— J'ai envie de gueuler mais je sais pas comment faire.

— Bah essaie, suggère Jules, debout au bas des marches.

Théodore écarte la proposition d'une main, impuissant.

Il n'a jamais su s'exprimer. S'il interprétait des pièces de Grieg ou de Tchaïkovski avec grâce, il était incapable de composer la moindre mesure. Il n'a jamais su comment ôter le papier carbone et devenir l'œuvre originale.

Après un instant de désarroi, il finit par se rasseoir pendant que les autres prennent place autour de lui. Nadia s'installe à ses côtés, pose sa tempe sur son épaule maigre et ferme les paupières, tentant de visualiser Cassandre à partir de sa voix. Elle l'imagine très brune, de taille moyenne, l'esprit fin et l'œil pétillant. Un mélange d'Anne-Lise et de Malia.

— Moi j'ai jamais été amoureux, intervient timidement Alexis.

Les têtes pivotent vers lui.

— Quand j'étais en CM2, y avait encore des filles dans ma classe mais au collège y en avait plus.

Et finalement ça lui était égal parce que toute son énergie s'était canalisée sur Franck et ses deux complices ; il n'y avait pas de place pour le reste. Il avait beau avoir 11 ans, écroué dans son internat de garçons impeccables, Alexis n'a jamais pensé aux filles. Il ne s'est jamais rêvé grand.

Camille lui prend la main, câline ses doigts.

Elle s'inscrit peu à peu dans les esprits, cette vérité terrible : je n'aimerai plus jamais, je ne caresserai plus jamais, n'enlacerai plus jamais.

— Mes parents me touchaient pas, confie Théodore.

Il se livre avec lenteur, cherchant les mots justes.

— On m'a pas habitué à la tendresse, au contact physique. Alors quand j'ai rencontré Cassandre et qu'elle a posé ses mains sur moi, je me suis rendu compte à quel point ça m'avait manqué. À quel point j'en avais *besoin*.

Qu'on communique avec moi par la peau, pense-t-il.

Qu'on me réchauffe, qu'on me réveille.

Alexis gratte la poussière du béton en recommençant à se bercer, le regard lointain. Camille ronge les ongles de sa main libre tandis que Nadia reste immobile, la mâchoire crispée. De son côté, Jules tire sur le col de son T-shirt comme s'il étouffait. Il se souvient des lèvres de Maël contre les siennes, sèches, totalement fermées, le propulsant vers son destin. Mais il se souvient surtout de celles de Mathis s'égarant dans son cou. Le tout premier petit ami, celui qui vous révèle. Il se souvient de son odeur de pamplemousse et du lait à la fraise – immonde, ce truc – qu'il avalait par litres.

On n'oublie jamais son premier baiser, même bancal, même raté.

Ça reste une rencontre exceptionnelle qui fige le temps et les gens autour.

On n'est plus que bouche, haleine, peau.

— J'ai failli coucher avec un garçon, un jour, dévoile Camille en rougissant. Mais je me suis sauvée avant.

Ça sourit autour d'elle.

— T'as eu peur ? questionne Nadia.

— Oui.

Elle raconte qu'elle s'est sentie décalée, pas à sa place. Trop immature. Elle se tenait devant une porte mystérieuse qu'on lui demandait d'ouvrir mais la clef tremblait dans ses doigts. Elle voulait savoir ce qu'il y avait derrière cette porte mais elle n'était pas prête à le *vivre* déjà.

Et puis il y a eu des gestes malvenus aussi, mais ça elle le garde pour elle.

C'était en mars 2016. Deux mois avant que.

— Il a réagi comment, le gars, quand tu t'es tirée ? l'interroge Jules.

Elle rigole nerveusement.

— Il est resté con, dans le lit. Je suis partie si vite que j'en ai zappé la moitié de mes vêtements. Et j'ai jamais osé sonner chez lui pour les récupérer.

Elle se revoit cavaler pieds nus sur le trottoir dans son jean et son pull qu'elle avait renfilé à l'envers. Le garçon n'a pas tenté de la rattraper et ne l'a pas rappelée non plus. Elle s'est sentie grosse et laide, le soir même, réfugiée dans ses draps.

— Le porc, lâche Nadia, écœurée, tandis qu'Alexis continue à dessiner dans la poussière.

Ce sont des spirales qui s'enroulent autour d'autres spirales. Aucune issue possible.

— Et toi ? demande Camille à Jules. Tu l'as fait ?

Il hésite quelques secondes avant de lui répondre :

— Non.

Il n'aura pas connu ce secret-là.

Il n'avait pas prévu de s'en aller si tôt.

Si seulement il avait pu s'arrêter, pense-t-il. Freiner ses jambes. Figer le temps pour réassembler ses esprits et ne pas rester dans l'impulsivité du moment. Il en est persuadé : s'il s'était posé une minute, il ne serait pas ici aujourd'hui.

— J'ai été dépassé par ma force, avoue-t-il. Pendant une seconde, je crois que je me suis demandé ce que je foutais à foncer vers la bagnole et puis plus rien. Mon corps a décidé sans moi.

— Pareil, enchaîne Alexis en raclant les saletés qui se sont incrustées sous ses ongles. Je me suis vu faire comme si j'étais dans un deuxième Alexis.

Nadia hoche la tête, revivant aussi ce dédoublement du corps et de l'âme.

— Terrifiant, chuchote Théodore, ce qu'on est capable de faire.

On devient de la violence pure.

On sort de soi et on fait un carnage.

— T'entends plus les gens qui te courent après pour tenter de te sauver, réplique Jules qui revit la dernière scène sous ses paupières. T'es plus que du vide, du noir, des cris.

20

JULES

— TOUS À LA FLOTTE ! beugle Hugo en dévalant les marches en pierre qui mènent à la piscine.

— Mes vieux vont hurler, râle Maël, mais personne ne l'écoute.

J'aide Hassan et Zoé à rembobiner la bâche au moyen d'une grande manivelle ; quelques feuilles décorent l'eau de touches auburn. À ma droite, Hugo est en train d'envoyer valser ses chaussures. Puis c'est le jean qui y passe, le sweat-shirt et les chaussettes jusqu'à se retrouver à poil. Avant de s'élancer, il pousse un cri de guerre, les bras levés. Zoé plonge après lui en sous-vêtements dans un éclat de rire moelleux. Plus tranquille, Hassan se déshabille avec lenteur et descend par l'échelle. Quant à moi, je bondis en caleçon, attiré par le bleu luisant de l'eau.

Aussitôt j'ai la sensation d'être jeté dans une pelote d'aiguilles.

Je remonte à la surface, abasourdi par le froid. Au-dessus de nous, le ciel est d'un noir d'onyx, percé de rares étoiles. On se marre, on s'arrose, on gueule, puis Zoé nous lance :

— Cap de rester le plus longtemps sous l'eau ?

Nos yeux brillent : bien sûr qu'on est cap. Au TROIS ! de Zoé, nous disparaissons tous les cinq sous la pellicule glacée. Les paupières closes, je sens mes potes battre des jambes autour de moi. Je me laisse envelopper, léger, dans un cocon de soie liquide.

Et ne me rends pas compte que je force et commence à manquer d'oxygène.

Mes poumons brûlent, comme étranglés autour d'une corde. Des voix me parviennent ourlées, enrobées d'une couche de crème. Soudain quelqu'un m'agrippe le bras et me tire violemment vers la surface. Je gobe une immense bouffée d'air avant de me mettre à tousser.

— Abruti, crache Maël en m'envoyant une gerbe d'eau.

Il me pousse vers le bord de la piscine et je pose mon front sur les dalles. Lorsque je lève enfin les yeux, je croise le regard tourmenté de Zoé qui grelotte. Hugo m'observe en silence en ramassant ses vêtements éparpillés.

— Le but c'était pas de crever, râle Hassan dans mon dos d'un ton crispé.

Une heure plus tard, nous sommes rhabillés, réchauffés (malgré le caleçon que j'ai renfilé à peine sec) et affalés dans les canapés de cuir qui crissent à chaque fois qu'on remue. Chloé, à califourchon sur Maël, picore son cou de petits baisers – mais quand est-elle arrivée ? Zoé se remet du fard à paupières rubis. Le salon ressemble à un marché de Noël : des guirlandes scintillent autour des meubles, des cadres et de la rampe d'escalier. Le sapin est tellement gonflé de décorations qu'on aperçoit à peine ses épines. Sur le grand écran du MacBook Pro, Lana Del Rey chantonne *Love*.

— Si personne change de chanson, je me tire une balle, dis-je en attrapant la cannette de soda que me tend Hugo.

J'avale plusieurs gorgées d'un coup ; personne ne change cette putain de chanson. À ma gauche, Hassan pioche dans le sachet de chips étalé sur ses cuisses. Chloé s'éclipse pour aller aux toilettes. Zoé a fini de se maquiller et repose sa trousse sur la table basse.

— À quelle heure ils débarquent, les autres ? demande-t-elle à Maël.

Ce dernier tire sur le joint d'Hugo, paupières à demi fermées.

— 9 heures, lâche-t-il dans une épaisse fumée qui masque son visage.

Ça pue le chlore, le cannabis et la friture.

— Mais *fais passer*, ronchonne Hugo en claquant des doigts pour récupérer son joint.

Ça coule de main en main jusqu'à la mienne et me cravache le crâne dès la première bouffée.

— Vous avez mis quoi dedans... ? dis-je dans une grimace.

— Les saloperies habituelles, me répond Maël en retirant la télécommande coincée sous ses fesses.

Hugo se met à rire bêtement, Hassan tousse en fouettant l'air et Zoé se barre en soufflant :

— Qu'est-ce que vous devenez teubés quand vous fumez vos merdes.

Chloé se réinstalle à côté de Maël, le bras dressé vers moi pour attraper le joint. Elle tire dessus du bout des lèvres puis le rend à Hugo. J'ai la bouche desséchée. La musique m'explose les tympans.

Et soudain je sens que ça monte.

Je décolle du canapé, vacille et m'appuie sur l'accoudoir.

— Ayé, se marre Hugo, Ju est foncedé.

Je me dirige vers les marches à pas engourdis pendant qu'Hugo ajoute :

— Soulève le couvercle des chiottes, cette fois.

La remarque déclenche des ricanements mous. Je lui tends mon majeur puis grimpe l'escalier en m'agrippant à la rampe. Devant moi, le couloir gondole, les murs ondulent. Lorsque j'atteins la salle de bains, je me rends compte qu'elle est verrouillée.

— C'est qui ? dis-je en plaquant mon front sur le bois.

— Zoé. Je me dépêche.

— Vite, Zoé, j'ai la gerbe...

Quelques secondes plus tard, la porte s'ouvre en grand et me fait chanceler. Je me laisse tomber à genoux devant la cuvette des toilettes.

— Tu veux que je reste avec toi ? demande Zoé.

— Si t'as envie de me voir dégueuler le hachis de midi...

— Sans façon, rigole-t-elle.

Puis elle me tire les cheveux en arrière et les fixe avec une barrette. J'écoute ses talons s'éloigner dans le couloir.

Et je me vide d'une bouillie hachis-soda-chips infâme.

Une fois l'estomac soulagé, je me rince le visage, mâche du dentifrice et ôte la barrette. En quittant la salle de bains, je m'arrête devant la chambre de Maël. Cloué au-dessus du bureau, son lit me semble inaccessible. Malgré la lueur chaude d'un réverbère qui traverse la fenêtre, je fais deux pas et bute contre une paire de baskets, un casque audio et une manette de jeu. Le boîtier d'un DVD craque sous mon pied ; je le ramasse, lis *Sunshine* de Danny Boyle, et me laisse hypnotiser un instant par le soleil gigantesque qui emplit la jaquette. Sur la moquette traînent aussi un jean noir avec une jambe tire-bouchonnée, plusieurs chaussettes dépareillées, un T-shirt à l'envers. Je m'allonge sur le sol et plonge mon nez dans le T-shirt ; ça sent la vieille transpiration et le déodorant à la menthe froide.

Ça sent la peau de Maël tout au fond.

— Ça va ? me demande soudain la voix d'Hassan.

Je marmonne un « oui » pâteux.

— Va dans le lit, Ju.

— C'est trop haut.

— Appuie-toi sur moi, dit-il en me tendant son bras.

— Je suis bien par terre.

Il traverse la pièce, récupère la couette de Maël et l'étend sur moi.

Puis le sommeil m'écrase de tout son poids.

Je ne sais pas combien de temps je dors mais lorsque je rouvre les yeux, j'entends qu'il y a davantage de monde dans la maison. Des rires aux teintes différentes crépitent du salon – je me demande ce qui les fait marrer. Muse clame *Thought Contagion*. Près de moi, une chasse d'eau gargouille.

— Maël... ? dis-je au hasard.

Des talons cliquettent sur le parquet puis la lumière éclabousse le tissu de mes paupières closes.

— Non, c'est toujours Zoé.

— Éteins, s'il te plaît, lui dis-je dans un gémissement.

Elle obéit puis s'accroupit près de moi et plaque sa paume sur mon front.

— T'es tout collant.

— J'ai transpiré à mort...

— Attends.

Deux secondes plus tard, je suis aspergé de déodorant à la menthe.

— Putain, Zoé, dis-je en brassant l'air suffocant d'un bras amorphe.

Elle repose le flacon puis repousse les cheveux qui me barbouillent le haut des joues.

— Ça va ? me demande-t-elle.

— Ça va... asphyxié mais vivant.

— Pourquoi tu t'obstines à fumer ces merdes ?

Je hausse une épaule, dépité.

— Tu veux que j'appelle Maël ?

— Non. Oui. Non.

Elle pouffe.

— C'est « oui » ou c'est « non » ?

— Il fait quoi ?

— Comme d'hab... roulage de pelles avec Chloé.

— Oui, dis-je.

— « Oui » quoi ?

— Je veux bien que t'appelles Maël.

— OK, me souffle-t-elle en se relevant. Tu meurs pas, hein ?

J'acquiesce et entends le roulement d'un objet qu'on jette à terre, suivi d'un second.

— Putains de talons à la con, rage-t-elle en s'éloignant.

Nouveaux rires gras d'en bas. Puis quelqu'un entre dans la pièce et reste dans mon dos. Je sens sa présence immobile.

— Maël... ?

— T'es encore dans un sale état.

— C'est à cause du joint d'Hugo...

— Ou du mec qui l'a fumé.

Il fait quelques pas de plus et s'accroupit devant moi. Éclairés par la lumière du couloir, ses yeux ressemblent à des perles en bois qu'on aurait vernies.

— Sinon, tu t'es baigné dans mon déo ?

— Zoé m'a aspergé. Elle m'a pris pour une mouche à merde.

Il ébauche un demi-sourire forcé.

— J'ai pété ton DVD, dis-je en pointant du menton l'objet que j'ai posé sur son bureau.

Il y jette un œil puis hausse une épaule.

— Pas grave.

— Y a que moi qui plane ? lui dis-je, plus timide.

— Nan, y a ma meuf qui discute avec l'étoile en haut du sapin.

J'échappe un rire lent qui le contamine. Puis il gratte l'une des coutures de sa couette avec l'ongle du pouce.

— Pourquoi tu voulais me voir, Ju ?

— T'as déjà embrassé un mec ?

L'atmosphère change aussitôt de texture. Plus froide, sa voix :

— Non, dit-il en se relevant. Et ça me tente pas du tout.

— Attends...

— *Quoi*, lâche-t-il, agacé.

— Tu veux pas m'embrasser pour voir ?

Je m'entends prononcer ces mots sans pouvoir rien y faire et serre les paupières, sidéré. Le silence s'étale comme un cri, entaillé par un chuintement de semelles.

— Maël... ?

Pas de réponse ; il s'est évaporé.

En bas, le rire d'Hassan crépite comme de la mousse aux œufs.

Je me sens plus seul que jamais.

Je finis quand même par décoller du sol et quitte la chambre en trébuchant sur l'un des escarpins de Zoé. Plaquant mon avant-bras sur mes yeux éblouis, j'avise vaguement deux filles en train de discuter dans la salle de bains entrouverte. Face au grand miroir, l'une d'elles multiplie les couches de gloss sur ses lèvres jusqu'à les rendre poisseuses. Sa copine est occupée à remonter une robe sans bretelles qui refuse de tenir sur sa poitrine.

— Pourquoi j'ai pas de nichons ? peste-t-elle.

Elle me jette une œillade à travers la glace sans cesser de tirer sur le tissu et m'interpelle :

— Tu le sais, toi, où sont passés mes nichons ?

Je fais « non », décontenancé, et reprends ma route. Je descends l'escalier au moment où Léa débarque en retirant son blouson. Dès qu'elle m'aperçoit, elle pivote dans ma direction. Elle s'est maquillée et a enfilé une jupe de tulle noir avec ses éternelles Converse blanches.

— Je rêve ou tu t'es déguisée en fille ?

— Toi, t'as fumé les saloperies d'Hugo, râle-t-elle en plissant les paupières.

Je secoue la tête, faussement innocent.

— T'as les yeux explosés, Ju.

— Parce que t'es déguisée en fille, ça me fait tout drôle.

Elle m'adresse une grimace puis plaque un baiser sur mes lèvres.

— Tu pues le déo de mâle alpha et la beuh.

— On bouge, lui dis-je pour fuir le brouhaha.

Parvenu dans la cuisine, j'ouvre le frigo, attrape une brique de lait et en avale plusieurs gorgées. J'entends Léa s'asseoir sur la table et se fourrer des chips dans la bouche. De mon côté, je ramasse un plat de lasagnes entamées et le pose près d'elle. Puis je fouille les tiroirs jusqu'à dénicher une fourchette que je plante dans la pâte onctueuse. Ça crisse huileux.

— C'est froid, Ju...

— Mmm.

— Il a un beau pull sapins, Maël.

— Mmm.

— Je suis un caca moisi.

— Mmm.

— Tu vas m'écouter ou me faire du « mmm » toute la soirée ?

Je lui jette un coup d'œil en mordant dans une couche de gruyère gratinée. Dans le salon, Zoé relance *Not Today* des BTS – c'est la grande fan du groupe. Léa fredonne la mélodie en gigotant sur la table.

— Il te bouffe du regard, déclare-t-elle tout à coup, taquine.

— Qui ça ?

— Le pape.

J'avale une nouvelle bouchée de lasagnes tandis qu'elle rigole à sa propre vanne.

— Maël, reprend-elle, plus sérieuse.

— Je lui ai demandé de m'embrasser.

Elle en tousse, la mauvaise.

— Merde alors...

— Ouais.

— Et ?

— Rien.

Elle décroise ses jambes pour les recroiser dans l'autre sens.

— « Rien » quoi ?

— Il s'est tiré de la chambre, dis-je en donnant un coup de fourchette dans la conversation.

— Je le savais bien : ce mec n'a pas de couilles.

— Ce mec est *hétéro*, Lé.

Elle penche la tête sur le côté, légère moue sur les lèvres, puis pioche dans son sachet de chips et jette :

— Elle a des cheveux de princesse Disney mais c'est tout ce qu'elle a.

— Qui ça ?

— Chloé, répond-elle, la bouche pleine. Et ça m'étonnerait qu'un mec sorte avec une fille uniquement parce qu'elle a des cheveux de princesse Disney.

— Ils couchent ensemble.

— Lol.

— Je te jure, ils couchent ensemble depuis samedi dernier. Tout le monde le sait.

Je sors mon paquet de cigarettes et j'entrouvre la fenêtre. Quelqu'un qui n'apprécie pas la K-pop fait taire les BTS pour lancer le *Chandelier* de Sia. J'allume une clope puis pousse un cri qui me lacère la gorge. Un groupe qui bavardait dehors se retourne tandis que Léa me dévisage.

— Recommence, fait-elle, cynique, j'ai pas entendu.

J'expulse un deuxième cri qui contient tout ce que j'ai dans le bide. La tête d'Hugo apparaît dans l'embrasure de la porte, perplexe. Deux oreilles de cerf en tissu sont posées sur son crâne.

— Lasagnes froides ? lui propose Léa dans un grand sourire qui dévoile toutes ses dents.

Puis c'est la confusion dans mon esprit ; les images se mélangent.

Devant le sapin étincelant, deux filles prennent des selfies et se dandinent sur la musique. Assis dans l'escalier, un garçon discute avec son pote tout en pianotant sur son smartphone.

— Où j'ai foutu mon téléphone ? dis-je en tâtant mes poches de jean.

Léa sort le sien et compose mon numéro.

— Ça sert à rien, je suis en silencieux.

— Comme d'hab, ironise-t-elle pendant que je pars fouiller entre les coussins d'un canapé.

Lorsque je reviens en exhibant l'objet, elle me le dérobe puis nous photographie et s'envoie le cliché pour pouvoir le retoucher sur Facetune. Ensuite elle me rend mon Samsung – que je passe en vibreur – et commence à retravailler son visage.

— Mais arrête, dis-je, t'es très bien dessus.

— Je floute juste ma peau et vire les cernes.

— Et après tu vas t'amincir le nez, pourrir le tout avec ton filtre à la con et ressembler à une nana en plastique.

— Je m'améliore pour rester dans la course, corrige-t-elle, intraitable.

— La poste pas, Lé. Ou tu coupes ma tête.

Mais elle est si concentrée qu'elle ne m'entend pas.

En face de nous, une boule de Noël s'accroche aux cheveux d'une fille immense et se brise sur le sol en éclats argentés ; tout le monde s'en fout. La cheminée s'est habillée de dizaines de gobelets. Coulant mes yeux vers Maël, je constate qu'il a hérité des oreilles de cerf et embrasse Chloé à pleine bouche. Un groupe d'amies se lance dans une chorégraphie visiblement destinée à TikTok.

Léa se penche vers moi et jette, coquine :

— Une idée vicieuse vient de m'assaillir. J'attire la Chloé dans la cuisine, toi tu te glisses sur le canap à côté du beau Maël et tu l'emballes vite fait bien fait.

— Putain, il est pas de ce bord, on laisse tomber...

Elle balaie ma remarque avec effronterie tandis qu'un mec avec des bagues plein les dents me demande si j'ai une capote à lui filer – non, j'en ai pas. Il me contourne et continue sa quête auprès d'autres personnes. Dans les enceintes, Ava Max chante *Sweet But Psycho*.

Je coule à nouveau mes yeux vers Maël mais les siens sont déjà posés sur moi.

Plus tard, je suis adossé à la porte vitrée qui donne sur le jardin ; j'ai paumé mon sweat et ma meilleure pote. Une fille se remet du rouge à lèvres à travers la vitrine d'un vaisselier ; elle porte des collants noirs avec des cœurs fuchsia. Maël passe devant moi et m'adresse un signe de tête qui signifie : « *Viens, on va discuter dehors* ». Je le suis et m'assieds à ses côtés sur les marches qui conduisent à la piscine. Il tire sur une cigarette jusqu'à creuser ses joues puis me la tend avec nonchalance. Les paupières dorées de Chloé ont déposé plein de paillettes sur son visage.

— C'était quoi cette question pourrie ? me demande-t-il, distant.

— Quelle question ?

Tremblants sous le froid, nos genoux se frôlent à plusieurs reprises et me perturbent.

— Joue pas à ça, Ju.

Le vent crache une bouffée d'air glacée ; Maël souffle sur ses mains pour les réchauffer. Dans mon dos, un éclat de rires soûls enflamme le salon. Imagine Dragons chante un *Thunder* lourd.

— J'adore ce titre, dis-je en tirant une dernière taffe avant de rendre la clope à Maël.

Nos doigts s'effleurent puis une explosion de verre brisé étoile l'air.

— Aucun blessé ? gueule Maël en se retournant.

— C'est rien ! braille Hugo. C'est juste une assiette !

Maël se relève, crispé.

— D'où ils fouillent dans les placards, ces abrutis ?

— Reste, dis-je en saisissant son poignet.

Il hésite un instant puis finit par se rasseoir en marmonnant :

— Et puis merde, qu'ils me pètent toute la baraque, je m'en tape.

— J'embrasse peut-être mieux que Chloé, dis-je pour alléger l'atmosphère.

Je ne sais pas s'il soupire ou s'il rit. Il se penche vers le sol, la tête entre les jambes, comme s'il se sentait mal. Lorsqu'il parle enfin, ses mots sortent déformés parce qu'il est en train de se mordiller la lèvre.

— Depuis quand ? demande-t-il, gêné.

— Depuis le *Tekken* chez Hugo.

— On joue tout le temps à *Tekken* chez Hugo.

— Le jour où il nous a vomi son Red Bull par le nez.

Il acquiesce, songeur, puis le vide se réinstalle, taillé par la musique.

— Et qu'est-ce que j'ai fait de si particulier chez Hugo ?

Toi rien, Maël. C'est en moi que quelque chose a bougé. J'ai eu la sensation physique d'être poussé vers la lumière. D'être réanimé.

— Je t'ai vu différemment, dis-je en tirant sur les manches de ma chemise.

— J'aurais jamais cru que j'étais ton style de mec...

— J'ai pas de style de mec.

Un sourire obscur habille ses lèvres lorsque j'ose tourner la tête vers lui. C'est alors qu'une longue chenille humaine jaillit du salon en braillant un *Libertine* dissonant. Hugo est affublé d'une perruque bleue et agite une bouteille de cognac dont il couvre le goulot avec son pouce. Son jean a glissé sur ses hanches et dévoile la moitié de son boxer. Les filles se sont débarrassées de leurs chaussures et clopinent dans le jardin en collants ou les pieds nus. Zoé trébuche sur la fille devant elle qui s'affale à son tour sur la fille devant elle. Un garçon à qui j'ai dû parler deux fois au lycée – Killian ? – est costumé d'une guirlande de leds qui clignote autour de son cou à la manière d'un foulard.

— Et dire qu'il est même pas 11 heures du soir, déplore Maël.

Je pose mon front sur mes genoux, tentant d'assembler les mots qui se bousculent dans ma bouche.

— Ça te gêne ? lui dis-je.

— Nan.

— Mais t'es mal à l'aise.

— Je me sens con, avoue-t-il sans me regarder. Je sais pas quoi dire.

Je redresse la tête tandis qu'il écrase son mégot sur une marche. Un garçon torse nu, les manches de son sweat attachées autour du cou, surgit de nulle part en collant son iPhone devant nos visages.

— Tu fais quoi, là ? dis-je en plaquant ma paume sur la caméra.

Il se dégage et recule d'un pas.

— Un vlog-souvenir de 2019.

Je lui adresse un doigt d'honneur, excédé.

— Je t'ai invité, toi ? lui lance Maël, l'œil suspicieux.

— Nan, mais je suis venu avec Nathan.

— C'est qui, Nathan ?

— Mais *casse-toi*, dis-je en fouettant l'air. Va filmer 2019 dans ton cul.

Maël me donne un coup de coude réprobateur tandis que le garçon s'éloigne en me traitant de « sale boloss ». Devant nous, près de la piscine, une fille aux longs cheveux gaufrés se penche sur l'herbe et se met à vomir ; sa copine se précipite vers elle en tanguant. Par contamination, elle se met à gerber aussi.

— Besoin d'aide ? propose Maël en arquant ses mains en porte-voix.

Les filles agitent les doigts comme pour répondre : « *Ça va, merci* ». Une autre embrasse son mec en riant entre chaque baiser. Elle est vêtue d'une robe qui me fait penser au plumage d'un paon. Hugo lance sa perruque en l'air comme un chapeau de diplômé. La lune rend les peaux laiteuses et les yeux lustrés.

— Ça change rien ? dis-je en tendant mon poing à Maël.

Il y cogne le sien en secouant la tête mais je sens de l'embarras sous son sourire. Et puis un type nous gueule de la maison : La porte ! Ça a sonné ! Je me lève après Maël et traverse le salon avec lui. C'est un tel four à l'intérieur que j'ôte la chemise que je porte sur mon T-shirt pour la nouer autour de ma taille. Un couple se tripote contre la cheminée et la jupe de la fille est retroussée jusqu'à son ventre. Devant le coin télé, trois mecs jouent à qui ingurgitera le plus de cannettes de bière en une minute chrono. Autour d'eux, ça les encourage en braillant des Plus vite ! sadiques.

Lorsque Maël ouvre la porte d'entrée, il reste interloqué puis lâche :

— Qui est le con qui a commandé des pizzas ?

— Mes pizzaaaas, beugle Hugo en déboulant dans le salon.

Maël le fusille du regard, bras croisés sur le torse.

— T'es chiant, Hug. Y a pas assez à bouffer ici ?

— Mais j'avais envie de pizzas...

— Bah tu les payes.

Hugo exécute une petite courbette puis se casse la figure.

La fin n'est plus qu'une succession d'images sans lien logique.

J'attrape une bouteille de vodka qui traîne et j'avale jusqu'à ce qu'on me l'arrache des doigts.

— Tu déconnes grave, me souffle Hassan, furieux.

Une odeur écrasante de salami m'agresse le nez. Zoé jette au loin : « Cap de bouffer toute la pizza sans les mains ? » La lune allume la partie gauche du visage de Maël. Je me rapproche de lui, fasciné par cette lumière qui zèbre sa peau.

J'effleure ses lèvres avec les miennes.

Une demi-seconde plus tard, l'arrière de mon crâne heurte le mur et Léa m'agrippe le bras pour m'empêcher de tomber. Hassan lance un sifflement puissant, les doigts dans la bouche, et gueule : Du calme ! Tout le monde se calme ! Une fille me gifle à trois reprises – Chloé ? Trente smartphones sont braqués sur moi. Trente caméras qui zooment et entrent où elles n'ont pas le droit d'entrer. Quelqu'un dont je ne reconnais pas la voix jette : « Matez ça, il est en train de chialer. » Et lorsque je passe une main sur mes yeux, je réalise qu'il a raison.

Je suis en train de chialer devant la moitié des secondes du lycée.

Léa me cramponne le visage et souffle sur ma bouche « Tu-t'en-fous-tu-t'en-fous » mais mon cerveau ne répond plus, mes jambes me poussent vers la sortie et je traverse le jardin en courant. J'entends l'écho des pas de Léa derrière moi qui crie : T'en va pas, Ju, s'il te plaît t'en va pas ! Je trébuche contre un tricycle, renverse un pot de fleurs et manque de percuter un réverbère. Je ne pense même pas à récupérer ma mobylette mais juste à fuir très loin d'ici.

J'atteins enfin la rue lorsqu'un duo de phares m'aveugle.

Sans réfléchir, je me jette devant la voiture qui braque sur la droite dans un crissement de pneus monstrueux. J'entends des hurlements tandis que mon épaule éclate sur l'aile avant du véhicule. Une odeur de mécanique chaude et de gomme brûlée m'écrase les narines. Je retombe lourdement sur le bitume. Ma tête heurte le sol. L'obscurité s'abat sur moi.

21

À peine le garçon a-t-il fini de parler que Nadia lui lance un regard de suie.

— « Va filmer 2019 dans ton cul », répète-t-elle en prenant une voix plus grave. Mais t'as vu comment tu t'adresses aux gens ?

Jules ouvre la bouche et bafouille quelques mots inintelligibles. Il dit qu'il est conscient d'avoir eu un comportement infect, que ça ne lui ressemble pas, mais il avait trop bu et trop fumé, un vrai *bad trip* putain, il savait plus ce qu'il faisait. Nadia ne veut rien entendre et remonte les marches avec raideur, lèvres serrées. Jules la poursuit et l'affrontement se corse au sommet de l'escalier.

— Il t'a fait comprendre qu'il *voulait pas* t'embrasser, s'emporte-t-elle. Alors pourquoi t'as essayé ?

Le garçon reste mutique, bras ballants, puis ébauche un « Je... » qui ne mène nulle part. Théodore tente d'intervenir mais Nadia lève une main pour le faire taire. Quelques marches plus bas, Camille caresse les cheveux d'Alexis qui s'est remis à crisser des dents.

— J'ai merdé, admet Jules.

La gifle part sans que Nadia l'ait prévu. Fait briller les yeux du garçon.

— T'as toujours pas compris, hein ? crache-t-elle, la voix tremblante.

— Compris quoi... ?

Elle lui frappe le torse jusqu'à le faire reculer d'un pas.

— Que c'était pas LA BONNE PERSONNE qui me touchait ? Je crois que Théo a compris dès le début parce qu'il est *attentif aux autres.* Et Camille parce que c'est une fille et qu'elle sait ce qu'on SUBIT AU QUOTIDIEN quand on est une fille.

— Qui te touchait... ? bafouille Jules.

L'adolescente se tourne vers le mur, ne répond pas.

— Nadia... insiste-t-il.

— Mon PUTAIN DE BEAU-PÈRE ! hurle-t-elle avec rage.

Un « beau-père » qui résonne contre la brique et le béton.

Qui se déploie.

Qui devient gigantesque.

Va-t'en, pense-t-elle. *Sale porc. Ne me poursuis pas jusqu'ici.*

— Excuse-moi, chuchote Jules.

Nadia prend une profonde inspiration, paupières fermées.

— Désolée, Théo, mais là j'ai vraiment besoin de m'isoler.

— On se sépare plus, proteste le garçon. La dernière fois que...

— Juste dix minutes, le coupe-t-elle.

Elle enchaîne en jurant qu'elle n'ira pas loin mais qu'elle a besoin qu'on ne la regarde pas, qu'on ne lui parle pas.

— On te laisse pas partir toute seule, Nadia.

La jeune fille se retourne, fébrile. Jules tente un pas vers elle.

— Donne-moi une deuxième chance, lui demande-t-il, sincère.

Elle soupire, la mâchoire crispée, puis acquiesce et s'éloigne dans le couloir. Tous deux pénètrent alors dans une salle aussi grande qu'un abattoir remplie de casiers cadenassés empilés les uns sur les autres. Un marécage de boue et de détritus les empêche d'avancer davantage. Un râle de soufflerie leur parvient au loin, entrecoupé de brefs claquements métalliques. Ça pue la ferraille et les clous rouillés. *Ça sent les mains d'Alain*, pense Nadia en s'asseyant sur le sol jonché de cailloux plats. Jules s'installe à ses côtés, silencieux, et tire sur les fils de son jean.

La gêne s'étire entre eux, poisseuse.

— Excuse-moi, répète-t-il au bout d'une longue minute.

— Oui, tu l'as déjà dit.

Le ton est brut mais la colère s'est dissipée. Jules retire un galet qui s'enfonçait dans sa cuisse, le lance devant lui. L'objet rebondit trois fois sur la surface de l'eau brunâtre tandis que Nadia resserre ses bras autour d'elle pour ne pas se retrouver coincée dans sa vie d'avant. Et dans sa chair d'avant, meurtrie. Mais ça ne fonctionne pas. Le second ricochet de Jules fait à peine plus de bruit que des clappements mouillés.

— J'ai la haine, lâche-t-elle entre ses dents.

Et la voilà qui pleure.

Ça claque sur son pantalon de pyjama et assombrit le tissu. Elle se demande combien d'eau il lui reste encore à l'intérieur.

— Je suis *morte*, Jules.

Elle renifle à plusieurs reprises, s'essuie les paupières puis ajoute :

— Je suis morte et c'est lui le monstre.

Derrière eux, un bruissement de pas nus résonne puis s'arrête. Tous les deux jettent un œil par-dessus leur épaule.

— C'est bon, Théo, marmonne Nadia. Cinq minutes, s'il te plaît.

Théodore acquiesce puis repart. Jules ramasse un nouveau caillou qu'il fait danser entre ses doigts. Et Nadia pense qu'elle aurait aimé le photographier, ce garçon, avec sa tignasse incandescente et ses dents du bonheur. Lorsqu'elle le lui dit, il confie qu'il détestait se faire prendre en photo, ce qui était particulièrement risible étant donné que les gens passaient leur temps à faire des selfies.

— C'est quoi ? demande Nadia.

— Tu tiens ton téléphone à bout de bras et tu mitrailles ta tronche en multipliant les poses ridicules.

Pour illustrer son propos, il lève la main et presse les touches d'un smartphone imaginaire.

— Et c'est quoi l'intérêt ?

Le galet du garçon siffle sur l'eau stagnante.

— Poster son meilleur portrait sur Instagram, répond-il d'un ton blasé, et récolter un maximum de likes.

— Et c'est quoi l'intérêt ?

Un rire accablé le secoue.

— Aucune idée.

— À mon époque, c'étaient les potes qu'on prenait en photo, soupire Nadia.

Jules baisse la tête, soudain assailli par une tristesse lancinante.

*

À l'autre bout du couloir, Camille raconte à ses compagnons le jour où son cerveau s'est déréglé. C'est un jour très particulier et pourtant identique aux précédents. Le soleil filtre à travers les sillons des volets. Par la fenêtre, un oiseau couine comme une clef rouillée. Elle entend son père qui se douche dans la salle de bains et les gargouillis de la cafetière en bas.

— Rien n'est différent mais *toi* t'es différente. T'as changé pendant la nuit et tu sais pas comment c'est arrivé.

Alexis l'écoute avec attention, les genoux repliés sous le menton. Théodore interrompt la sonate de Liszt qu'il pianotait sur ses cuisses pour se réconforter.

Elle explique que c'est peut-être une image, une remarque captée dans la rue, une scène d'un livre qu'elle aurait lu... elle ne sait pas et ne saura sans doute jamais. Mais un matin, quelque chose claque dans son cerveau.

— Je me suis dit : *je peux faire ça*. Je peux me tuer.

La suite ressemble à un apprivoisement. On malaxe le mot « suicide » entre ses doigts, on l'écoute tinter à l'oreille. On se familiarise avec les sensations.

— Et peu à peu, ça te transforme.

Tu as saisi une vérité exceptionnelle que tu ne peux même pas traduire avec des phrases, quelque chose de grave, de *secret*. Tu approches un endroit privé et inviolé du monde. C'est comme observer des chutes d'eau en se demandant ce qu'il y a de l'autre côté. Toi, *tu sais* ce qu'il y a derrière parce que tu les as traversées, les chutes. Tu comprends la naissance et tu comprends la mort. Tout est très clair soudain, *limpide*.

Et tu ne fais plus que dormir.

Tu te lèves dans l'après-midi, tu te laves une fois sur trois et comates devant ton téléphone ou l'ordinateur en grignotant des Smarties (c'était la seule chose qu'elle parvenait à manger ; marrant comme ces bonbons ressemblent à des médicaments, quand elle y songe).

Et puis tu repars te coucher.

Tu dors pour ne plus avoir à te supporter et à t'imaginer en morte.

Tu dors pour effacer le monde.

— C'était toujours là, confie-t-elle, dans un coin de ma tête. Comme un ami.

— Un ami ? répète Théodore, choqué.

Camille acquiesce en faisant tournoyer le camée autour de son annulaire. Elle explique que tout la laissait de marbre : les rires des gens, la lumière du soleil ou les fleurs qui s'ouvraient, les couples qui se tenaient par la main, les amoureux qui s'embrassaient. Elle ne se sentait pas exclue, elle n'était simplement plus *concernée.*

— On est tellement seul juste avant, conclut-elle en glissant ses yeux sur Alexis. Tellement seul avec soi.

Personne ne peut plus te comprendre parce que tu as marché trop loin.

Il est là, le moment le plus dangereux : quand tu as dépassé le point de non-retour. Tes pensées sont empoisonnées. Une grosse pierre a poussé dans ta poitrine que tu ne peux plus déterrer.

Et tu as presque hâte d'arriver au 2 mai pour que tout soit fini.

Mais faut pas croire, c'est difficile de se débarrasser de soi. C'est plus douloureux qu'on ne l'imagine : il faut dire adieu à beaucoup de choses, abandonner beaucoup de gens. Y a une infime partie de soi qui s'accroche et espère encore. Qui susurre : « *Une dernière journée, s'il te plaît, laisse-moi une dernière journée* ».

Et cette partie-là est la plus laborieuse à dompter.

— Les derniers mois, ajoute-t-elle, je faisais n'importe quoi.

Elle raconte qu'elle se « testait » pour voir s'il lui restait un soupçon d'intérêt pour la vie. Elle accumulait les actes dangereux : traîner dehors, la nuit, sans téléphone ni moyen de défense. Traverser la route sans prendre gare aux voitures. Plaquer la paume de sa main au-dessus de la flamme d'un briquet, de plus en plus souvent, de plus en plus longtemps.

— C'est le début des « au revoir ». J'observais ma vie de l'extérieur, comme un film. J'étais hantée par une horloge imaginaire qui rythmait mes pensées. Chaque jour, j'entendais son tic-tac à l'intérieur de moi : plus que trois mois, plus que quatre semaines, plus que cinq jours.

Elle laisse échapper un rire mou en frottant ses cuisses engourdies.

— Si j'avais su que j'atterrirais ici, franchement j'aurais réfléchi à deux fois.

— T'avais personne à qui parler ? lui demande Théodore.

— J'allais sur des forums... j'ai trouvé des personnes super qui vivaient ce que je vivais. Je me sentais comprise et écoutée.

— C'est quoi un forum ? questionne Alexis tout bas.

— C'est une sorte de groupe virtuel où tu peux discuter avec des gens, décrit Camille. Tu tapes ton message et ils te répondent.

— Comme des lettres ?

— Un peu, sourit-elle.

Satisfait des explications qu'il a reçues, Alexis se pelotonne à nouveau dans le silence, grattant les coutures de son pantalon.

— Et personne n'a pu t'aider ? reprend Théodore.

Camille lui fait « non » de la tête.

— Au début ça m'a fait beaucoup de bien mais peu à peu, c'est devenu lourd et glauque. Tous ces gens qui brassaient leur désespoir... en plus, certains se complaisaient dedans, tu voyais bien qu'ils voulaient pas s'en sortir. Moi c'était pas ça que je cherchais. Et puis lire de la mort chaque jour, ça finit par te rendre folle. Je m'étais inscrite sur ces sites pour trouver du soutien et finalement ça me bousillait encore plus.

Il y a des personnes que ça sauve, elle le sait bien, mais sur elle ça a eu l'effet inverse.

Ça a tranché la dernière tige qui la reliait au monde.

*

Nadia vole le caillou de Jules et le lance devant elle. L'objet s'écrase dans un bruit de plongeon.

— Loupé, lâche-t-elle, déçue.

Il lui tend un nouveau galet dont elle savoure la texture dans sa paume.

— Désolée pour les baffes, ajoute-t-elle, honteuse.

— Pas grave.

— J'ai jamais fait ça, c'est parti tout seul...

— Pas grave.

Elle pousse la jambe du garçon avec la sienne mais Jules s'est assombri. Sans la regarder, il chuchote :

— Je suis vraiment pas attentif aux autres ?

Elle entend dans sa voix qu'elle l'a blessé plus fort qu'elle ne l'imaginait.

— J'étais sur les nerfs, Jules.

Il reste silencieux, malmenant les déchirures de son jean.

— Ma question tient toujours.

— Tu l'es, lui dit-elle, agacée. Mais j'aurais voulu que tu comprennes tout seul.

— Pourquoi ?

— Parce que je t'aime bien.

Il entrouvre les lèvres, troublé par ce qu'elle vient de dire, puis souffle un « Oh » faussement choqué. Elle lui frappe l'épaule avec douceur puis plaque un baiser dessus.

— Oh, répète-t-il.

Leurs rires s'accordent. L'odeur de pièces de monnaie et de vase s'émousse.

— Je te signale quand même que je fais la taille de Luke Skywalker, reprend Jules d'un ton bien plus tendre.

Nadia lève des sourcils déroutés.

— Qu'est-ce que ça vient foutre dans la conversation ?

Il bombe le torse avec emphase.

— Tu me traites de « petit con » mais je suis pas si petit, j'ai la taille d'un héros.

— Je m'en fous, je préfère Leia.

Il roule des yeux tandis qu'elle ajoute :

— En tout cas, t'as un corps fait pour les câlins.

— Ah bon ?

Elle opine, assagie.

— Je me sens bien dans tes câlins.

— Tant mieux. Je le mettrai dans mon CV quand je plaiderai ma cause au Paradis devant saint Marcellin.

— Ça, c'est un fromage, Jules.

— T'es sûre ?

L'étau qui comprimait la poitrine de Nadia se dénoue. Elle se demande s'ils auraient pu être amis dans la vraie vie, si vingt années ne les avaient pas séparés.

— Je t'aurais appris à faire un triple axel, lui lance-t-elle d'un ton provocateur.

— C'est facile ?

— C'est l'enfer.

— Toi, tu serais montée sur mon skate et on aurait dévalé les pentes de Pont-Aven.

Il lui raconte qu'ils adoraient faire ça, avec Léa. Elle s'asseyait sur le bout de la planche, lui prenait de l'élan derrière, debout, et ils roulaient comme ça sur des centaines de mètres. Alors OK, c'était méga dangereux et ils ont collectionné les gamelles spectaculaires, mais le pied que c'était de descendre les rues à fond la caisse.

— Vous en faisiez beaucoup des conneries du même genre ? lui demande-t-elle, taquine.

Il acquiesce et confie qu'une nuit, il a grimpé les cent vingt-deux marches d'un escalier en mobylette.

— Je me suis fait courser par les flics et j'ai fini au poste.

— C'était un « cap ou pas cap » ?

— Ouais.

— T'avais vraiment peur de rien, murmure-t-elle dans un soupir, pensive.

Jules tourne la tête vers elle.

— C'est une question ?

— C'est un constat.

— Tu vis pas si tu laisses la peur te dominer, Nadia. Tu rates des tas de choses... tu passes à côté de ta vie.

Elle réécoute ces mots qui valsent, éthérés, autour d'elle, *« Tu passes à côté de ta vie »*, puis avoue d'un seul souffle :

— J'ai jamais eu de mec.

Et rougit lorsqu'elle sent le poids des yeux de Jules sur elle.

— C'est con mais c'est mon grand regret, poursuit-elle en baissant la voix. J'avais peur et j'ai loupé l'occasion. J'aimais pas qu'on me touche, qu'on me regarde, je me cachais derrière mon appareil photo. Et puis je sentais constamment les mains d'Alain sur moi, comme une mémoire fantôme. Ça parasitait toutes mes relations et ça m'a empêchée d'aller vers le garçon qui me plaisait.

— Y en avait un qui te plaisait ?

Nadia acquiesce, fixant la nappe d'eau croupie qui lui barre la route.

— Oui, Emmanuel.

Et quel réconfort étrange, de prononcer ce prénom.

Assise sur son lit, Anne-Lise est en train de coller des photos de Sarah Michelle Gellar sur une chemise cartonnée pendant que Malia teste des parfums. Je râle lorsque les effluves retombent sur ma dissertation d'anglais et plaque ma paume sur le pot de Nutella ouvert.

— Ça pue ton truc, dis-je en fouettant l'air imbibé de rose et de jasmin.

Anne-Lise bougonne en découpant une nouvelle image de l'actrice tirée d'un magazine.

— Me dit la meuf qui se parfume jamais.

— Y a que les gens qui puent qui ont besoin de se parfumer.

— Alors, me coupe-t-elle, irritée, t'as appelé ton Manu ?

— C'est pas mon Manu.

Malia abandonne ses flacons, se vautre à mes côtés sur la moquette, la bouche plâtrée de pâte à tartiner, et lève l'index.

— Pas encore, corrige-t-elle.

Anne-Lise saute alors de son lit et jette son téléphone sur ma copie.

— Pour quoi faire ? lui dis-je, étonnée.

Elle se réinstalle devant ses collages, imperturbable.

— T'as perdu assez de temps, me répond-elle d'un ton ferme. Il va pas s'appeler tout seul, le Manu.

J'éjecte son Nokia d'un coup de bras. Elle souffle avec exagération puis se dirige vers son bureau, ouvre un tiroir et s'empare d'un cahier de brouillon.

— OK, fait-elle en s'arrêtant sur une page vierge. Opération « Sauvetage Didou ». On va écrire des phrases toutes faites et tu les répéteras à ton Manu.

Malia lui tend un stylo pailleté qui traînait.

— Déjà, tu lui demandes comment il va.

— C'est la base, commente Malia en maquillant les paupières de Sarah Michelle Gellar au feutre noir.

— Faut que j'arrive à sortir ça, dis-je, nerveuse.

— « Comment / ça / va ? », compte Anne-Lise, dressant un doigt après l'autre. Ça fait trois mots, Didou. Tu peux sortir trois mots ?

— Pas sûr...

— Vire le « comment », suggère Malia en traçant une moustache bouclée sous le nez de Sarah Michelle Gellar. Ça fera que deux mots.

— OK pour le « Ça va ? », inscrit Anne-Lise. Bon, si c'est un mec normal et poli, il te répondra « Oui et toi ? » et là tu dis : « Ça va, merci, j'appelais pour savoir si... »

Je lève la main.

— Stop, dis-je. C'est trop long, je vais bégayer cent fois.

Anne-Lise simule un évanouissement en s'affalant sur le cahier. Malia ajoute des cornes de diablotin sur la tête de Sarah Michelle Gellar et s'enflamme :

— Bon sang, Didou, tu lui dis : « Salut, j'ai envie de toi, ça te dit qu'on s'envoie en l'air dans les fourrés ? »

Mais je n'ai pas le temps de riposter : Anne-Lise se jette sur sa chemise cartonnée qu'elle arrache des mains de sa copine.

— Putain, Mali, t'as pourri mes photos !

— Avoue qu'elle est plus sexy comme ça ?

— Tu fais chier...

À présent Anne-Lise boude, poing sur la joue, et Malia s'ennuie parce qu'elle n'a plus rien à colorier.

— Eh, les filles ? dis-je en agitant les bras. J'ai un problème avec un mec, vous vous souvenez ?

En définitive, il nous faut plus d'une heure pour obtenir un discours réglé au millimètre. Anne-Lise m'a tracé un schéma et chaque question est suivie de deux ou trois traits en fonction des réponses possibles d'Emmanuel. Je n'ai plus qu'à me laisser guider par l'organigramme pailleté en priant pour ne pas trop bafouiller.

— OK, conclut Anne-Lise en ramassant son portable. Donne le numéro.

Même pas besoin de récupérer le Post-it sur lequel je l'ai noté ; il est tatoué sous ma chair.

— Prête ? souffle-t-elle en me fourrant l'objet dans les mains.

— Mets le haut-parleur, ajoute Malia en rapprochant le pot de Nutella dans lequel elle plonge sa cuillère.

J'obéis et nous attendons, nos têtes collées les unes aux autres. Chaque sonnerie emplit l'air à l'image d'un coup de tambour. Même les chiens qui gueulent au loin ne font plus partie de notre espace.

Et puis...

— Allô ?

J'en lâche presque le téléphone. Le timbre est à la fois suave et profond, de la guimauve grillée.

— Mais parle ! me chuchote Anne-Lise, paniquée.

La voix grave répète son « Allô ? » à l'autre bout du combiné.

— Emmanuel... ?

— Oui ?

Anne-Lise articule « Le schéma ! » en frappant sur le cahier mais les phrases se brouillent devant mes yeux.

Je m'éclaircis la gorge plusieurs fois, le cœur hystérique.

— C'est qui ? demande Emmanuel, et je réalise que je ne me suis même pas présentée.

— Crétine, marmonne Anne-Lise dans un geste grandiloquent.

Malia, elle, tente de me sortir la tête de l'eau et murmure, les dents tachées de Nutella : « C'est Nadia, la fille à l'appareil photo. »

Je prononce la phrase au mot près.

— La fille à l'appareil photo, répète Emmanuel, amusé, d'un ton révélant qu'il sait très bien qui je suis.

Je bafouille un truc incompréhensible qui fait à nouveau défaillir Anne-Lise.

Emmanuel me demande alors s'il y a quelqu'un avec moi.

— Non, non, dis-je vite, c'est la télé... désolée, ça me stresse d'appeler donc je préfère laisser la télé allumée...

Mes paroles recommencent à s'emmêler, mes tempes chauffent et mon cœur convulse.

— Et que me veut la fille à l'appareil photo ?

— Te prendre en photo.

Ça sort sans prévenir.

Malia écarquille les yeux tandis qu'Anne-Lise bondit sur ses pieds, la bouche figée en un rond affolé. Mais Emmanuel jette un rire chaleureux qui sonne comme un sachet de marrons chauds.

— Deux secondes, me dit-il.

J'entends qu'il s'allume une cigarette. Le briquet craque contre mon oreille. Il exhale sa fumée.

— Je te dérange, peut-être... ?

— Pas du tout, répond-il dans un reniflement. Tu disais que tu voulais me prendre en photo.

— Oui.

— Pourquoi moi ?

« Parce que je t'aime », fredonne Malia en roulant sur la moquette, bras enlacés autour d'elle.

— Parce que j'aime ce que tu dégages.

Mon cœur s'affale net sur le sol. Deuxième sourire d'Emmanuel qui tire une nouvelle fois sur sa clope. Surexcitée, Malia m'enduit la joue de pâte à tartiner. À l'autre bout du fil, un oiseau largue une série de cris mousseux. Une portière de voiture claque.

— T'es dehors... ? lui dis-je.

— Oui.

Aussitôt je l'imagine sur ce banc à la peinture écaillée qui trône entre l'entrée du parc et la rue piétonne. Je le surprends souvent là avec son jogging Asics et son regard myosotis. Pensif et seul.

— Alors... ?

— C'est un peu étrange comme demande, mais pourquoi pas ?

Nous agitons les bras en tous sens, prises dans une hystérie silencieuse. Et cette porte qu'Emmanuel vient de m'ouvrir dénoue ma bouche et attendrit mon corps. Mes paroles se mettent enfin à couler, légères.

— Tu serais libre quand ?

— Le week-end prochain, annonce-t-il en soufflant sa fumée. Samedi, dimanche, c'est comme tu veux.

— Dimanche après-midi ?

— Ça marche, acquiesce-t-il d'une voix chaude.

Après quelques banalités, je raccroche et plonge mon visage dans mes mains en hurlant de joie, me barbouillant de Nutella. Je n'entends plus mes copines qui gueulent et sautillent autour de moi. Les paupières closes, je me replie dans l'étreinte d'Emmanuel. Dans cinq jours, ma vie démarre pour de bon.

J'aurais pu vivre une belle histoire, pense-t-elle en déchirant les voilages de sa mémoire pour réintégrer les sous-sols du métro. *Mais Alain était là, partout, serré comme un élastique autour de mon corps.*

Brisant chacun des pas que je tentais vers Emmanuel.

À côté d'elle, Jules ne dit rien depuis de longues minutes. Ce silence n'offense pas la jeune fille, au contraire. Elle y sent de l'attention, de la tolérance, de la compréhension surtout. Alors elle continue à se livrer. Elle raconte que le beau-père a envahi l'appartement deux mois après avoir rencontré sa mère. Il a débarqué avec sa collection de capsules de bières, ses meubles kitsch et a viré tout ce qui ne lui plaisait pas.

— Il a jeté les dernières affaires de mon père, poursuit-elle, indignée. Il a tout bazardé pour installer ses trucs à lui.

Elle parle des papiers peints arrachés, du lino bousillé et des trous percés partout, le tout en sifflant pack de bières sur pack de bières.

— Et le pire, c'est que malgré ses travaux, l'appart est resté un taudis.

Comme Jules ne répond toujours pas, elle tourne la tête vers lui. Il a fermé les yeux, le front sur ses genoux. Il a l'air si jeune soudain, si fatigué. Elle se demande s'il s'est endormi.

— Je t'écoute, Nadia, souffle-t-il sans rouvrir les paupières.

— Tu te sens mal... ?

— Pas top... mais je t'écoute.

Les os de sa colonne vertébrale saillent sous sa nuque aussi blanche que du yaourt. Il a une petite marque près de la racine des cheveux.

— C'est quoi cette cicatrice ? questionne-t-elle, intriguée.

Il se redresse et passe ses doigts dessus.

— Une grosse gamelle à skate.

Nadia s'apprête à l'interroger davantage lorsqu'une voix menue tinte derrière eux :

— Je peux venir avec vous ?

Tous deux se retournent sur un Alexis timide qui se gratte le coude pour masquer sa gêne.

— Bien sûr, répond Nadia, le bras dressé vers le garçon.

Alexis s'installe à côté d'elle et pose sa tête sur les genoux de l'adolescente.

— Théo t'a laissé faire deux cents mètres tout seul ? plaisante Jules pour alléger la tension.

— Camille est bizarre, explique le gamin. Il s'occupe d'elle. Il m'a pas vu partir.

— Bizarre comment ? s'inquiète Nadia.

Alexis hausse les épaules ; ses yeux se ferment et sa respiration s'amollit. Le silence retombe comme un drap et seul résonne le battement de leurs cœurs lacés.

— Elle dit que c'est sa faute, murmure finalement Alexis.

Le visage de Nadia se contracte.

— Comment ça ?

— Vous avez des voitures volantes en 2020 ? demande le gosse à Jules sans même répondre à la jeune fille.

L'adolescent lâche un petit rire triste.

— Nan, pas encore.

— Pourquoi Camille dit que c'est sa faute ? insiste Nadia.

Alexis laisse une pierre rouler sous la semelle de sa chaussure.

— Elle a parlé d'une robe fleurie qui a fait mourir Jérémie.

Les regards de ses deux compagnons s'effleurent à la dérobée, troublés.

— On retourne là-bas ? propose Jules que cette confidence a rendu nerveux.

Mais Alexis le coupe dans son élan :

— Vous avez des robots intelligents en 2020 ?

— Nan, mais on n'est pas loin.

— Vous vivez dans des maisons boules qui montent jusqu'aux nuages ?

Jules sourit, désabusé.

— Nan.

— Vous avez rencontré des extraterrestres ?

— Nan.

— Vous avez guéri le sida ? intervient Nadia, soudain pleine d'espoir.

Jules secoue la tête puis bafouille un « Ça avance, quand même... », lèvres pressées par un mélange de honte et de tristesse.

— Qu'est-ce que vous faites alors ? s'interroge Alexis, déçu.

Jules prend une grande inspiration avant de se lancer :

— On cherche quelle planète on pourrait coloniser pour la déglinguer après avoir déglingué la nôtre.

— Vous avez déglingué la Terre ? répète Nadia, indignée.

Jules soupire, abattu.

— Pire que ça, c'est le merdier total. Y a tout qui crame, on se tape des 40 degrés l'été, y a des tempêtes et des inondations, les glaciers fondent donc y a des tas d'espèces animales qui disparaissent et des vieux virus congelés qui ressurgissent et font crever les gens...

Il s'interrompt puis ébauche un geste désabusé.

— Mais qu'est-ce que vous avez foutu... ? bredouille la jeune fille, effarée.

C'est une gifle, cette remarque. Une humiliation.

On a tout bousillé, songe Jules. *On a joué les sourds et aveugles pour continuer à vivre confortablement, on s'est persuadés que tout allait s'arranger par magie, on a fait les gros égoïstes et on a tout bousillé.*

Lorsqu'il ouvre la bouche, ses premiers mots sont tailladés par des éclats de voix.

Camille.

Tous trois se relèvent aussitôt et cavalent en direction des appels.

22

Elle court comme une furie, Camille, les jambes et la chemise de nuit éclaboussées par les flaques qu'elle éclate.

Jusqu'à ce qu'un grand mur la force à s'arrêter.

— Non... souffle-t-elle en plaquant ses mains sur les briques.

Quelqu'un a tracé un bonhomme-bâton avec une bouche énorme, comme s'il hurlait. Trois cônes de signalisation sont couchés sur le sol sous un panneau qui clame « **ATTENTION À LA TÊTE** ». Infectée par la rouille, la partie supérieure du mur semble saigner.

Théodore s'approche d'elle, vite rejoint par les autres, et lui effleure l'épaule.

— C'est quoi cette histoire de robe fleurie ? questionne Nadia d'une voix douce.

Camille hésite trois secondes puis confie aux briques qu'elle était plongée dans son téléphone et bavardait avec Pauline qui avait déménagé à Strasbourg.

— On discutait d'une photo qu'on avait vue sur Pinterest... une fille qui portait une robe fleurie qu'on voulait toutes les deux...

Elle se retourne et leur fait face, hagarde.

— Et Jérémie est tombé, achève-t-elle. Il est tombé parce que je parlais d'une robe sur mon TÉLÉPHONE, PUTAIN.

— Pourquoi c'est toi qui t'occupais de Jérémie ? l'interroge Jules d'un ton fébrile.

Camille explique qu'elle le récupérait à l'école dès qu'elle sortait du collège et l'emmenait au square en attendant que ses parents rentrent du travail. Sa mère bossait dans une agence de voyages avant d'être licenciée ; son père est moniteur d'auto-école. Donc elle a souvent joué le rôle d'une maman de substitution.

— J'ai pas été capable de le protéger, conclut-elle en fixant la terre.

— Il était loin de Jérémie, ton banc ? demande Nadia à brûle-pourpoint.

Camille relève la tête, l'observe, désorientée, puis répond :

— Quelques mètres... pourquoi ?

— Donc t'aurais pas pu le sauver, même en courant très vite.

— Il est tout blanc, lâche soudain Alexis en désignant Jules qui se laisse glisser au sol, adossé au bonhomme hurleur.

Tous s'agenouillent près du garçon et l'assaillent de questions. Jules essaie de leur parler mais la douleur qui cabriole sous son crâne lui coud les lèvres. Il appuie ses pouces sur ses tempes, grelotte, grimace. La transparence de sa peau s'accentue.

— Oh mon Dieu, chuchote Théodore, je crois que...

La phrase s'éparpille, inaboutie, tandis que la voix d'une jeune fille frappe la pierre froide :

Je te l'ai dit mille putains de fois, Ju :
« tu vas BEAUCOUP TROP VITE »
tente pas des figures de skate que tu maîtrises pas

prends pas ta mob quand t'as fumé de l'herbe
mais toi t'en as rien à cirer, t'écoutes personne
et voilà, t'es par terre maintenant
j'ai même pas pu te rattraper tellement t'as filé vite
même Maël t'a couru après mais t'as pas entendu

reviens, Ju
réponds-moi

les pompiers ont dit au téléphone qu'il fallait pas qu'on te bouge
alors Hassan et Maël repoussent les voitures
qui veulent s'engager sur la route
moi je suis couchée à côté de toi
en attendant la Citroën de tes parents
et les dernières années passées m'explosent à la figure
je me rappelle ce concert de metal où je t'ai rencontré
ton T-shirt Zelda et les veines qui saillaient sur tes bras
ta crinière bleue puis violette puis verte sous les projecteurs
le piercing qui brillait sur ta langue lorsque tu chantais avec la foule

j'ai tout aimé de toi dès la première seconde

je me suis frayé un chemin entre les gens qui pogotaient
je me suis arrêtée en face de toi et j'ai crié : « Tu me plais ! »
tu m'as gueulé à l'oreille : « Je suis pas libre ! »
alors j'ai beuglé plus fort : « Je m'en tape ! »
et tu t'es mis à rire de toutes tes dents
un rire que je n'entendais pas sous le fracas des guitares électriques

à la fin du concert, je t'ai chouré ton téléphone
pour y noter mon numéro
on a commencé à s'envoyer des textos
et tu m'as présenté le mec avec qui tu sortais

OK, il m'a fallu du temps pour faire le deuil d'une histoire avec toi
et puis au fil des jours j'ai refermé ma peine
on ne s'est plus jamais quittés

je ne m'aime pas assez sans toi
j'ai comme une jambe en moins, un morceau d'âme en moins
ouvre les yeux, Ju, reviens-moi
faut qu'on aille à la rampe se casser la figure
et se coller des pansements Hello Kitty sur les coudes et les genoux

tu te souviens du jour où je t'ai dit
que j'avais la trouille d'embrasser un mec ?
tu t'es foutu de moi juste pour m'embêter
puis tu m'as répondu que j'avais raison d'avoir peur
que c'était méga compliqué comme truc
qu'il fallait tourner la langue dans un sens puis dans un autre
mais... ATTENTION !!
fallait pas se tromper de sens au début parce que sinon tout était foiré
j'en souris encore quand j'y pense
tu m'expliquais tout ça avec un tel sérieux que j'y ai cru
et j'ai commencé à flipper à mort
alors tu te rappelles ce que j'ai dit ?

— « Montre-moi, Ju », murmure le garçon sur le sol.

t'as écarquillé les yeux en t'étouffant avec tes Paille d'or à la framboise
et quand t'as eu fini de tousser, tu l'as fait
elle était si moelleuse, ta bouche, j'ai cru embrasser un muffin
n'empêche, c'était du bluff toute cette histoire de sens
t'as fait n'importe quoi avec ta langue
et j'ai trouvé ça cool, mouillé et framboisé

là tu ne me sens peut-être pas mais j'embrasse ta main

Jules baisse les yeux sur ses doigts, les remue avec lenteur. Il croirait les sentir, les lèvres de Léa.

j'entends les sirènes, Ju
je crois qu'ils viennent pour toi
si tu vois un con de tunnel, n'entre pas et tire-toi

Ils sont tous statufiés autour de lui mais n'ont pas le temps d'assimiler la nouvelle parce qu'Alexis se jette sur Jules en suppliant :

— Ramène-moi-avec-toi-s'il-te-plaît-s'il-te-plaît...

Le gamin se cramponne avec une telle fureur que les filles peinent à décrocher ses ongles. Il se met alors à piétiner le sol en shootant dans les graviers et hurle jusqu'à s'en écorcher la voix :

— JE ME SUIS TROMPÉ, RAMÈNE-MOI !

— Il est tombé parce qu'il n'est pas totalement mort, rétorque Théodore tout bas. Mais pour nous, c'est fini.

Ça m'amusait pas tellement de l'emmerder, le p'tit
et puis en vrai, c'était pas méchant

c'était pour rire

juste pour rire

Alexis en reste hébété.

— Quoi... ? bredouille-t-il.

Théodore fait deux pas vers lui mais le gamin recule.

— « C'était pour rire » ? répète-t-il. C'est ça qu'il a dit... ?

Il marque un temps d'arrêt, abasourdi.

— Mais j'en suis *mort* de leur « pour rire »...

j'avoue, j'ai pas mesuré les conséquences de mes actes

mais il se laissait faire aussi, le p'tit

alors c'était facile de continuer à l'emmerder

s'il m'avait dit « fous-moi la paix »

s'il s'était rebellé

bien sûr que j'aurais arrêté

— Tu PARLES QUE T'AURAIS ARRÊTÉ ! gueule Alexis en se pliant en deux sous l'effet de la rage.

Il révèle que c'étaient tout le temps les moqueries, les attaques, dans les couloirs des dortoirs, la cantine, les sanitaires et la cour de récré bien sûr. Ça avait commencé tout doucement, un matin, une remarque puérile en cours de sport – « Je rêve ou y a un maternelle qui s'est paumé dans notre groupe ? » –, ça en avait fait rire certains, sourire quelques-uns, d'autres pas, et Alexis s'était contenté de se cacher derrière les élèves pour se faire oublier. Ce jour-là, il fallait former deux équipes qui s'opposeraient lors d'un match de volley-ball ; humiliation : il avait été choisi en dernier. Puis il était resté transparent durant une heure puisque personne n'avait daigné lui envoyer le ballon, mis à part lors d'une pause cigarette de la prof, en fin de cours. On avait ciblé son visage ; il avait utilisé son T-shirt pour éponger son nez sanguinolent. Le soir même, il ne s'était pas rendu à la cantine et avait préféré se plonger aussitôt dans ses devoirs, l'estomac vide, deux cotons enfoncés dans les narines et le cœur lourd.

— Sauf que le jour d'après, ça a recommencé. Et puis encore après. Et puis encore après.

Il était le « sale Polack » – terme qu'il avait cherché dans le dictionnaire mais n'avait pas trouvé. Pire, il était un « pauvre », l'insulte crachée avec une grimace comme s'il sentait mauvais, il était un « fils d'alcoolos », un « fils de *pauvres* qui grandit pas parce que ses parents ont dû baiser complètement bourrés ».

Camille ouvre la bouche mais ne trouve pas les mots. Théodore observe le gamin du bout des yeux, ému. Toujours allongé sur le sol, Jules voudrait le faire taire parce que ça lui fait mal partout, le corps, le cœur.

Putain de harceleurs de merde, pense-t-il, engourdi, impuissant.

Alexis repère un long morceau de bois par terre, le ramasse et se met à frapper les murs avec.

— Mais t'en as jamais parlé à un prof ? lui demande Nadia, ulcérée. Ou au directeur de ton internat ?

Alexis secoue la tête.

— Ils avaient dit qu'ils me « défonceraient » si j'en parlais à un adulte. Et puis mon père disait qu'un garçon ça se bat et ça « chouine » pas.

Alors il voyait arriver le vendredi soir avec un soulagement inouï mais se levait le dimanche matin la peur au ventre en sachant qu'il allait retrouver la bande le soir même, à l'internat. Il s'en rendait physiquement malade : son corps souffrait, ses cheveux tombaient, ses intestins se détraquaient. Sa mère lui faisait gober des antalgiques mais lui savait que c'était la peur qui tiraillait sa chair.

— Ils ont réussi à me convaincre que j'étais moche, nul et stupide. Un « pauvre qui vient de son pays de pauvres et pollue l'air des riches ». Et à la fin *je les croyais*. Moi aussi j'avais honte de ce garçon qui obligeait sa mère à reprendre ses chemises et ses pantalons parce qu'il était plus petit que les autres. Moi aussi je me regardais avec dégoût et pitié. J'avais honte de mon nom et de mon pays.

Ils l'ont tué lentement, méthodiquement, banderille après banderille.

— Je veux *qu'ils crèvent*, crache Alexis en abattant sa branche sur les briques. Tous les trois.

Le bois se brise ; le gamin le jette loin dans un cri d'épuisement.

— Je veux qu'ils crèvent ! hurle-t-il en agrippant ses cheveux.

Théodore est le plus proche et lui saisit les poignets.

— Tu veux qu'ils crèvent mais c'est à toi que tu fais du mal.

Le gosse shoote dans un gobelet qui n'émet qu'un son mou en roulant sur le sol puis lâche prise et se laisse tomber, soutenu par Théodore qui amortit sa chute.

— Comment vous faites pour pas être en colère ? gémit-il, éreinté.

— On est tous en colère, lui répond Nadia en jetant un œil à Jules qui s'est remis à grelotter.

Alexis pose sa tête sur le cœur de Théodore et lui demande :

— Tu fais quoi quand t'es en colère ?

— Je joue du piano.

— Alors joue, s'il te plaît.

Un sourire tendre étire les lèvres de Nadia.

Sans déranger le gamin contre lui, Théodore lève les bras et place ses doigts sur des touches invisibles.

— Qu'est-ce que tu veux que j'interprète ?

— Mozart. Je connais que Mozart.

— D'accord.

Théodore ferme les yeux, entame les premières notes du *Concerto numéro 23 en* la *majeur*, l'adagio, et laisse ses mains onduler sur le vide. Réfugié dans les draps de sa mémoire, il se souvient de la légèreté du clavier, de la douceur satinée du vernis.

Dieu que ça lui manque, la musique.

Lorsque l'orchestre s'emballe, il incarne aussi les violons, les clarinettes et les flûtes, il entend la musique vibrer en lui, danser comme mille petites fées dans un champ de marguerites nacrées.

Tous applaudissent à la fin du morceau imaginaire.

— C'était très beau, souffle Alexis.

— Merci.

Théodore ne lui dit pas que Mozart était terriblement seul à l'époque où il a composé cette pièce. Il ne veut préserver que la grâce et l'espoir.

— Tu te sens mieux ?

— Un peu...

— Les emmène pas avec toi.

Le gamin lui adresse un regard interrogateur.

— Tes tortionnaires, précise Théodore, débarrasse-toi d'eux. Les laisse pas pourrir en toi. Tu pourras pas changer ce qu'ils t'ont fait, mais l'important, c'est que *toi* tu te soulages de tout ça. Ne les laisse plus avoir *de prise* sur toi.

Ces paroles s'éparpillent sur les quatre autres comme de la neige naissante.

C'est un peu froid, ça mouille les yeux mais c'est doux, c'est joli, c'est pur.

Puis tous retombent dans une sorte de torpeur triste.

Jules fixe le plafond. Nadia contemple un agrégat de moisissures en face d'elle. Mais plus elle l'observe et plus elle se rend compte qu'il s'agit d'une affiche dont le papier usé s'est fondu à la pierre. Elle croit y déchiffrer « VIVE LA LIBÉRATION » mais c'est probablement son esprit qui choisit d'y lire ce dont il a besoin. De son côté, Camille ne peut s'empêcher de combler le silence et gratte, renifle, toussote. Elle repense à ces paroles piquantes comme des ronces : « *C'était pour rire, juste pour rire.* »

— Moi aussi j'ai fait du mal, leur confesse-t-elle enfin, les yeux baissés sur ses mains.

23

Nadia délaisse son affiche et tourne la tête vers la jeune fille, intriguée. Jules continue à scruter le plafond mais l'écoute, du bout de l'oreille. Les paroles de Camille sortent avec difficulté, comme si elle souffrait.

— Y avait ce garçon qui me plaisait, Dorian, mais il avait une copine. Je les croisais en train de s'embrasser sous le préau, dans la cour ou près des casiers. Ils étaient toujours là, collés, et ça me rendait folle.

Elle prend une grande inspiration qu'elle met de longues secondes à relâcher.

— La fille s'appelait Séverine et j'écrivais des méchancetés à côté de son prénom. Au début je me défoulais sur mon agenda. Et puis j'ai commencé à l'écrire ailleurs. Là où elle pouvait le voir.

Les tables des salles de classe étaient les supports parfaits pour recueillir ces gifles tatouées au blanco, gravées à la pointe du compas, indélébiles : « Séverine la salope », « Séverine la mocheté ». Puis Camille a aussi fini par utiliser les réseaux sociaux pour y déverser son venin. Sur Facebook : « Séverine M., sale pute ». Sur Twitter surtout, parce que rien n'est censuré là-bas : « connasse, pétasse, grosse truie ».

— C'est moi, cette fille qui a écrit toutes ces horreurs.

Mais elle était amoureuse, elle voulait Dorian. Elle s'est teint les cheveux en brun pour ressembler à Séverine. Elle a suivi le garçon jusque chez lui, restant des heures à l'espionner à travers la fenêtre de sa chambre. Elle a rédigé des lettres ridicules et incohérentes qu'elle postait sur le chemin du collège. Elle est même allée jusqu'à enfouir une pomme dans son propre jardin pour tenter de le charmer.

Nadia la dévisage, perplexe, alors Camille explique.

Constatant l'inefficacité de ses efforts pour séduire le joli garçon, elle avait commencé à s'intéresser à la magie. Blanche, précise-t-elle, parce que ça fait très peur, quand même, tout ça. Elle avait épluché Internet pendant des semaines et avait déniché un petit rituel sans prétention : il s'agissait d'ouvrir une pomme, d'y planter un papier sur lequel elle aurait inscrit son souhait, puis de refermer le fruit avec du miel et un ruban pour l'enterrer une nuit de pleine lune.

— T'as vraiment fait ça ? s'étonne Nadia tandis que Camille acquiesce, honteuse.

— Ça n'a même pas marché.

Jules, de son côté, repense à Mathis. À l'amour de Mathis, intense, exceptionnel, des braises rencontrant d'autres braises. Puis à la violence de Mathis.

Dévastatrice.

La prof d'anglais est en train d'expliquer à un élève pourquoi on dit « when I'm old » *et non pas* « when I will be old » *pendant que j'observe la cour à travers la fenêtre et que Léa traîne sur Facebook, smartphone caché sous son bureau.*

— Putain, Ju, souffle-t-elle. Il a tout balancé...

Je me penche vers l'écran qu'elle éteint aussitôt pour m'empêcher de voir.

— *Quoi ? dis-je. Qui ça ?*

Elle ne répond pas et regarde ailleurs. Lorsque je tente de lui voler son téléphone, elle le laisse tomber dans son sac. Je sors le mien mais elle se jette dessus avec tant de hâte qu'elle l'envoie valser sur le sol.

— *Putain, tu me casses les couilles, Léa.*

La prof me fixe de son estrade, soupire puis m'interpelle :

— In English, mister Laroche[3].

Comme je serre les dents, elle sollicite le reste de la classe.

— Does anyone know how to say « *Tu me casses les couilles* » in English[4] ?

— You casses my couilles, *propose un mec au fond de la salle.*

Tout le monde se marre sauf Léa et moi. Et la prof, bien sûr. J'entends la fille assise derrière moi ricaner alors que j'essaie de récupérer mon téléphone avec le pied.

— Any other suggestions[5] ?

— *C'est ma faute, madame, lance Léa d'une voix fine.*

— In English, please.

Léa ronchonne et ne répond pas.

— You're breaking my balls ? *suggère un autre gars à deux tables de moi, après avoir sûrement fouiné sur Google.*

— Great ! *s'exclame la prof en le pointant d'un doigt fier avant de reposer son attention sur moi.* Mister Laroche, you can also answer your friend : « You're pissing me off[6]. »

Autour de moi, les rires s'épaississent.

---

3. « En anglais, monsieur Laroche. »
4. « Quelqu'un sait-il comment on dit "Tu me casses les couilles" en anglais ? »
5. « D'autres suggestions ? »
6. « [...] vous pouvez aussi répondre à votre amie : "Tu me fais chier." »

— C'est bon, oubliez-moi...

— In English, please.

Elle m'observe durant dix secondes mais comme je suis décidé à ne pas parler, elle finit par laisser tomber et reprend son explication grammaticale.

— Qui a balancé quoi ? dis-je à nouveau à l'oreille de Léa.

— À ton avis, Ju...

— Mat... ?

Elle opine tandis que je parviens à faire glisser mon téléphone jusqu'à moi. Je me penche et le ramasse avec discrétion.

— Pas maintenant, me supplie-t-elle, le teint pâle.

— C'est dégueulasse ?

— Quoi... ?

— Ce qu'il a écrit sur moi ?

Elle hésite un moment puis elle répond :

— C'est pas des trucs qu'il a écrits sur toi, c'est des...

Elle cherche ses mots en mâchouillant l'intérieur de sa joue.

— ... conversations privées.

En une fraction de seconde, les mois pendant lesquels a duré ma relation avec Mathis filent derrière mes paupières. Je tente de me rappeler les messages que je lui ai envoyés, les confidences échangées devant un film nul, les aveux balancés après une bière ou deux. Des choses naïves, parfois tristes et parfois plus crues, tout ce qu'un mec peut livrer à celui dont il est amoureux.

Mon esprit s'illumine et je le dis tout haut :

— Il a publié mes DM.

La classe entière se tourne à nouveau vers moi, partagée entre gêne et railleries. Exaspérée, la prof se tord la bouche, poings sur les hanches.

— You're really getting on my balls, mister Laroche[7].

— *Quoi... ?*

— Come to the board, please[8], *me demande-t-elle avec un signe de tête.*

Mes doigts tremblotent autour du téléphone. J'entends mon cœur pilonner les murs de la salle.

— Come to the board RIGHT NOW[9].

— *Va au tableau, Ju, me souffle Léa.*

Le décor se délave autour de moi, les visages coulent comme s'ils étaient de glaise, les voix bourdonnent et me défoncent le crâne. J'attrape mon sac en laissant mes affaires en plan et file entre les tables. Un type me fait un croche-pied pour son plaisir personnel ; je l'enjambe et fonce vers la sortie sans que la prof ait le temps de comprendre ce qui se passe.

— Come back here[10] *! s'écrie-t-elle, outrée.*

Mais j'ai déjà quitté la salle et me mets à courir.

Je bouscule des élèves en dévalant les escaliers et n'entends pas ce qu'ils me gueulent. Je me dirige vers le local du concierge dans lequel je me suis réfugié de nombreuses fois mais aujourd'hui c'est verrouillé.

— *ET MERDE ! dis-je en abattant mes paumes sur la porte.*

Je tourne la tête à gauche, à droite, et n'ai plus qu'une seule issue : les toilettes des filles. Impossible qu'on te foute la paix dans les chiottes des mecs parce que les serrures sont à moitié défoncées. Je descends un nouvel étage, m'aplatis lorsque le prof d'histoire apparaît au bout du couloir, puis j'entre dans le repaire des filles.

---

7. « Vous commencez vraiment à me les briser, monsieur Laroche. »
8. « Venez au tableau, s'il vous plaît. »
9. « Venez au tableau tout de suite. »
10. « Revenez ici ! »

Ça sent le parfum, la cigarette et le déodorant de supermarché.

Personne ne squatte les lavabos mais j'entends deux copines discuter de leurs cabines respectives. Sans faire de bruit, je me glisse dans la plus éloignée, pousse le verrou et m'assieds par terre. Il me faut de longues secondes pour accéder à mon compte Facebook parce que je tremble tellement que le téléphone m'échappe des mains deux fois.

Et tout est là, exposé à la vue de tous.

Les messages candides qu'on écrit du bout des doigts lorsque l'amour débute. Les messages plus noirs qu'on crache comme des S.O.S. lorsque les nuits tourmentent. Et puis les messages plus intimes qu'on lance comme des caresses et qui ont le goût des baisers.

Les commentaires me criblent la chair de balles.

Il fait tro pitier 🤣

même pas j'écris ça à ma meuf ptdrrrrrr

mais va bouffé des couilles si sa te fé kiffé

Je reconnais certains noms appartenant à des élèves du lycée. Je me mords la lèvre pour ne pas pleurer trop fort mais ça secoue mon corps entier.

OMG à sa place je sors plus de chez moi pdt 8 mois

équeurant le mec, il c'est prit pour 1 poète ? 💩

sale PD va crever ta race

si j'aurai été ta mère je t'aurai avorter FDP

Quelqu'un dont la photo de profil représente une tête de mort fumant un pétard ose même interpeller Mathis :

mais comment ta pu te taper ça ?? 😫😫😫

— Ju… ?

La voix de Léa me fait sursauter mais je ne peux pas répondre. J'ai la gorge vissée, le bide en vrac et le visage aussi trempé que si je m'étais pris un seau d'eau. Je l'entends avancer vers ma cabine puis son corps assombrit la rainure de vide sous la porte. Ses doigts tapotent le bois.

— T'es là, Ju… ?

J'essaie de parler, n'y parviens pas.

— Ouvre-moi, s'il te plaît.

Je chuchote un « non » écrasé.

— Ouvre-moi, Ju, ou j'escalade.

Je sais qu'elle en est capable alors je tends le bras vers le loquet et me décale vers la gauche pour la laisser entrer. Elle referme après elle, s'accroupit devant moi puis éponge mes joues avec ses mains alors que je murmure : « Je suis une grosse merde. »

— Arrête, fait-elle, plus rude. T'es pas une merde. C'est lui, la merde.

Elle essuie ses paumes sur son jean puis s'assoit à côté de moi. Elle me serre contre elle et inonde mon visage de petits baisers pendant que je lui répète le dernier message qu'elle connaît sans doute déjà :

mais comment ta pu te taper ça ?? 🤮🤮🤮

— C'est moi le « ça », Lé… c'est moi qui le fais gerber…

Elle m'arrache mon téléphone et le jette à ses pieds tandis qu'une fille pénètre dans la pièce avant de verrouiller sa cabine. Je remarque une inscription taguée à la va-vite sur le mur : « Je suce vos frères pour 1 € » à côté d'un 06 raturé puis couvert de blanco.

— Qu'est-ce que vous pouvez être salopes entre vous…

Elle m'adresse un regard blasé puis pointe du menton le téléphone sur le sol.

— OK, dis-je. Match nul.

— N'empêche, niveau phrases débiles, vous faites fort aussi. On en parle du « Noé : 18 cm » sur votre distributeur à essuie-mains ?

— Comment tu le sais ? dis-je, surpris du sourire qui m'étire les lèvres.

— Tout le monde le sait, Ju, ce débile l'écrit partout.

J'échappe un rire mou qui la fait rigoler à son tour.

— En vrai, ça m'étonnerait qu'il en ait une de 18 centimètres, poursuit-elle, songeuse. T'imagines ce que ça fait ?

Tandis qu'elle écarte ses paumes pour tenter de se faire une idée de l'engin, je laisse l'arrière de mon crâne cogner le mur et ferme les yeux. Je sais qu'elle essaie de me distraire mais cette fois-ci ça ne fonctionne pas.

— Je vais jamais réussir à sortir de là, ils vont tous se foutre de moi. Encore.

Elle colle ses lèvres sur ma joue et fait durer ce baiser, longtemps. Lorsque sa bouche se retire, ma peau me semble nue.

— Venge-toi, lance-t-elle, plus offensive.

Un instant de silence s'étire entre nous, finalement crevé par la chasse d'eau de la fille d'à côté.

— Venge-toi, répète Léa. Fais-le payer.

— Ça m'intéresse pas.

— Alors laisse-moi faire, dit-elle en récupérant mon smartphone.

Je le lui reprends des mains.

— Putain, pourquoi il me fait ça... ? Il a vraiment rien d'autre à foutre ?

— Tu l'as dégagé, Ju, sauf que ce connard t'aime encore. Cherche pas plus loin.

Je ne trouve rien à lui répondre, alors elle continue :

— Vous vous faites du mal depuis le début. Il te largue et je te ramasse à la petite cuillère. Et après c'est toi qui casses et il t'affiche sur le Net. C'est putain de glauque, votre histoire.

Et comme elle a raison, nous restons enlacés sans plus parler jusqu'à ce que la sonnerie retentisse.

Les traits de Léa se délayent et laissent place à ceux de Camille. L'adolescente se tient à présent à côté de Jules et balaie sa main devant le visage du garçon. Il bouge ses yeux vers elle, apathique.

— Quoi... ? murmure-t-il.

— Je t'ai appelé deux fois, tu me répondais pas.

— Excuse-moi, bafouille-t-il en se redressant sur ses coudes.

Nadia aussi s'est rapprochée et fait glisser sa bague sur sa chaîne avec distraction.

— Tu m'en veux, Jules ? s'inquiète Camille.

Le garçon l'observe avec étonnement.

— Pourquoi je t'en voudrais ? Tu m'as pas fait de mal, à moi.

Elle jette un nouveau regard vers Alexis, s'arrache une peau autour de l'ongle du pouce.

— Mais je l'ai fait *subir* à quelqu'un d'autre... je croyais que c'était moi, la victime, celle qui souffrait le plus. Alors qu'en fait j'étais juste la méchante de l'histoire.

Elle n'aura pas eu le temps de s'excuser auprès de Séverine parce qu'à l'époque, elle n'avait pas conscience de la gravité de ses actes. Elle l'aura réalisée ici, aux côtés de ses compagnons d'infortune.

— Je suis tellement désolée, les garçons, achève-t-elle tandis que Jules se frotte les bras et les cuisses, soudain frigorifié.

Nadia cherche le manteau d'Alexis pour le couvrir puis se rappelle qu'elle l'a laissé sur l'un des nombreux quais qu'ils ont rencontrés. Elle retire alors le pull de Théodore et aide Jules à l'enfiler. Puis elle ramasse l'écharpe et l'enroule autour du cou de l'adolescent.

— Merci, lui chuchote-t-il.

Alexis ressort la barrette à cheveux de Teresa et appuie dessus pour l'ouvrir puis la refermer. Une deuxième fois, puis une troisième.

— On m'a donné des gifles, on m'a fait tomber, on m'a tapé, confie-t-il dans un murmure. Ça me faisait mal pendant quelques jours, mais après la douleur partait. Les paroles méchantes, ça part pas, jamais. Ça s'installe dans ta tête, ça devient de plus en plus gigantesque et ça t'avale comme un grand tourbillon.

Le cliquetis métallique du bijou résonne comme le claquement d'une insulte,

puis une autre

et encore une autre.

— Pardon... répète Camille sans faire vibrer sa voix.

Alexis range finalement la barrette dans sa poche et s'adresse à Jules.

— Ça te fait quoi de savoir que t'es pas vraiment mort ? demande-t-il à brûle-pourpoint.

Jules ouvre les lèvres mais ne répond pas.

Qu'est-ce qu'on ressent quand on apprend qu'on peut revenir ? Il ne trouve aucune image qui puisse traduire ce vertige. À peine commençait-il à abandonner ses rêves et sa peau d'avant qu'on lui assène un nouveau coup au cœur. Perplexité, euphorie, impatience ; ce ne sont que des mots.

Ce qu'il éprouve se situe au-delà du monde des hommes.

C'est de l'étoile pure. C'est de l'ange.

— Je sais pas quoi vous dire, avoue Jules dans un souffle.

Il se sent très privilégié et en même temps indigne de cet immense cadeau.

Pourquoi moi, se demande-t-il, *et pas eux ?*

— Montre ton piercing, lance Nadia pour rompre ce malaise étrange.

Il tire la langue.

— Parti. Je l'ai pas gardé très longtemps, ça s'était infecté.

Assailli de questions, il explique qu'il l'a fait à 12 ans, que c'était un gage suite à un pari débile qu'il avait perdu.

— On a le droit de se faire percer à 12 ans ? s'étonne Nadia.

Jules secoue la tête.

— J'ai fait ça avec une épingle à nourrice. Ça pissait le sang dans ma bouche.

Les filles grimacent tandis que Théodore lui jette un regard effaré.

— Et tes parents ont hurlé ? s'interroge Camille.

— Même pas, chuchote le garçon, nostalgique. Mes parents sont géniaux.

— Moi j'avais prévu de me faire tatouer à mes 18 ans, leur révèle Nadia.

Lorsque Camille lui demande quel motif, la jeune fille ne peut pas répondre. Elle n'avait pas d'image en tête, c'était davantage pour le geste. Une façon de se réapproprier son corps et d'en faire quelque chose de beau.

— Je voudrais pas faire le relou, reprend Jules, mais je suis frigorifié. Ça vous dérange pas si on bouge ?

24

La vérité, c'est que tout le monde y pense.

Au grand retour inespéré dont semble bénéficier Jules.

Ils y pensent en divaguant dans les couloirs telles des âmes en peine. En suivant des rails que protège une rambarde en fer et des murs incurvés aux tags agressifs. En croisant une inscription « **SORTIE** » escortée d'une flèche pointant vers le plafond.

— Pas de vanne cynique ? sourit Nadia en tournant la tête vers Jules.

Le garçon hausse les épaules et continue à marcher, absent.

Ils y pensent à chaque fois que Jules s'affaisse, trébuche, suffoque, et que sa peau prend l'aspect des cristaux de glace. Ils y pensent en se retrouvant stoppés devant une arche en pierre condamnée par une grille aux pointes tranchantes – même Alexis ne pourrait pas se glisser entre les barreaux. Et ils y pensent encore en débouchant sur une salle bien plus lumineuse que toutes celles qu'ils ont rencontrées, ornée d'une série de néons alignés avec soin et fixés bas grâce à des câbles métalliques.

Tous prennent place sur un sol qui ressemble à du grès. Les rails n'ont pas été posés et sont calés contre l'un des murs à l'image d'une longue échelle. C'est Théodore qui prononce les premiers mots après plus d'une demi-heure de vide :

— Donc tu peux t'en aller à tout instant...

Allongé par terre, les lèvres plongées dans l'écharpe de Camille, Jules sent tous les regards peser sur lui.

Je peux mourir aussi, pense-t-il sans oser l'exprimer.

Théodore saisit le col de la chemise à carreaux qu'il porte et demande :

— Tu veux la récupérer ?

Ça le fait rire, Jules, tellement c'est incongru comme remarque.

— Non, je m'en fous. Garde-la.

— Tu vas retourner dans le monde, enchaîne Nadia.

Jules glisse ses yeux vers elle sans bouger son visage.

— Tu vas...

Elle cherche ses mots. Les pensées s'ébrouent dans sa tête et s'entrechoquent, hallucinées. Lorsqu'elle reprend la parole, c'est en laissant de longs moments de silence entre ses phrases.

— Tu vas pouvoir recommencer à écouter de la musique. Manger des bonbons à la réglisse avec de la pâte sucrée dedans. Tu vas retrouver la chaleur du soleil et le parfum de la terre après la pluie. Tu vas retrouver le réconfort d'un gros pull que tu viens de t'acheter. Tu vas réentendre le rire de tes amis. Tu vas...

Grandir, songe-t-elle. *Suivre tes rêves. Avoir des lendemains et des buts à poursuivre.*

— Tu vas retrouver ton lit chaud et tes draps lavés qui sentent bon la lavande, ajoute Alexis en fixant ses mains sales.

— L'odeur d'un livre récupéré dans le grenier, complète Théodore. Le premier que t'aies fini, enfant.

— C'était quoi ? lui demande Camille, curieuse.

— Un *Club des Cinq* avec une histoire de trésor dedans.

— Vous savez quoi ? lance Alexis, l'œil bien plus vif. Je pense qu'on devrait pouvoir démourir au moins une fois.

Ça sourit autour de lui mais le garçon est très fier de sa trouvaille. De cette façon, il serait possible de valider sa propre mort ou de rentrer chez soi si l'après n'est pas convaincant.

— Pas con, commente Nadia.

Jules réfléchit quelques instants puis jette :

— On rendrait visite aux suicidaires et on leur dirait : « Lâchez l'affaire, tout est bidon. C'est la même merde, là-bas ».

Leurs rires poudroient l'air poisseux et glacial.

— Dis-leur, Jules, quand tu rentreras, reprend Nadia avec davantage de sérieux. Dis-leur combien c'est moche, ici. Dis-leur que ça pue, que c'est gris et qu'il y a plein d'araignées velues. Insiste sur les araignées velues, quitte à en faire des tonnes. Et dis-leur surtout que c'est pas ça qu'on cherchait.

Tous hochent la tête en chœur.

Ils en sont persuadés maintenant.

« C'est pas ça qu'on cherchait. »

— T'emmerde pas avec les choses chiantes de l'existence, poursuit Camille. Comme ces profs qui te filent une montagne de dissert' juste avant les vacances. Les rendez-vous ratés, les baisers ratés, les projets ratés...

Tant qu'on est en vie, pense-t-elle, *tout reste possible.*

— Et si tu te disputes avec tes amis, ajoute Alexis, ne leur crie pas dessus.

Jules lève les yeux au ciel dans un soupir moqueur.

— Vous voulez me transformer en gros Bisounours ou quoi ?

— Appelle-les, continue Nadia. Même quand ils te font chier. C'est fou, ça : on a envie de téléphoner et on le fait jamais. Ça prend quoi d'appeler ? Trois minutes ? Après la personne disparaît et on se dit : « Mais merde, pourquoi j'ai pas pris *trois minutes* de mon temps pour l'appeler ? »

Cette tirade les plonge dans une réflexion morose que seul le ronronnement des néons accompagne.

— Et bon sang, arrête de fumer les saloperies d'Hugo, conclut-elle, tendre.

Jules étouffe un rire sous son écharpe qui lui réchauffe le visage. Partout en lui, la voix de Léa cogne et frappe. *« Reviens »*, lui chuchote-t-elle à l'image d'un mantra.

— Qu'est-ce que tu feras quand tu seras rentré ? demande Théodore.

Jules l'observe avec hébétude. Il ne sait même pas s'il va réussir à rentrer. Et s'il y parvient, il ne sait pas *dans quel état* il va se réveiller.

En voilà une constatation pertinente, mon garçon. Tu souffres d'une commotion cérébrale et ce que tu vis ici se déroule durant ta brève perte de conscience. Tu as l'épaule brisée, un tibia fracturé et plusieurs côtes fêlées. Tu as eu de la chance parce que le conducteur – déjà quelques verres dans le sang – ne dépassait pas les 30 kilomètres à l'heure. Ne l'oublie pas : tu as eu de la chance.

— Moi j'irais retrouver ma copine, confie Théodore à voix basse.

Jules lève un sourcil moqueur.

— Mais moi j'ai pas de meuf.

Leurs sourires s'élargissent, complices.

Bras tendus derrière lui, Théodore allonge ses jambes pour les délasser et Camille pose spontanément sa tête dessus. Alexis donne l'impression de dormir contre Nadia mais en vérité il médite. Les réflexions de Théodore font leur chemin dans son esprit : « *Ne les emmène pas avec toi, tes tortionnaires.* » Il commence à les comprendre, ces paroles, les apprivoise peu à peu. Il sait qu'il ne pourra pas couver sa colère indéfiniment ; il faut bien qu'il se repose, qu'il s'en libère. Jules, quant à lui, reste couché sur le flanc, corps vulnérable en suspens.

— Tu l'as su tout de suite que tu préférais les garçons ? lui demande Camille.

— Oui.

— C'est différent ? enchaîne Théodore.

— Quoi ?

— D'embrasser une fille et un garçon.

— Nan, répond Jules, on a tous la même bouche.

Théodore hoche la tête, le teint rosi.

— Désolé, c'était idiot comme question.

— Nan, c'était pas idiot.

Un instant de silence les emmaillote au cours duquel chacun s'imagine rejoindre sa vie d'avant.

Théodore observe les paupières closes de Camille et n'ose plus bouger ses jambes de peur de la déranger. Sur sa gauche, Nadia et Alexis ont aussi les yeux fermés. Il se sent seul tout à coup, à fixer cette rangée de rails abandonnés devant lui.

— Jules... ? chuchote-t-il.

— Mmm.

— J'ai une demande un peu... particulière à te faire.

— Dis toujours.

Théodore cherche les mots les plus exacts puis se lance :

— Si t'arrives à retourner là-bas, est-ce que t'accepterais d'aller voir ma mère ? Elle aurait...

Il s'interrompt pour compter.

— Mon Dieu, 53 ans... elle en avait 39 quand je les ai quittés.

— Comment tu t'appelles déjà ? marmonne Jules.

— Aubry, avec un A. Ma mère s'appelle Karine.

Il confie l'adresse de son appartement, près du lycée Louis-le-Grand dans lequel il était scolarisé. Du moins, il *habitait* là ; ses parents ont peut-être déménagé depuis. Jules se frotte le visage et les cils d'une main engourdie.

— OK, dit-il après s'être éclairci la gorge. Imaginons que je retrouve ta mère. Qu'est-ce que je fais ensuite ?

— Dis-lui que... je vais bien.

— T'es sûr du message ?

Théodore rougit, embarrassé.

— Va voir mes parents aussi, déclare Camille en se redressant, et dis-leur que j'ai rejoint Jérémie.

Déconcerté, Jules lui fait remarquer que ce n'est pas le cas.

— Mens-leur, insiste la jeune fille. Dis-leur qu'on est heureux là où on est. Qu'on s'amuse à cueillir des coquelicots-tulipes.

— Tue-le, ordonne Nadia en pensée sans réaliser qu'elle le dit à voix haute. Tue-le lentement comme il m'a tuée lentement.

Dans un soupir, Jules se débarrasse de cette écharpe qui l'étrangle et crache :

— Cette conversation n'a aucun *putain de sens.*

— Tu vas nous oublier ? lui demande alors Camille par surprise.

Les têtes se tournent vers elle tandis qu'elle ne quitte pas Jules du regard.

— Non, lui répond-il d'une voix sourde.

Il ne peut pas expliquer pourquoi, mais il le sent dans l'intime de sa chair.

Quelques secondes plus tard, Nadia détache la chaîne qui retient son anneau doré.

— Donne ta main, Jules.

— Pourquoi ? Tu veux me mordre ?

Elle râle en se levant puis vient s'asseoir à ses côtés. Elle saisit les doigts du garçon, les retourne et y dépose le bijou. C'est une alliance en or, très fine, sans fioritures. À l'intérieur, une inscription gravée : « Loïc à Ludivine – 24/07/99 ».

— Pourquoi tu me donnes ça ? l'interroge-t-il, troublé.

— Parce que j'en ai envie.

— C'est qui ? demande-t-il en pointant les deux prénoms ciselés.

— J'en sais rien. J'ai trouvé cette bague par terre y a des années.

Alors oui, elle aurait pu la rapporter au commissariat mais elle ne l'a jamais rendue. Elle l'a conservée comme un trésor coupable, fouillant son histoire cachée. Ludivine l'avait-elle perdue ? Jetée peut-être ? Qu'avait fait Loïc pour qu'elle s'en débarrasse dans un parc ? Combien de nuits Nadia a-t-elle passées, ivre de fatigue à force d'imaginer ce qui était arrivé à ces époux terribles ?

Jules tente d'attacher le collier à son cou sans y parvenir ; c'est elle qui vient l'aider.

— C'est très égoïste de ma part, conclut-elle, mais j'aimerais que tu te souviennes de moi.

— Je me souviendrai surtout de Loïc et Ludivine.

— Va te faire voir, Jules.

— Moi aussi, je t'aime bien, lui dit-il d'un ton plus doux. Je vous aime tous, bande de barjos.

Je profite alors de cet instant d'accalmie pour leur faire écouter ces gens, ici ou là, connus ou inconnus, qui ont fait une remarque un jour, gueulée ou murmurée, insouciante ou cruelle, jouant peut-être un rôle dans le geste désespéré de leurs victimes.

Tu m'as habitué à bien mieux que ça
t'es vraiment conne des fois

mais qu'est-ce que je vais faire de toi ?

y en a qui naissent sans jambes et sans bras, c'est bien pire

petite mémé elle a connu la guerre, c'est pire

Helen Keller elle était sourde aveugle et muette, c'est teeeellement pire

pute

salope

traînée

baisse la tête quand tu passes devant moi

me touche pas, sale pédé de merde

mais tape-toi une meuf, ça te guérira

qu'est-ce qu'il a, le fils à papa ?

retourne dans les jupes de ta môôôman et va bouffer ton caviar

paraît que c'est toi qui le surveillais... ?

et t'arrives à vivre avec ça ?

j'ai pas le temps, là, rappelle-moi plus tard

demande à quelqu'un d'autre

mais putain VA VOIR AILLEURS SI J'Y SUIS

Certaines voix restent à l'état de contours mais d'autres sont encore des échardes qui brûlent. Il s'en souvient, Jules, de ce type qui s'est écarté de lui, dans la file d'attente du self, après que leurs épaules se sont frôlées.

— Il m'a maté comme si j'étais couvert de merde et que je l'avais sali en effleurant son sweat Adidas. Et il a craché sur ma bouffe.

— Ça s'est fini comment ? demande Camille, peinée.

— J'ai vrillé. Je lui ai envoyé mon plateau à la tronche, ce qui m'a conduit dans le bureau du proviseur. J'ai été renvoyé dix jours avec un gros avertissement dans mon dossier scolaire alors que c'est moi qu'on avait traité de « sale pédé de merde ».

Il sait qu'il n'aurait pas dû réagir à de la violence par une autre violence, mais il constate surtout qu'on a puni l'agression physique sans punir l'agression verbale.

— Ce monde est malade, marmonne-t-il d'un ton amer.

Mais c'est dans ce monde-là qu'il est né et va repartir.

— Promets-nous que tu ne recommenceras jamais, lance Théodore.

— À jeter mes plateaux à la gueule des homophobes ?

— À courir vers les bagnoles comme un crétin, corrige Nadia.

— OK.

— Promets-le, insiste-t-elle en lui assenant un petit coup de pied.

Jules frotte sa jambe avec lenteur.

— OK, je promets de jamais refaire le con.

— Même si t'es paumé ou désespéré, poursuit Nadia. Même si t'es vieux, que ton corps t'a lâché et que t'as tout perdu. Même si t'as mal partout, au cœur, à l'âme, *recommence jamais, Jules.* Parle à quelqu'un. Demande de l'aide.

Les regrets immenses qu'il perçoit dans ces mots-là lui tordent le bide.

Il l'emmènerait avec lui s'il pouvait. Il les emmènerait tous.

— T'as promis, Ju, conclut Nadia, plus amicale. Je te jure que si tu remets les pieds ici, je te fais la misère.

— C'est bon, message reçu.

— Tu crois qu'on sortira d'ici, nous ?

Toutes les têtes pivotent vers Alexis. Les yeux du gosse ressemblent à des bulles de savon prêtes à se déchirer.

— Ça fait tellement de temps que je suis là, ajoute-t-il, sidéré.

25

ALEXIS

J'entre dans la cuisine pendant que ma mère est en train de préparer une szarlotka, recette héritée de ma grand-mère paternelle. Elle lève les yeux sans cesser de peler sa pomme et m'adresse un sourire moelleux.

— Tu as fini tes devoirs, mon cœur ?

— Oui, lui dis-je en m'appuyant sur le plan de travail, les joues entre les paumes.

Elle désigne la boîte d'œufs du menton et me demande de séparer les jaunes des blancs. J'en ramasse un et fendille la coquille contre le bord d'un bol puis je fais la même chose avec les autres. J'ai les doigts tout gluants.

— Alors... ? lui dis-je tout bas. Je peux rester ici... ?

Elle fait claquer sa langue puis marmonne qu'on en a déjà parlé. Ses traits se sont durcis. J'attrape une fourchette et plante les dents dans le bol. Les jaunes meurent en s'étirant de tous les côtés, comme des étoiles défigurées.

— Une semaine, dis-je sans quitter mon carnage des yeux. Je reste encore une semaine et après j'y vais...

— Alexis, ronchonne-t-elle en récupérant le vieux batteur électrique.

J'ouvre la bouche pour lui répondre mais elle appuie sur ON et s'attelle à monter les blancs en neige. J'ai l'impression que le grondement de l'appareil me crache : *Tais-toi, personne ne veut t'entendre, tu ne vois pas ?* Je plaque mon front sur le plan de travail et sens les doigts de ma mère me caresser les cheveux.

Puis le bruit cesse enfin.

— Dépose les pommes dans le moule, demande-t-elle en le poussant vers moi.

Je m'exécute puis la laisse recouvrir mes rosaces avec sa meringue. Ensuite elle glisse le plat dans le four et enclenche la minuterie.

— Allez, va te doucher, mon cœur, dit-elle, plus douce, en câlinant ma joue.

Je me dirige vers la salle de bains, me déshabille, entre dans la baignoire et tire le rideau.

D'ordinaire, ils ne me touchent pas ; c'est avec les mots qu'ils me blessent. Au pire, ils se contentent de quelques claques et coups de pied. Mais avant les vacances de Noël, Franck a agrippé le haut de mon bras et a serré. Fort. Le savon mousse sur l'ecchymose jaunâtre. Il a pressé ma peau et a fait tourner ses mains dans deux sens opposés ; j'ai crié. Il m'a dit en rigolant que ça s'appelait une « brûlure indienne ». J'appuie ma tempe sur les carreaux en céramique. Le jet bouillant me fouette le dos.

Et dans le secret de ma tête, j'arrive enfin à parler à ma mère.

Ils m'agressent dans les douches, maman.

Comme les portes ne collent pas au sol, ils glissent leurs bras dessous pour me cramponner les chevilles. Je suis obligé de garder ma serviette de bain dans la cabine pour qu'ils ne me la volent pas, alors je m'essuie avec un tissu trempé. Ils escaladent les portes et vident sur mon crâne leurs verres à dents remplis d'eau glacée. Ils m'épient à travers la moindre ouverture et se marrent en chantonnant : « T'inquiète, ça grandira plus tard. »

Ils me coincent dans les sanitaires, maman.

Ils m'appellent « Mongol », « le Gogole » mais surtout « le Bouché », leur préféré. David, c'est le grand bouclé. Son rire profond résonne dans tout le couloir. Adrien, c'est le brun aux grains de beauté sur le front : le plus silencieux, celui qui ne participe jamais mais ne fait rien pour que ça cesse. Et puis Franck c'est le blond aux cheveux courts, le plus féroce des trois : c'est toujours lui qui m'humilie. Il a les joues salies d'acné. Ses yeux sont aussi foncés que des grains de poivre. Un mois plus tôt, durant l'heure d'étude du soir, il se tient dans l'embrasure de la porte des sanitaires, bras croisés sur le torse, et me bloque le passage.

— Le mot de passe, Mongol.

Lorsqu'un élève s'avance, Franck s'écarte puis reprend sa place pour m'empêcher d'entrer.

— S'il te plaît... dis-je, la bouche tremblante.

— Le / mot / de / passe.

Je sens ma chemise se tremper de sueur.

— J'ai besoin d'aller aux toilettes...

— Il a besoin d'aller aux toilettes, répète Franck à l'attention de ses copains en imitant ma voix aiguë.

Et ils s'unissent dans un éclat de rire. Adrien se contente d'un rictus sans motivation et détourne la tête lorsque je croise son regard. Puis le surveillant s'approche, attiré par le bruit, et les visages se métamorphosent. Ça sourit trop grand, ça devient mielleux, ça brode en utilisant de belles phrases.

— On rentrait dans nos chambres, monsieur.

— On fait une pause entre nos révisions d'histoire et de latin, monsieur.

— On avait besoin de se dégourdir les jambes, monsieur.

En bon élève, Franck réajuste le col de sa chemise par-dessus son pull. Le surveillant glisse ses yeux vers moi, interrogatif.

— J'allais juste aux toilettes, monsieur.

— Il allait juste aux toilettes, monsieur, répète Franck d'un ton sérieux.

Cette hypocrisie me dégoûte.

— Ne traînez pas dans les couloirs, conclut le surveillant avant de s'éloigner, mains dans le dos.

Moqueur, David esquisse quelques pas raides en serrant les fesses. L'imitation est grotesque mais a le mérite de faire rire ses potes.

— Vous savez quoi ? reprend Franck en approchant son visage du mien. Je crois que le Bouché a de la merde dans les oreilles à défaut de se la sortir du cul.

Son haleine sent la noix. Lorsque j'essaie de me dégager, il plaque sa paume sur le mur à côté de ma tête. De l'autre main, il me fourre l'index dans l'oreille, appuie sur mon appareil et remue comme s'il fouillait. Puis il retire son doigt, l'inspecte avec suspicion et fait mine de le renifler.

— Ouais, grimace-t-il, y a un beau paquet de merde dans cette oreille.

Il fait semblant d'essuyer son index sur son pantalon, écœuré. Adossé au mur d'en face, Adrien m'observe d'un air absent, l'œil hermétique.

— Qu'est-ce qu'on peut faire pour nettoyer cette merde ? s'interroge Franck en se retournant vers David.

Un élève passe alors à toute vitesse, regard lancé droit devant lui pour ne pas se faire remarquer par le trio sadique. Franck m'attrape par le pull et m'attire dans les sanitaires. Il me pousse dans la première cabine et appuie sur mon épaule pour me forcer à m'accroupir.

— Et si on lui récurait la gueule avec l'eau des chiottes ? suggère-t-il d'une voix impudique. Qu'est-ce que t'en dis ?

Je ne sais pas si c'est à moi qu'il s'adresse ou à son copain. Une odeur d'urine et de détergent au citron vert m'agresse le nez. À ma droite, David crache dans ses paumes puis me barbouille le visage ; sa salive se mêle à mes larmes. C'est la voix du surveillant, au loin, qui me sauve. Franck relâche mon épaule puis déguerpit avec sa bande, me laissant tout seul, agenouillé devant la cuvette. Lorsque j'entends quelqu'un s'approcher, je claque la porte et pousse le verrou.

Pleurant sur le dos de mes mains pour ne pas faire de bruit.

Mais il est interdit de traîner dans les sanitaires comme de s'attarder dans les couloirs sans raison ou de s'y asseoir un instant. Il ne faut pas parler fort pour ne pas fêler le silence studieux qui règne dans l'internat. Et tout retard doit être justifié sous peine de récolter un zéro humiliant proclamé dans le hall.

Je ne pourrai pas supporter de récolter un zéro dans le hall.

Alors je me relève et cours pour me réfugier dans ma chambre.

— Monsieur Orlinski, m'appelle une voix grave.

Je me retourne et refais face au surveillant qui m'étudie.

— L'un des boutons de votre col est dégrafé.

— Pardon, dis-je en le rattachant.

— Je vais devoir signaler vos flâneries perpétuelles si elles se poursuivent.

— Mais j'étais aux toilettes, monsieur...

— Vous y passez votre vie, aux toilettes.

— J'ai mal au ventre...

Son regard s'édulcore.

D'un signe de tête vers le bout du couloir, il m'indique de me rendre à l'infirmerie.

— Oui, monsieur, dis-je avant de m'exécuter, tête baissée.

— Et repeignez-vous, pour l'amour du ciel ! m'ordonne-t-il tandis que j'atteins les escaliers.

Je passe devant le tableau des éloges et celui des sanctions listant les élèves ayant récemment brillé par leur travail et leur attitude exemplaire ou, au contraire, épouvantablement déçu. Tremblant, je m'arrête un instant face au second ; non, mon nom n'y est pas. Un soulagement m'étreint alors que je poursuis ma route jusqu'à l'infirmerie en plaquant mes cheveux avec mes doigts. La dame me reconnaît dès que je tapote contre la porte entrouverte.

— Entrez, Alexis, m'invite-t-elle en désignant les deux chaises situées devant son bureau.

Je m'installe toujours dans celle de gauche, la plus éloignée de la fenêtre et des yeux qui pourraient m'épier à travers les volets.

Et j'explique à nouveau en fixant la reproduction d'un Van Gogh face à moi.

L'angoisse qui me prend le ventre et la gorge. Qui me fait suffoquer et me donne la sensation que je vais mourir sur place. La solitude qui m'asphyxie. Ma mère et ma sœur qui me manquent.

Mais je ne dis pas cette tristesse qui me suit sans cesse comme une deuxième ombre. Je ne dis pas la nuit dernière passée à m'entraîner sur mes lacets de chaussures pour apprendre à faire un nœud coulant. Je ne dis pas non plus que je me couche le soir en priant pour ne pas me réveiller.

Que je demande à Jésus de m'emmener.

Elle m'écoute en m'observant avec lassitude par-dessus ses lunettes. Puis elle me tend des cachets que j'avale avec un verre d'eau et rédige un mot de décharge que je devrai présenter au surveillant.

Je ressors aussi découragé que lorsque j'y suis entré.

En remontant l'escalier qui mène à mon dortoir, j'ai la vision fugace de mon corps s'abattant sur les marches et roulant jusqu'en bas. Le temps d'hésiter une seconde, j'entends les pas d'un élève derrière moi et abandonne aussitôt mon projet macabre. Le papier de l'infirmière est tout chiffonné tellement je l'ai serré.

La sonnerie du téléphone m'arrache soudainement à l'odeur d'encaustique et de moquette neuve du couloir de l'internat.

Je termine de me préparer dans la salle de bains. J'essore mes cheveux et me rhabille. Ça sent la cannelle et la pomme sucrée dans tout l'appartement.

— Tes affaires sont prêtes ? me demande ma mère depuis la buanderie.

Mon ventre se contracte. Oui, tout est prêt.

— Tu as tes piles de rechange ?

— Oui.

Je la suis jusqu'à la cuisine dans laquelle elle vérifie la cuisson du gâteau. Elle tourne le bouton de la température puis se dirige vers le salon.

Et je la suis encore.

— Qu'est-ce que tu veux ? soupire-t-elle en étendant une nappe propre sur la table.

Je me précipite pour l'aider, déplie un pan de tissu fleuri et le lisse avec ma paume.

— Tu vas encore dire non...

Elle secoue la tête, irritée, puis replace le vase qu'elle avait ôté. Elle déclare que je n'ai plus que quelques mois à tenir et l'été sera là.

— Mais c'est loin...

— Quelques mois, mon cœur.

— Ils se foutent de ma gueule, maman...

Fronçant les sourcils, elle pointe la boîte qui trône sur le guéridon. Je lui adresse un œil crémeux pour tenter de l'amadouer, mais ça ne prend pas.

— Un gros mot, une pièce dans la boîte, exige-t-elle.

— Mais j'ai plus de sous...

— Un gros mot, une pièce, répète-t-elle, intransigeante.

Je file dans ma chambre ramasser un franc et le laisse tomber dans « la boîte à gros mots », mortifié. Puis je reviens vers elle.

— Je prendrai rendez-vous avec ton directeur, annonce-t-elle enfin.

— Quand ?

Ses yeux se logent dans les miens, pénétrants.

— Mais quand j'aurai le temps...

Elle s'approche de moi et glisse sa main sur mes cheveux mouillés.

— Passe-les au sèche-cheveux, me dit-elle avant de retrousser la manche de son cardigan pour consulter sa montre. On va bientôt y aller.

Mon cœur trébuche et dégringole.

Je retourne dans la salle de bains puis branche l'appareil et l'agite au-dessus de ma tête. Pourtant je les entends autour de moi, comme des hyènes affamées. À se moquer de ma voix qui n'a pas encore mué. À me voler mon cahier de géographie.

— Rends-le-moi, s'il te plaît...

— Attrape-le, chantonne Franck en levant le bras vers le plafond.

Je me hisse sur la pointe des pieds et tente de le récupérer, mais il s'amuse à l'éloigner de moi.

— Vas-y, continue, rigole-t-il. Ça nous fait marrer tes petits sauts de ballerine.

Au bout d'une vingtaine de secondes, il lance le cahier à Adrien qui l'expédie à David. L'objet est examiné avec minutie. Je serre les dents, je serre le bide. David se permet quelques commentaires piquants en tournant les pages et j'attends.

Jusqu'à ce que la sonnerie inonde les couloirs, stridente.

Franck arrache le cahier des mains de David et le jette dans le couloir. Les feuilles chuintent dans l'air lourd.

— Dégage, me siffle-t-il dans un geste rude du menton.

Je me frotte le visage pour effacer les images, range le sèche-cheveux puis me faufile dans la chambre de Teresa et allume la lumière. Je me dirige aussitôt vers l'objet qui brasille sous l'ampoule, posé sur la table de nuit : une barrette à cheveux décorée de fausses perles qu'elle portait la dernière fois qu'elle est venue nous rendre visite. Sans réfléchir, je la fourre dans ma poche puis quitte la pièce et retrouve ma mère dans la cuisine, occupée à sortir le gâteau du four. Je respire fort le parfum des pommes meringuées. Elle découpe un triangle qui mousse autour du couteau puis enrobe la part dans du papier d'aluminium.

— Pour le trajet, dit-elle en me la tendant.

Je l'attrape et la plaque contre mon cœur ; c'est chaud et moelleux même à travers le métal. Et cette douceur renforce la froideur de ma chambre d'internat : les deux lits en fer – même si cette année je suis seul parce qu'il y a un nombre d'élèves impair –, les deux bureaux et les deux armoires inspectées tous les mardis et vendredis.

— Je me sens mal, maman... dis-je en la suivant dans sa chambre.

Elle colle sa paume sur mon front puis décrète que je n'ai pas de fièvre. Ensuite elle s'assoit sur son lit, retire ses chaussons et enfile des chaussures à petits talons. Penchée vers le miroir de sa coiffeuse, elle applique une couche de rouge à lèvres foncé puis ramasse son peigne et commence à lisser mes cheveux.

— Si tu me traînes là-bas, je fugue.

— Oh, Alexis, lance-t-elle, lassée.

— Je jure, maman, je fugue.

— Tu n'iras pas bien loin, mon cœur.

— Je me cacherai sous l'estrade de la salle de musique et je resterai là jusqu'à ce que tu viennes me chercher.

Elle secoue la tête dans un soupir irrité en reposant son peigne.

— Range le gâteau dans ton sac, me dit-elle en quittant la pièce.

Je m'exécute comme un robot puis la rejoins dans l'entrée.

— Si tu me traînes là-bas, j'arrête de manger...

— Tsss, fait-elle, exaspérée.

— Je te jure que je le fais.

— Ça suffit tes caprices ! s'emporte-t-elle tout à coup en décrochant nos manteaux des patères.

Elle répète pour la centième fois qu'elle travaille toute la semaine et qu'elle n'a pas le temps de s'occuper de moi comme elle le voudrait. Elle me demande d'être patient et de ne pas me laisser faire.

— S'ils te parlent mal, ignore-les, me conseille-t-elle en nouant la ceinture du vêtement autour de sa taille.

Son visage s'est fermé. J'abats mes dernières cartes.

— Si tu me traînes là-bas, je me fous en l'air...

— Tu te tais, Alexis ! crie-t-elle en saisissant la poignée de ma valise. À partir de maintenant je ne veux *plus t'entendre*.

Son trousseau de clefs tinte contre la porte. Ses talons claquent sur le vieux parquet du couloir.

— Allez viens, s'il te plaît.

Je secoue la tête, terrifié. Elle se retourne.

— Alexis, je suis *fatiguée*, ne me fais pas attendre.

Je n'arrive pas à faire un pas ; mes pieds sont collés au sol. À bout de nerfs, ma mère lâche la valise, bondit sur moi et m'agrippe le creux du coude pour me faire sortir de l'appartement. Ça sent le curry épicé dans le couloir – sans doute cuisiné par le locataire du fond – et, plus bas, l'eau de Javel que le concierge utilise pour laver le carrelage-damier.

« Le mot de passe, Mongol. »

Les larmes grimpent et me chatouillent le bord des yeux.

« Pas de chance, mauvaise réponse. »

Les autres appartements me font face, d'un lavande écaillé, tous verrouillés. De la même teinte que les losanges qui décorent le pull de David lorsqu'il me fait ce croche-pied en pleine cantine. Je m'étale sur les carreaux, au milieu de l'allée qui sépare les deux rangées de tables. Mon plateau vole puis retombe lourdement, éparpillant haricots verts et jambon sur le sol.

Les rires se jettent sur moi comme des rapaces.

Des rires-fusées, des rires-couteaux.

Les doigts tremblants, j'éteins mes appareils pour ne plus les entendre puis je me relève et fuis le réfectoire en courant. Je grimpe les deux étages à toute vitesse, le visage sali par mes larmes. Lorsque j'entre dans ma chambre, je me fige, les bras ballants : un débouche-W.C. me nargue sur la couverture. Je le ramasse avant que le surveillant ne le voie et me rends compte qu'un bout de papier est scotché dessus :

Je l'arrache et l'écrase entre mes doigts avant de le fourrer dans ma poche. Puis je cache l'objet dans mon armoire, sous mes vêtements, en attendant de pouvoir m'en débarrasser et me plie en boule sur mon lit. Je fixe les murs blancs sur lesquels les posters ou photos ne sont pas autorisés et guette des pas dans le couloir. J'appréhende la sanction qui va suivre ma fuite de la cantine.

J'ai tellement honte de moi.

Je me sens moche, dégoûtant, maudit.

Pour la première fois de ma vie, je me vois comme eux me voient : une paire d'oreilles handicapées.

— Maman s'il te plaît, m'emmène pas...

Elle se tourne vers moi, m'observe un instant puis s'approche et me caresse les cheveux. Son trousseau de clefs carillonne contre mon cou.

— Sois plus fort qu'eux, mon cœur, chuchote-t-elle en essuyant mes joues détrempées.

Ce sont toujours les mêmes conseils.

« *Sois plus fort qu'eux, plus intelligent qu'eux, plus malin qu'eux.* »

Sans cesse à me rappeler les épreuves par lesquelles je suis passé, tout ce que j'ai vaincu, tout ce que j'ai conquis. Elle réchauffe mon courage, recoud les morceaux de mon cœur qui saignent, dore mon estime de moi.

Mais ce soir je n'ai plus de forces, plus d'envies, plus d'espoirs.

Je me sens comme un brin d'herbe écrasé par une chaussure.

Le mocassin de Franck, évidemment.

— Mon champion, murmure-t-elle, posant un baiser sur ma tempe.

J'enfouis mon nez dans sa chevelure qui sent l'eau de Cologne. Soudain la lumière du couloir s'éteint ; elle me lâche pour rappuyer sur la minuterie. Lorsqu'elle ramasse ma valise et me prend par la main, je refuse de descendre avec elle.

— S'il te plaît, Alexis, on va être en retard...

Je résiste à nouveau puis deviens guépard, faucon, libellule. Elle n'a pas le temps de comprendre ce qui se passe lorsque j'enjambe la rampe usée. Je ferme les yeux, pousse un grand cri et me jette dans le vide.

26

— T'as fait comme moi, constate Nadia, bouleversée. Tu savais plus comment fuir alors t'as foncé vers le bas.

Théodore fronce les sourcils.

— Qu'est-ce que tu veux dire ?

Nadia met de longues secondes à sortir de sa torpeur pour lui répondre. Elle explique qu'il y a un sens derrière leur acte, une signification cachée.

Apercevant une grimace sceptique sur la bouche de Jules, elle l'interpelle :

— T'aurais pu le faire autrement mais tu l'as fait comme ça.

— Je courais sur la route, réplique-t-il. Qu'est-ce que tu voulais que je fasse d'autre ?

— Arrête de te voiler la face. Moi, je me suis balancée par la fenêtre et ça *veut dire* quelque chose. J'ai voulu briser ce corps qu'on avait sali, le réduire en bouillie. Et puis j'ai voulu m'échapper. Échapper à ses mains de porc.

Elle ne l'aurait pas fait dans la douceur ; il fallait que ça frappe, que ça percute.

Camille, quant à elle, n'avait pas besoin d'éclat, de fureur et de destruction.

— Je voulais *glisser*, admet-elle.

Sans faire de bruit. Une gouttelette de pluie qui fond dans la mer et rejoint l'Origine.

Théodore, lui, a voulu faire sortir son père de sa vie, de son sang, comme on purge un poison qui infecte tout, gangrène tout.

— C'est lui que j'ai cogné quand j'ai massacré mon poignet, reconnaît-il. J'ai voulu tuer toute cette violence qu'il m'infligeait et je me suis tué, moi.

J'ai confondu les cibles, pense-t-il, désenchanté.

Nadia coule alors son regard vers chacun de ses compagnons.

— Si quelqu'un ici a vraiment voulu mourir, qu'il lève la main.

Mais personne ne se manifeste.

Ils avancent, mes enfants, ensemble.

Ils se sont précipités vers la mort parce qu'ils voulaient dormir, reprendre un peu de forces. Parce qu'ils ont voulu fuir une situation insoutenable et sauver ce qui pouvait l'être. Parce qu'ils ont tenté de se libérer d'une oppression, d'une asphyxie.

— On s'est gourés, conclut Nadia d'un ton amer. On a tout mélangé.

Elle avoue qu'elle avait encore des tas de choses à découvrir : partir photographier les paysages d'Islande, aller voir Linkin Park en concert avec ses copines, laisser Emmanuel l'approcher. Et pendant qu'elle se confie, elle est frappée de constater combien ses grilles ont commencé à céder ; les barbelés avec lesquels elle s'habillait ne lui servent plus à rien ici. Jules s'est aussi aperçu de ces avancées même s'il ne le lui dit pas par peur de la voir reculer. Il ne lui dit pas non plus que le leader de Linkin Park s'est tué il y a plus de deux ans.

Les rêves ont le droit de rester des rêves.

Pourquoi, mon ange ?
pourquoi comme ça et pourquoi ce soir-là ?
qu'est-ce que j'ai fait ?
qu'est-ce que je n'ai pas fait ou qu'est-ce que j'ai mal fait ?
est-ce de l'amour qui t'a manqué ?
trop peu de tendresse de ma part ?
trop peu de félicitations ?
le lycée ? le piano ?
une fille peut-être ?
Cassandre ?

Théodore a cessé de respirer aux premières paroles de sa mère. Dilués, ses yeux ressemblent à des bijoux en verre de Murano.

mon fils, mon amour, mon petit garçon
2 kilos 685 à ta naissance
j'ai fondu en larmes quand on t'a posé sur moi
je n'arrivais pas à croire que mon corps avait créé ce petit miracle
ta tête qui tenait dans ma paume
tes orteils aussi minuscules que des groseilles
c'était de la magie pour moi
cet être miniature qui rampait sur ma peau à la recherche de lait

je me souviens du jour où tu as empilé tous nos paquets de pâtes et de riz
dans ton coffre à jouets
une feuille de papier y était collée
sur laquelle tu avais griffonné « AFRIQUE » en lettres hésitantes
tu m'as demandé, tout fier, de l'apporter à la poste
tu n'avais pas 6 ans

le cercueil, c'est terrible
ça vous hante toute une vie

je suis née le jour où je t'ai mis au monde
et je suis morte avec toi
je me demande comment j'arrive encore à respirer
je me lève le matin
je fais toutes les choses que j'ai à faire à la manière d'un robot
je me couche lorsque tombe le soir
et le lendemain je recommence
et recommence
et recommence

mais c'est lorsque le soleil décline que l'attraction est la plus puissante
c'est la nuit que j'ai très envie de te rejoindre
mon ange

— Oh, maman, non, bredouille Théodore, les mains jointes devant sa bouche pour en masquer les tremblements. S'il te plaît, ne viens pas...

— Elle serait déjà là, lui fait remarquer Jules pour tenter de le rassurer.

Le garçon ferme les yeux, réfléchit, puis opine avec lenteur.

— C'est très vrai ce qu'elle dit, intervient Camille en décollant un sequin sur sa chemise de nuit. Le cercueil, c'est terrible. Celui de Jérémie était tout doré, minuscule... y avait sa peluche préférée dessus, un dinosaure tout fripé recousu de partout par maman...

j'arrivais pas à croire que mon frère logeait dans cette boîte... pendant toute la messe, j'ai cru qu'on enterrait une poupée.

Une seconde voix relaye alors celle de Karine Aubry : Pauline.

J'ai enregistré ton message, Cam
et j'écoute la dame du répondeur qui répète :
« vous avez un nouveau message, le 2 mai, à 22 h 17 »
ça me donne l'impression de te ressusciter

je relis tous les mots de toi qui envahissent mes agendas
les surnoms salauds qu'on donnait aux profs
nos envolées lyriques pour les garçons qui nous plaisaient
nos réflexions sur le monde et la vie
on avait même classé nos potes par ordre d'importance
y avait la numéro un (toi pour moi et moi pour toi)
et puis y avait la deuxième meilleure amie,
la troisième meilleure amie
et on descendait comme ça jusqu'à dix
souvent le classement changeait en fonction de nos humeurs
et on n'hésitait pas à rétrograder une copine de la place 5 à la place 8
putain, on était des garces à l'époque

pourquoi on s'est quittées, Camille ?
un peu de ma faute à moi
un peu de ta faute à toi
et de la pudeur ou de l'orgueil mal placés
je m'en veux de ne pas t'avoir recontactée
plusieurs fois j'ai voulu venir chez toi lorsque je passais à Nancy
mais je ne l'ai pas fait

et aujourd'hui j'épuise mes nuits à modifier le scénario
j'imagine que je sonne à ta porte et c'est toi qui m'ouvres
on saute comme des gamines, on se prend dans les bras et on rigole
comme avant, comme avant

qu'est-ce que j'aurais pu faire pour toi ?
qu'est-ce que t'aurais voulu que je te dise ?
est-ce qu'il y a un mot qui t'aurait sauvée ?

je t'aime aussi, ma Cam, qu'est-ce que tu crois
ça s'oublie pas cet amour-là

Voilà, Camille est très émue de découvrir que Pauline ne l'a jamais chassée de son cœur. *Finalement, la distance n'est pas une bonne excuse*, pense-t-elle. On a toujours le droit de retendre une main malgré les années passées.

On a toujours le temps de se revoir et de se réparer.

— Qu'est-ce que j'aurais voulu qu'on me dise ? s'interroge-t-elle, immergée dans son esprit. Que si Jérémie avait pu me parler de là où il était, il m'aurait dit que c'était cette putain de balançoire, la responsable, et pas moi. J'aurais voulu qu'on me dise que je méritais de vivre encore, sans lui. Et que j'arriverais un jour à supporter son absence. À survivre à tout ça.

— T'y aurais cru ? lui demande Jules.

Elle hausse les épaules, l'œil fuyant.

De son côté, Théodore aurait voulu qu'on lui avoue que sa valeur n'était pas liée à ses résultats scolaires. Qu'il n'était pas une note, un diplôme, une médaille. Que ses désirs – même différents de ceux de ses parents – *comptaient*.

— Pourquoi, pourquoi, marmonne Nadia, ils se demandent tous pourquoi, c'est marrant comme ça les étonne. Mais y avait des tas de signes à repérer.

Jules lâche un petit rire désabusé.

— On est les pros du bluff, Nadia. On est les rois du « ça va » en carton et du beau sourire de façade. Comment tu voulais qu'ils comprennent ?

L'adolescente se replie dans ses ombres. Elle aurait tant souhaité qu'on la décode avant le drame. Qu'on décrypte la solitude qui imbibait toutes ses photos, le désarroi qui emplissait ses yeux et nappait son silence.

— Bon sang, j'aurais voulu qu'on me *force à parler*, dit-elle, les dents presque serrées, parce que moi j'y arrivais pas toute seule.

Elle se lève et se dirige vers les rails.

— Mes copines s'étaient rendu compte que j'étais plus la même. Malia m'a fait la réflexion le soir même de ma mort. J'ai pas pu lui parler mais je crois qu'elle avait vu quelque chose. J'aurais pu me confier ce soir-là. *J'aurais dû.*

Comme elle l'avait fait quelques mois plus tôt avec une inconnue.

Il est 1 h 42 et j'erre dans l'appartement, un gros pull sur mon haut de pyjama, marchant sur les cloques du lino. Je m'empare du téléphone sans fil puis retourne me blottir dans mon lit. L'objet patiente un moment sur ma couette avant que j'ose composer le numéro aperçu sur un panneau publicitaire. C'est une femme qui répond :

— S.O.S. Amitié, bonsoir ?

— Bonsoir, lui dis-je en bégayant. Désolée si je bafouille, je suis mal à l'aise au téléphone.

Elle me sourit avec chaleur.

— Je suis obligée de dire mon prénom ?

Non, je ne dévoile que ce que je veux.

— Y a un temps limité pour parler ?

— Prenez tout le temps dont vous avez besoin.

Je me redresse, comme si ça m'aidait à clarifier mon esprit. Je cherche comment je pourrais expliquer ce qui me ronge puis lâche d'un coup :

— Je déteste mon corps, je me sens complètement coincée dedans.

À l'autre bout du combiné, elle m'invite à poursuivre.

— C'est comme cette chambre, lui dis-je en posant mes yeux sur les murs. J'étouffe ici, c'est trop petit.

Je lui raconte l'appartement délabré que le ridicule salaire de coiffeuse de ma mère ne parvient pas à embellir. Je lui raconte surtout la cohabitation difficile avec le beau-père.

— C'est un pourri. Il me touche toutes les nuits et ma mère qui voit rien...

Ça sort de ma bouche comme de celle de la fille du conte qui crachait des serpents après avoir été ensorcelée. Cette histoire m'avait terrifiée.

— Y a plus de poignées sur les portes parce que ce salopard a voulu les changer, sauf qu'il l'a jamais fait, bien sûr. Et moi je peux rien fermer à clef dans ce trou à rats, ni ma chambre, ni les chiottes, même pas la salle de bains, bonjour la dignité. Je suis pas conne, vous savez, je sais très bien qu'il a fait exprès de virer les poignées. Il trouve toujours une bonne raison pour entrer dans ma chambre et il prend son temps quand il entre, vous verriez ça, putain. Il tripote mes affaires en me jetant des regards de vicelard, il pose son cul sur mon bureau et tapote sa cuisse comme s'il voulait que je monte dessus. Mais merde, j'ai 17 ans, pas 4 ! Je vais pas monter sur tes genoux de gros dégueulasse, CONNARD.

J'entends le souffle de mon interlocutrice et même si je ne la connais pas, je me sens écoutée, importante. Je me sens respectée. Je m'excuse pour le « connard » et poursuis :

— Et puis même si j'avais 4 ans, je trouve que c'est pas un comportement normal. Je sens ses mains sur moi, même quand il est pas là. Je sens son poids sur moi et je me sens crade, sans arrêt. En plus il me tient avec ses menaces de gros pourri... il me dit : « Si t'en parles à ta mère, je dirai que c'est toi qui me fais du rentre-dedans. » Non mais quel enfoiré ! Comme si je pouvais avoir envie d'allumer un type pareil !

Les larmes jaillissent d'un coup, violentes et douloureuses. Je quitte mon lit et me dirige vers la cuisine, incapable de rester immobile.

Une peur m'agresse soudain.

— Vous pouvez me localiser ?

Non, elle ne peut pas, c'est un service anonyme. En revanche, elle peut m'orienter vers une aide concrète si j'en éprouve le besoin.

— Non, dis-je très vite, ça va, je voulais juste parler à quelqu'un. Alain est pas là parce qu'il fait souvent des heures sup' la nuit. En cash, bien sûr, mais moi ça m'arrange bien parce qu'au moins il me fout la paix. Et puis ma mère elle dort avec des bouchons dans les oreilles, donc c'est comme si elle était pas là.

Je me mords la lèvre inférieure tandis que les larmes ruissellent sur ma bouche. Je renifle à plusieurs reprises.

— Excusez-moi, dis-je en filant dans la salle de bains. Je pose le téléphone, faut que je me mouche.

J'attrape un Kleenex, m'éponge le nez puis les yeux.

— Vous êtes toujours là ? dis-je en ramassant le combiné.

Oui, bien sûr qu'elle est toujours là.

— Ça vous dérange si je fais du thé en même temps... ?

— Pas du tout, je vous entends bien.

J'investis la cuisine et cale le téléphone entre ma joue et mon épaule. Puis je plonge un sachet dans un mug et mets de l'eau à bouillir.

— Ça reste du tripotage au final, dis-je en marchant dans le couloir pour m'éloigner du sifflement. Vous allez me dire que c'est pas méchant...

— Je ne vous dirai jamais ça.

Elle m'explique que la moindre caresse, si minuscule soit-elle, est une agression si elle n'est pas désirée. Elle me parle des recours auxquels j'ai droit pendant que je regagne la cuisine et verse l'eau bouillante sur mon thé.

J'écoute cette femme comme j'aimerais écouter ma mère.

Et je prends note, intérieurement.

— Je veux partir d'ici, lui dis-je. Quitter ces tours et ces murs qui se décollent de partout. Quitter cet ascenseur qui pue la pisse, les bédos et le chien mouillé, ces scooters qui braillent toutes les nuits, ces bandes de mecs qui t'emmerdent pour un oui ou pour un non, qui te traitent de « sale pute » si t'as le malheur de tracer ta route sans leur répondre et qui te traquent après jusqu'à ce que t'aies BAISSÉ LES YEUX DEVANT EUX, *putain j'en peux plus, j'en peux plus.*

J'inspire puis expire à plusieurs reprises pour me calmer.

— Ils sont pas tous comme ça, bien sûr, je veux pas faire de généralités... mais dans le quartier où je vis, franchement, y a beaucoup d'enfoirés.

Et soudain il surgit de nulle part, Emmanuel, avec son regard de lac impassible et son sourire en coin.

— Y a un garçon qui me plaît, dis-je sans transition. Il habite pas très loin de chez moi, de l'autre côté du stade. Mais j'arrive pas à l'approcher. J'ai peur qu'il me fasse du mal. J'ai peur qu'il...

me touche mal

me parle mal

m'embrasse mal

me frappe

m'insulte

me force à m'allonger sous son corps

m'écarte les cuisses sans me demander si j'en ai envie

et bousille tout.

Les larmes reviennent, têtues, et claquent dans l'eau brune de mon mug.

— Et pourtant il m'attire, ce mec, dis-je en entortillant le fil du sachet de thé autour de mon index. Mais j'arrive pas à aller vers lui. Je lui ai même jamais parlé. Enfin si, une fois, au téléphone, mais je me suis sentie ridicule. On s'était donné rendez-vous et au dernier moment je me suis dégonflée, j'ai annulé.

Elle me demande si j'ai envisagé de lui téléphoner à nouveau pour discuter de ce qui s'était passé.

— Non, dis-je. Je l'évite maintenant, j'ai trop honte de moi.

Mais je me rends compte aussi que toute cette honte, c'est moi qui la crée. Je me rends compte que j'ai commis une simple maladresse que je peux encore réparer.

— Vous avez raison, dis-je en soufflant sur ma tasse. Je vais retenter, je vais le rappeler.

— Oui, s'il est important pour vous. C'est une très bonne initiative.

J'absorbe une petite gorgée qui me brûle les lèvres.

— Merci de m'avoir écoutée, lui dis-je. Surtout à cette heure-là, ça doit être fatigant... merci pour votre gentillesse.

— Prenez bien soin de vous, me dit-elle avant que je ne raccroche.

Je repose le téléphone sur son socle puis rejoins ma chambre et me blottis dans les draps, mon mug entre les doigts. Le parfum orangé du thé me réconforte et réchauffe mon visage. Oui, je vais le rappeler, me dis-je en fermant les paupières. Cette force que je ressens soudain me choque et m'éblouit.

Nadia avale sa salive avec peine.

Le destin en a décidé autrement, se dit-elle, amère. *Mon cœur est mort stupéfait, encore gorgé d'un amour vibrant.*

Inutile, inutile.

27

— Personne ne peut comprendre pourquoi on se fait ça, déclare Camille en ramassant l'écharpe abandonnée dans la poussière.

Le suicide, c'est de l'acte pur.

Le suicide, c'est du corps.

C'est une façon de dire : « Excusez-moi mais c'est trop compliqué à expliquer. Il me faudrait des heures, des jours même, pour vous raconter ce qui m'arrive, ce qui me hante, ce qui me brise. Alors pardonnez-moi mais je préfère la facilité du silence. » Privés de réponse, les survivants se retrouvent tout seuls, à la dérive, comme cet adolescent assis devant chez lui.

J'arrive pas à rentrer chez moi
les pompiers t'ont emmené
et moi je suis assis sur un trottoir qui pue la merde de chien
ils ont aussi emmené Chloé après une énorme crise de panique
et Hugo qui a frôlé le coma éthylique
putain, je suis vacciné des nouvel an pour le reste de ma vie

le gars qui t'a renversé puait l'alcool
il n'arrêtait pas de tourner en rond en répétant :

« il-s'est-jeté-sur-ma-voiture-il-s'est-jeté-sur-ma-voiture »
et son mioche avait dégainé son téléphone
pour te FILMER PUTAIN

je suis devenu fou, Ju
je lui ai pris son iPhone, je l'ai fracassé par terre et j'ai gueulé :
« tu veux en faire quoi de ta saloperie de vidéo ?
la foutre sur YouTube pour gagner un max d'abonnés ? »
il s'est mis à chialer mais pas parce que je lui gueulais dessus
parce que je lui avais pété SON PUTAIN D'IPHONE *11*
t'y crois à ça ?

mais merde, qu'est-ce qui t'a pris ?
j'avais trop bu et trop fumé
j'ai réagi au quart de tour
je peux pas t'aimer comme tu le voudrais mais je t'aime autrement
si tu viens pas foutre le bordel dans cet « autrement »

j'ai écrit à Mathis pour lui dire ce qui était arrivé
et ce fils de pute m'a laissé en « vu »
putain t'as rien perdu

voilà, on est le 1er janvier 2020
il commence à flotter
et j'ai l'air con sur mon trottoir
à attendre les parents de Léa pour qu'on te rejoigne à l'hosto
j'arrête pas de penser à cette phrase que t'as balancée sur mon canap :
« si personne change de chanson, je me tire une balle »
c'est Hassan qui me l'a rappelée

pourquoi t'as dit ça, Ju ?

et pourquoi t'es pas remonté dans la piscine ?

Ces paroles laissent place à un silence fardé de mélancolie.

La première chose à laquelle pense Alexis, c'est qu'il aurait aimé avoir une belle voix grave comme celle-ci en grandissant. Théodore, horrifié, ne comprend pas qu'on puisse filmer des accidents en 2020, comme un spectacle à immortaliser. Nadia, elle, rumine les derniers mots de Maël.

— Pourquoi t'es pas remonté ? demande-t-elle à Jules, décidée à le faire avouer.

— Je suis remonté.

— Non, ton *pote* t'a remonté.

— J'allais le faire, marmonne-t-il d'un ton raide. C'est à cause des « cap ou pas cap » à la con de Zoé. Je voulais voir combien de temps j'arrivais à tenir sous l'eau.

Dans le but de contrer l'obstination de Jules et de les souder davantage, j'explose l'un des néons, arrachant plusieurs cris de surprise ou d'effroi. Les éclats de verre tombent sur le sol en un crépitement pointu. Bientôt le noir est d'encre mais je les vois, mes enfants, repliés en boule, se protégeant la tête.

Assourdissant, le silence, à présent que le bourdonnement a cessé.

— Non, non... gémit Nadia. Rallumez, s'il vous plaît...

Quelqu'un s'agrippe à elle : c'est Alexis. Elle le serre et tente de discerner les silhouettes à travers cette opacité. Par là, un mouvement flou. Près de ses pieds, quelqu'un s'avance.

— C'est moi, annonce Théodore, les bras dressés devant lui.

— Ici, réplique-t-elle en tendant la main.

Leurs doigts s'effleurent puis se cramponnent. Théodore prend place contre le mur, à droite de Nadia.

— Où t'es, Jules ? s'inquiète Camille.

— *J'allais* remonter, répète l'adolescent dont la voix révèle qu'il s'est éloigné de plusieurs pas. J'avais pas du tout l'intention de me laisser couler.

Quelqu'un émet un soupir dubitatif qui ne lui plaît pas.

— Qui c'est qui soupire ?

— Moi, répond Théodore en levant une main que personne ne peut voir.

— OK. Un commentaire, Théo ?

— Pourquoi t'as dit « Je me tire une balle » ? intervient Nadia.

Les pas de Jules s'écartent, croustillent sur les éclats de verre.

— PUTAIN, gueule-t-il, c'est mon procès ou quoi ?

— Reviens, dit-elle, tu vas tomber et te couper...

— C'est cette putain de chanson, rétorque-t-il en continuant à marcher avec colère. Elle me foutait le moral à zéro.

— Reviens, Jules. *S'il te plaît.*

Le timbre est bien plus affectueux ; l'adolescent s'arrête. On l'entend se frotter la peau puis il se rapproche enfin du groupe, se repérant à l'écho des voix. Lorsque Nadia frôle le tissu d'un jean troué, elle fait asseoir le garçon en face d'elle. Enlace ses doigts.

— T'es tout froid, chuchote-t-elle, anxieuse.

— C'est qui, Mathis ? demande Camille en ôtant son écharpe pour la lui offrir.

— Mon ex.

Les mains se cherchent, butent, se rejoignent. Dans un remerciement, le garçon enroule la laine autour de son cou.

— Il t'a fait du mal ?

Jules esquisse un sourire las qui se brise sur ses lèvres.

— On s'est tous les deux fait du mal. Et puis ça s'est fini en règlement de comptes sur les réseaux sociaux.

À travers la fenêtre, je l'aperçois installé sur le dossier d'un banc, les pieds posés sur l'assise, deux de ses potes autour de lui. Une masse de nuages anthracite éteint ses cheveux blonds. Sans réfléchir, j'abandonne mes affaires et pars sous l'œil interloqué du prof de maths. Je galope dans le couloir et descends les escaliers en sautant plusieurs marches d'un coup. Tout se mélange en moi : fureur, dégoût, peine, déception.

C'est la rage qui domine.

Mes pas résonnent sur le béton du préau, puis la cour, et Mathis tourne la tête vers moi. La légèreté qui ornait son visage s'efface. Son corps se crispe.

— Cassez-vous, dis-je aux types qui l'accompagnent.

Ils me renvoient l'insulte et ne bougent pas. Je serre les poings.

— J'ai dit : cassez-vous.

— Dégagez, leur souffle Mathis d'un ton sec en bondissant du banc.

Les deux gars obéissent enfin et s'éloignent de quelques mètres à peine, histoire de profiter du show, tandis que Mathis me fait face, la mâchoire contractée.

— Pourquoi ? dis-je simplement.

Il ne répond pas et contemple le gymnase.

— Regarde-moi, Mat.

— J'aurais pu faire pire, siffle-t-il en reposant ses yeux sur moi. J'aurais pu poster les nudes *que tu m'envoyais.*

Mon cœur se décroche et tombe, grosse masse lourde et molle.

— Je t'ai jamais envoyé de nudes*... lui dis-je d'une voix faible.*

— Oh si, quand t'étais grave bourré. Crois-moi j'ai tout gardé. Donc si tu veux pas que le collège entier voie ta bite sur le Net, tu me lâches.

Je bondis vers lui avant qu'il n'ait eu le temps de bouger et lui balance mon poing dans le ventre. Il se plie en avant, bouche ouverte et bras sur le bide. Je l'agrippe par le col de son blouson, le secoue et le jette à terre.

Étrangement, il se met à rire.

— Ça te fait marrer ? dis-je, la gorge en feu.

Tout autour de nous, ça commence à s'agiter. Je m'accroupis devant Mathis qui a le réflexe de protéger son visage. Je saisis l'un de ses poignets mais, de la main gauche, il m'envoie un poing mou dans l'oreille. Un sifflement aigu m'envahit le crâne. Les bruits s'évanouissent.

— Un message privé est PRIVÉ*, lui dis-je, à moitié sonné par son coup.*

Il me répond quelque chose que je n'entends pas et m'observe à travers ses bras.

— POURQUOI *tu m'as fait ça ? Je te faisais* CONFIANCE.

Dans un élan fulgurant il me renverse sur le dos, m'entoure le cou avec ses mains et, assis à califourchon sur moi, il se met à serrer. J'écarquille les yeux tandis qu'un essaim d'images m'assaille l'esprit.

Mathis et moi appuyés contre les grilles du collège
face à l'arrêt de bus.
Sa main qui frôle ma main
puis ses doigts qui enlacent les miens.
C'est la toute première fois.

Je frappe le sol avec mes pieds, agite les jambes dans tous les sens, mais il me donne un coup de genou dans les côtes et resserre sa prise autour de mon cou. J'agrippe ses doigts pour tenter de me dégager, en vain.

Alors je m'attaque à son visage et je griffe.

Il m'attrape à la sortie du gymnase
et m'entraîne derrière le vieux CDI.
Sa bouche a un goût de lait à la fraise
et moi je suis rempli de fils électriques
qui crépitent tous en même temps.

Je ne sais pas si c'est Mathis qui lâche ou si quelqu'un me vient en aide, mais soudain ma gorge est libre et je prends la plus grande inspiration de ma vie. Autour de moi, la lumière s'est voilée ; une goutte d'eau s'écrase sur mon front. On me relève, on m'éponge le visage, on me conduit à l'intérieur du bâtiment tandis que je trébuche à deux reprises. Je me laisse faire, vidé de toutes mes forces. Je cherche Mathis mais ne le vois nulle part. La pluie couvre mes larmes et délave l'empreinte de ses derniers baisers sur ma peau.

C'est avec son passé qu'il doit faire la paix, réalise Jules.

Enterrer cette relation toxique et s'éloigner des personnes qui l'abîment.

Se respecter, enfin.

— OK, lâche-t-il après de longues secondes de silence, quelqu'un aurait un souvenir cool à partager, histoire qu'on rigole un peu ?

Au départ ça rechigne, entre grattements de chaussures et toussotements ternes, puis Alexis se lance en précisant que son récit n'est pas vraiment « cool » mais que la fin est marrante.

— On était en vacances dans le Nord, dans la maison de mamie. Un soir, les adultes sont partis danser et nous on est restés à la maison, avec ma sœur. On était dans le salon, avec la télé allumée, et on jouait à *La Bonne Paye*.

Il sourit pendant qu'il raconte.

— Et puis Teresa a commencé à entendre du bruit du côté de la porte. Elle a coupé le son de la télé et plaqué ses doigts sur ma bouche pour m'empêcher de parler. Moi j'entendais rien mais pour elle c'était très clair : y avait quelqu'un qui essayait d'entrer. On s'est réfugiés dans la chaufferie parce qu'il y avait une deuxième porte par là et on s'est enfuis dans la nuit, pieds nus et dans nos pyjamas. On a traversé le jardin à toute vitesse et on a foncé vers le bois.

Il se rappelle les branches mortes qui craquaient sous ses pas, les feuilles humides qui collaient à ses orteils. Ça sentait la mousse et le vert moisi. Il se rappelle surtout ce sentiment de vulnérabilité absolue, vêtu d'un simple vêtement de coton, cerné par les arbres immenses et les bruits menaçants de la nuit.

— On s'est cachés derrière un tronc et ma sœur m'a serré contre elle en chuchotant : « Ça va aller, il nous arrivera rien. »

Lorsque Camille demande comment tout ça s'est terminé, Alexis répond que sa sœur a fini par aller sonner chez les voisins.

— La dame est sortie avec son rouleau à pâtisserie parce qu'elle était en train de faire une tarte. Sauf que c'était pas un cambrioleur qui avait voulu entrer chez Mamie, c'était l'un des volets du haut qui était mal fixé et claquait sur le mur.

Quelques rires étincellent tandis que Nadia dépose un baiser sur le crâne du garçon. Alexis se dit qu'il aimerait la retrouver, cette sensation-là. Que quelqu'un le serre dans ses bras et lui dise : « Ça va aller, il nous arrivera rien. »

— J'ai un vieux souvenir mais qui me fait rigoler à chaque fois que j'y pense, enchaîne Camille dans un fouillis de froissements indiquant qu'elle change de position. C'est la fois où Jérémie a bouché les toilettes avec des Playmobil et une tête de Barbie.

— Jérémie décapitait les Barbie ? s'indigne Alexis.

Camille rougit.

— Non, c'est moi. J'avais une Barbie qui m'énervait parce qu'elle était super belle avec ses cheveux noirs et ses yeux en amande. Alors j'ai déchiré sa robe, je lui ai coupé les cheveux bien ras et comme elle m'énervait encore, je lui ai dévissé la tête.

Ils se sont sacrément fait engueuler par les parents lorsque le plombier a ressorti un véritable trésor des canalisations : Lego, petites voitures, coiffures crantées de Playmobil et la fameuse tête de Barbie.

— Mais pourquoi il jetait tout ça dans les toilettes ? l'interroge Alexis.

Camille explique que Jérémie aimait bien actionner la chasse d'eau pour simuler des tempêtes.

— Le tourbillon, ça le faisait marrer.

Elle entend Théodore rire à sa gauche et lui passe le relais d'un coup d'épaule.

— Moi c'est pas un souvenir joyeux, prévient-il, mais ça m'a marqué. On jouait sur la plage avec des amis de mes parents et leurs fils, Simon et Bastien. On avait un bateau gonflable en plastique jaune et on est tous les trois montés dedans. Mais les vagues étaient plus violentes que prévu et le courant nous a emportés.

Il s'interrompt, inspire avec vigueur.

— Tout est allé très vite. On était tout près du bord de la plage et, dix secondes plus tard, on avait dépassé les balises de sécurité et les vacanciers ressemblaient à des bâtons.

Ici, sa voix se fait plus froide. On sent qu'il se protège en installant de la distance. On l'entend nouer puis démêler ses doigts.

Il n'y a pas de peur parce que nous ne comprenons pas encore ce qui se passe. Nous avons 6 ans et nous sommes invincibles.

Puis le silence éteint tout.

Le ciel s'enténèbre au-dessus de nos corps frêles. Simon commence à respirer avec difficulté. Hébété, Bastien observe les gens qui rapetissent et moi je me mets à pleurer – je crois même que je me pisse dessus.

Larmes, appels et braillements se fondent en une symphonie détraquée.

Puis le bras tremblant de Simon se dresse. Il pointe une forme à l'horizon qui ressemble à un homme nageant vers nous

mais non

ils sont deux à lutter contre la mer

le père de Simon et Bastien

et puis

et puis

le mien

Papa

Les deux hommes bataillent pour contrer la fureur de la mer mais rien n'y fait : le bateau galope sur l'eau noire à une vitesse exceptionnelle. Très loin, sur le rivage, l'attroupement de points colorés s'est changé en une masse confuse.

Cette fois nous comprenons : c'est vraiment grave.

Mais c'est aussi ce moment-là que choisit Bastien pour sauter et la terreur m'engloutit : il ne sait pas nager et frappe l'eau avec rage avant de s'enfoncer sous la surface, abandonné par le brassard qui s'est peu à peu dégonflé autour de son biceps. Trois fois sa tête disparaît pour réapparaître un peu plus loin. Simon et moi battons la mer pour tenter de nous rapprocher de lui mais le courant s'acharne. Mes cris se superposent à ceux que pousse Bastien en ingurgitant des flots d'eau salée. Doté d'un sang-froid surprenant, Simon s'allonge sur le bord du bateau et tâche de cramponner son frère mais ça ne sert à rien : en s'agitant comme un chiot apeuré, Bastien se trouve déjà à plusieurs dizaines de mètres de nous.

Et je me remets à chialer.

On va mourir, me dis-je, et je crois même que je le prononce à voix haute.

Au bout de longues minutes d'effroi, Bastien atterrit dans les bras de son père qui prend le chemin du retour, exténué. Simon ne se sent pas abandonné parce qu'il a compris qu'on reviendrait le sauver une fois son frère déposé sur la plage. De son côté, mon père poursuit sa lutte contre la mer avec la grâce d'un aigle. La main de Simon se glisse dans la mienne tandis que je sanglote : « On va mourir on va mourir. »

— Mais non, dit-il, pleure pas...

Le bateau continue à dériver à toute vitesse et l'ombre de mon père se ratatine au loin. Il perd de la distance, s'épuise et ralentit.

Mais il ne renonce pas.

Le paysage n'est plus qu'une aquarelle où l'horizon s'emmêle au ciel. La foule ressemble à une longue tige qui observe et qui tremble. Le froid mélangé à la peur commence à m'étourdir et je claque des dents. Simon me frotte les bras puis me berce avec une tendresse maladroite.

— On va pas mourir, répète-t-il. Pleure pas, Théo, pleure pas.

Il raconte ce souvenir comme il le revit dans sa chair, ébloui par l'aplomb de son ami.

— Il était tellement calme, Simon, alors qu'on avait le même âge... et moi je voyais mon père au loin, en plein crawl, qui n'arrivait pas à nous rattraper.

Ce jour-là, il a senti que la vie était aussi fine que la broderie d'un flocon de neige. Que la mort n'avait aucune émotion et qu'elle frappait n'importe qui, n'importe où et n'importe quand – même des mômes de 6 ans. Nadia pose sa tête contre son épaule.

— Il a quand même réussi à vous rattraper ? l'interroge-t-elle.

Non. L'homme a lutté une bonne demi-heure au moins mais c'était une bataille perdue d'avance. Les deux gamins ont été repêchés par un bateau de la sécurité.

— C'est le seul jour où j'ai senti que je comptais pour lui, leur confesse-t-il. En le voyant nager vers moi sans s'arrêter. J'ai perdu ce père-là après, je l'ai plus jamais retrouvé.

Un instant de silence s'écoule, puis il s'éclaircit la gorge et demande :

— À qui le tour ?

— Jules, répond sur-le-champ Nadia, peu pressée de s'ouvrir.

On entend le garçon se redresser puis racler le sol avec ses semelles.

— Le dernier souvenir cool que j'ai, dit-il, c'est quand on a séché le cours de gym avec Léa. On devait se taper les barres asymétriques et Léa en avait tellement la trouille qu'elle s'était cachée derrière la pile des tapis. On a profité d'un moment où la prof tendait les bras vers une élève coincée en haut pour se tirer en vitesse.

— Vous avez fait quoi ? questionne Alexis, subjugué par une telle audace.

— On est montés en ville et on s'est tapé des nuggets à 3 heures de l'aprèm. Et puis Léa a pensé aux défis de Zoé et lancé : « Cap ou pas cap d'entrer dans la friperie et d'essayer la tenue la plus improbable ? » J'ai dit « cap » et on a attrapé les trucs les plus chelous qu'on voyait sur les portants. Léa a enfilé une veste orange avec des épaulettes énormes, un sarouel multicolore bien dégueu, une ceinture à chaînes qui faisait un bruit d'enfer, un chapeau de mariage avec des voiles et ces sandales en plastique immondes que les gosses mettaient dans les années 1990 pour aller à la plage. Moi j'ai hésité entre un pantalon marron en velours côtelé et une jupe licorne mais j'ai pris la jupe avec une chemise hawaïenne, un gilet matelassé en vinyle par-dessus, une casquette à visière transparente et des pompes avec des leds sur les semelles qui les faisaient clignoter.

C'est un concerto de rires qui cabriole dans la pièce pendant que Jules raconte cette anecdote.

— J'ai gagné par KO, achève-t-il. Mes fringues brillaient tellement qu'on en avait mal aux yeux.

— T'as acheté la jupe licorne ? demande Nadia, amusée.

— Eh non.

— Dommage.

— Je sais, j'ai de belles jambes.

Sans même se voir, ils entendent leurs sourires s'étreindre.

— T'as été collé ? s'inquiète Alexis.

— Moi, oui. On a atterri dans le bureau de la vie scolaire et Léa a mythonné en disant qu'elle avait super mal au bide parce qu'elle avait ses règles. Moi j'ai dit que je m'étais perdu en chemin mais bizarrement on m'a pas cru.

— T'es con, balance Nadia en levant les yeux au plafond.

— À toi maintenant, dit-il en lui poussant le pied avec le sien.

— J'ai rien d'intéressant à raconter.

Jules fait claquer sa langue, Camille ronchonne et Alexis se serre plus fort contre Nadia. Elle sait que si elle se met à parler, elle ne pourra plus s'arrêter. Mais peut-être est-ce le moment d'arracher les sangsues qui collent à sa peau. De la regarder en face, la blessure.

28

NADIA

Malia et moi brassons la cinquantaine de flacons de vernis qu'Anne-Lise range dans une grande boîte à chaussures. Au-dessus du bureau, le beau Robinson Stévenin côtoie une publicité Chanel sur laquelle Vanessa Paradis joue les oiseaux encagés. Ça sent la pâtisserie grasse à la noix de coco – le dernier parfum que ma copine s'est acheté. Dans sa chaîne hi-fi, Linkin Park nous braille *Crawling*.

— Il est où le bleu vif ? demande Malia en levant un flacon vers l'abat-jour pour en étudier la couleur.

— Par là, répond Anne-Lise dans un rond de jambe qui désigne la pièce entière.

Elle est allongée sur son lit, appuyée sur un coude, et nous observe avec espièglerie.

— OK, vous m'écoutez ?

— Si tu gueules plus fort que Chester, lui dis-je, moqueuse.

Elle ramasse la télécommande qui traîne près d'elle et baisse le son. Puis elle fait durer le suspense en balançant son regard de moi à Malia, puis de Malia à moi. J'attrape un vernis prune puis ôte ma chaussette droite.

— Quand tu veux, dis-je.

— Ça y est, déclare-t-elle, son teint de blonde virant au rose bonbon. Je l'ai fait.

Je me fige, yeux écarquillés, pendant que Malia lance un « naaaannnn » surexcité. Anne-Lise étire son sourire imbibé de gloss à la cerise.

— Eh si.

— Oh merde, lui dis-je, troublée.

Nous éclatons de rire puis, lorsque nous nous sommes calmées, nous la submergeons de questions : ça t'a fait quoi ? (C'était spécial de se sentir envahie, mais sympa.) T'as eu mal ? (Un peu, au début, mais après c'était mieux.) T'as saigné ? (Nan.) Tu te sens changée ? (Nan... pas plus que ça.) Elle déploie son bras, pose sa tempe sur sa couverture et lâche :

— En vrai c'était nul.

Nouveaux gloussements, plus serrés cette fois-ci.

— Raconte, la presse Malia en agitant son vernis bleu.

Alors elle nous raconte.

Bon, « nul », c'est un peu fort comme mot mais franchement c'était pas terrible. Elle aurait préféré que ça se passe chez elle parce que la chambre de Sam... beurk. Ça puait les vieilles chaussures de foot, la pizza rance et la cigarette froide. En plus, quand il s'est déshabillé, elle a failli se barrer. C'est quand même impressionnant, un garçon tout nu, surtout quand il a envie de... enfin, vous voyez, quoi. Elle a voulu qu'il mette un peu de musique pour qu'elle se détende mais il a balancé du Eiffel 65 alors ça a cassé l'ambiance. Ensuite, il a galéré pour enfiler la capote, il était aussi paumé qu'elle. Et elle avait envie de faire pipi en plus... le stress, évidemment. Ça sentait le naufrage à plein nez, cette histoire.

— Je vous jure, précise-t-elle, encore troublée, il était à poil et moi j'étais là, comme une crétine, à me demander ce qu'il fallait que je fasse. L'angoisse totale.

— Et puis ? questionne Malia. Ça s'est passé comment ?

— Vite, répond-elle, dépitée. J'ai gardé mon soutif et lui n'a pas fait un seul bruit. J'avais l'impression de coucher avec un robot.

— Wow, dis-je, l'éclate.

— On est à la bourre, nous, me jette Malia en m'envoyant son genou dans le bras.

— T'es chiante, lui dis-je, tu m'as fait déborder.

Elle me tend le dissolvant tandis qu'un concert de jappements nous abrutit le temps d'une minute.

— Putain, râle Anne-Lise, le voisin et ses clébards...

Mon orteil nettoyé, j'y pose une nouvelle couche de vernis en sentant les yeux de ma copine plaqués sur moi.

— Et si on parlait du beau Manu ? enchaîne-t-elle, coquine.

— Non.

— Oh allez...

— Remets-la, dis-je en ôtant ma chaussette gauche.

— Quoi ?

— La chanson, remets-la.

Elle récupère la télécommande et relance *Crawling*. Pendant quelques secondes, nous chantons avec Chester, dissonantes. Puis je me ferme à nouveau sans trop savoir pourquoi.

— On se parle même pas, dis-je du bout des lèvres.

— Mais il t'a fait la bise, samedi, rappelle Anne-Lise. Un grand moment.

— Sauf qu'on s'est pas parlé depuis...

— Pas *encore*, précise Malia en levant un index sentencieux.

Anne-Lise roule sur le dos, fixe le plafond d'un air pensif.

— C'est dingue quand même, il est partout sur tes photos.

Je lui jette un regard en biais.

— Je photographie des paysages, Anne.

— Ouais, justement : il a les yeux bleus et y a plein de ciels sur tes photos.

Je secoue la tête, amusée. Elle continue sur sa lancée :

— Il aime courir et y a plein d'arbres sur tes photos.

— Je vois pas le rapport.

— Les arbres, la nature, le footing, c'est la même famille tout ça...

— Pfff, n'importe quoi.

Elle lâche un rire sucré. À ma droite, Malia agite ses doigts devant mon visage.

— Tu me fais l'autre main ? Je dépasse à chaque fois.

J'attrape le vernis qu'elle me tend, un turquoise à paillettes qui fait des merveilles sur sa peau très noire.

— T'as pas envie, Didou ? demande Anne-Lise en aplatissant un poster gondolé avec la plante de son pied.

— De quoi ?

— D'avoir un mec.

Je hausse les épaules, déstabilisée. Malia souffle sur ses ongles pour les faire sécher.

— Ça finit toujours par te faire du mal, un mec, leur dis-je enfin, pensive.

— Faudrait déjà que t'en aies un pour le savoir, rétorque Anne-Lise, moue sur les lèvres.

C'est dit sans méchanceté aucune mais ça me blesse. Je n'ai pas le temps de lui répondre parce qu'on frappe à la porte et Nadège, la mère de ma copine, apparaît sur le seuil.

— Le dîner est prêt, annonce-t-elle. Est-ce que vous restez toutes manger ?

— Pas moi, dis-je en tapotant un orteil pour voir si le vernis est sec. Je dois rentrer.

Je renfile mes chaussettes puis mes bottines et me relève, imitée par Malia qui ne peut pas rester non plus. Bientôt nous quittons la maison, entourées par deux allées de pensées violettes et blanches. Les effluves de pain chaud et de saumon laissent place à une odeur de feuilles mouillées. Le ciel est d'un bleu pétrole agressif ; pas une seule étoile n'arrive à le transpercer.

— C'était pour se détendre, tu sais, reprend Malia en cognant son épaule contre la mienne. On voulait pas t'embêter.

Je fronce les sourcils, déconcertée.

— Ton Manu, précise-t-elle. On aime bien en parler. Ça nous change de ce salopard de Ben Laden.

— C'est pas mon Manu.

— Pas *encore*, corrige-t-elle en levant le doigt.

Je souris aux feux de signalisation qui raniment le soir. Il règne une atmosphère menaçante et tendue depuis que les tours jumelles sont tombées. Nos pas frappent le bitume mais n'émettent aucun son sous le vrombissement des voitures.

— OK, lui dis-je tout bas. J'aime bien ce mec.

Malia écarte les bras avec emphase.

— Évidemment ! Tu photographies des ciels et des arbres !

Nous rions en traversant le passage clouté décoloré. Mais plus j'approche de chez moi et plus ce rire pèse sur ma bouche ; il est lourd, le masque. Les réverbères éclairent la ville comme des lucioles jaunies. Quelqu'un klaxonne à quelques rues de là puis la tour de Malia surgit face à nous, d'un vert tilleul écaillé. Nous marchons devant une troupe de garçons qui boivent et fument, vautrés sur un muret. Ils nous observent de haut en bas ; l'un d'eux nous adresse quelques mots que je ne comprends pas. J'accélère mais Malia ne se presse pas et redresse le menton.

— T'as pas peur d'eux ? dis-je au moment où nous atteignons l'entrée de son immeuble.

— Si t'as peur d'eux, ils le sentent et s'en servent contre toi.

Elle tapote sur l'interphone avec calme.

— Le blond, tout à droite, il veut sortir avec moi.

Je n'ose pas me retourner vers la bande et lui jette un œil intrigué.

— Ah bon ?

— C'est Walid qui me l'a dit.

— Et tu vas sortir avec lui ?

— Je sais pas trop, je le connais pas... mais il est mignon, non ?

La porte se déverrouille dans un cliquetis sec et je me précipite dans le hall.

— Ça va ? demande-t-elle en remontant la lanière de son sac sur son épaule.

J'acquiesce tandis qu'elle ouvre sa boîte aux lettres et ramasse deux enveloppes ainsi qu'un paquet de pubs. À l'extérieur, un son de bouteille qui se brise.

— T'es toute ronchon... reprend Malia en glissant les pubs dans les fentes des boîtes aux lettres voisines.

Durant quelques secondes, j'hésite à lui parler mais je ne sais pas par où commencer. Je ne sais pas comment elle réagirait si je lui avouais ce qui se passe chez moi. J'ai peur que son regard change de façon irréparable. J'ai peur de ce que ces aveux pourraient déchaîner dans ma vie.

Il y a toujours un « mais » qui vous bâillonne.

— Faut que je me grouille, dis-je en plaquant ma joue sur la sienne avant de tourner les talons. À demain, Mali.

— À demain, Didou.

Je contourne le bâtiment pour ne pas recroiser le groupe des garçons et remonte la grande rue en chantonnant *Crawling* dans ma tête, le cou rentré dans le col de mon blouson. Sur le parking, la Nissan d'Alain n'est pas là. Je dépasse le graffiti SAUVE TON ÂME qu'une autre main a transformé en SAUVE TON CUL, enjambe un cimetière de cannettes puis tape mon code, entre dans l'immeuble et appuie sur l'ascenseur qui m'emmène au huitième étage. Dès qu'il se rouvre, une odeur de riz cantonais graisseux m'assaille – les locataires de gauche, comme d'habitude. Je pénètre dans l'appartement et file vers ma chambre.

— C'EST MOI ! dis-je au jet d'eau qui crépite dans la salle de bains.

Ma mère me pose les questions habituelles auxquelles je réponds à la hâte : « Oui, ça s'est bien passé. 14 à mon commentaire de philo. Oui, pour une fois que j'ai une bonne note en philo, je suis contente. Au fait, Nadège t'embrasse. »

Je repousse la porte de ma chambre, installe mon blouson sur le dossier de ma chaise et ramasse les photos qui traînent sur mon bureau. C'est vrai, me dis-je en m'allongeant sur mon lit, il n'y a que des arbres et des ciels. Mais il y a des silhouettes aussi. Une femme qui court sous la pluie en serrant les pans de son manteau. Un homme qui tente de s'allumer une cigarette avec un briquet qui ne fonctionne pas. Une gosse assise sur un banc et dont les jambes ne touchent pas le sol. J'aime saisir ces instants où les gens me paraissent seuls, démunis. Je réalise soudain à quel point le photographe se dénude dans ses clichés, à quel point il dévoile ses peines et ses tourments.

Ma mère sort enfin de la salle de bains et vient m'embrasser, en peignoir.

— Pâtes au thon, m'annonce-t-elle, fatiguée.

— OK.

— J'ai pas eu le temps d'aller faire les courses.

— OK.

Elle me quitte pour aller préparer les fameuses pâtes.

— ALAIN FAIT DES HEURES SUP' CE SOIR ? lui dis-je par-dessus les tintements métalliques de la casserole.

— JE CROIS PAS, POURQUOI ?

— POUR RIEN.

Je me lève et vais recaler la porte avec mon sac, puis je me replonge dans mes photos pour choisir celles que je vais coller sur le mur, histoire qu'Alain pète encore les plombs en gueulant que je lui bousille le papier peint. Ensuite, j'ouvre ma porte-fenêtre et sors sur le balcon. Je contemple les tours en imaginant qu'un avion volant trop bas les brise en deux. *Pense pas à ça*, me dis-je, fébrile, en me frottant les bras. La lune m'espionne, un gros D laiteux agrafé au ciel charbon.

Puis la serrure de l'entrée claque.

Je me fige, en apnée, et referme la fenêtre. J'entends les graves de sa voix bourdonner dans le couloir. Ses semelles couinent sur le lino.

Il s'invite sans frapper.

— Salut, ma jolie, susurre-t-il en tendant sa main vers ma nuque.

Il ôte un brin de tabac collé sur sa langue puis me plaque un baiser entre la bouche et la joue, tout près de la commissure des lèvres.

— Tu vas aider ta mère ?

J'acquiesce et me faufile vite entre son corps et mon lit. Une fois dans la cuisine, je place trois assiettes sur la table en aluminium qui tangue sur ses pieds.

Le dîner se déroule dans la mélodie répugnante de nos mastications.

Les conversations se croisent et s'emmêlent sans aucun sens : je parle avec ma mère, qui s'adresse à Alain, lequel s'obstine à me poser tout un tas de questions sur le lycée. Les pâtes au thon m'écœurent et refusent de passer ma gorge. J'abrège le repas pour pouvoir laver mon assiette et retrouver le réconfort de ma chambre. J'enfile mon pyjama ainsi qu'une paire de chaussettes moelleuses puis, installée à mon bureau, je me plonge dans mes exercices de physique.

Durant l'heure qui suit, ma mère vient m'embrasser et part se coucher. Elle lira pendant deux bonnes heures puis enfoncera des bouchons dans ses oreilles et ne se réveillera plus avant le lendemain matin, 7 h 15. Alain, lui, reste assis dans le salon, devant le film du soir, en sifflant le pack de Kronenbourg qu'il a acheté quelques heures plus tôt.

J'observe mes ongles aussi violets qu'un hématome.

Le silence me semble écrasant, même cravaché par la mobylette qui tourne en boucle au pied de l'immeuble.

Vivre m'apparaît tout à coup très compliqué, très douloureux.

Anne-Lise fait l'amour, Malia est draguée par la moitié des garçons du quartier et moi je reste incapable d'en approcher un seul.

Encore moins Emmanuel.

Le générique de fin du film résonne au loin. Au-dessus de ma tête, le couple du neuvième se lance dans une énième dispute civilisée : C'EST À CETTE HEURE-LÀ QUE TU RENTRES ? / ME CASSE PAS LES BONBONS / T'ÉTAIS AU PMU ? / JE PEUX BECQUETER TRANQUILLE ? / CHERCHE PAS, J'AI TOUT BOUFFÉ / POUFFIASSE / ÇA TE FERA LES PIEDS / SALOPE. Dehors c'est le même cirque : ça s'affronte entre bandes rivales, un ballon rebondit sur le bitume, quelqu'un passe dans la rue avec un rap poussé au maximum, une voiture crache un grand coup de klaxon, vite nargué par un autre klaxon plus agressif, et bientôt c'est à qui klaxonnera le plus fort et le plus longtemps.

Une pluie légère et molle se met à baver sur ma vitre. Derrière ma porte, les charentaises d'Alain chuintent sur le lino. Je l'entends pisser. Et mon cœur tape avec fureur. Je me presse contre mon bureau et pivote ma chaise pour le voir venir.

Bien sûr qu'il vient, le porc.

Il me cramponne le creux du coude pour m'attirer vers lui, serre lorsque je me débats, puis plaque une main rugueuse sur ma bouche.

— Elle t'entend pas, ma jolie, me siffle-t-il à l'oreille.

Elle pue le sang, sa paume, parce qu'il manipule des choses métalliques toute la journée. Il m'agrippe le bas du visage pour le tourner vers lui et embrasse mes lèvres pincées. Son haleine sent la bière âcre et la cacahuète grillée. Ses doigts s'insinuent sous mon haut de pyjama et me pétrissent les seins.

Et moi je continue à gueuler pour rien sous sa main.

C'est une sonnerie monotone qui me sauve : celle de son téléphone portable.

Comme il peut être appelé à tout moment pour aller faire un dépannage, je sais qu'il est obligé de répondre. Il me lâche dans un grognement frustré et se dirige vers le salon. Pendant ce temps, je me faufile dans la cuisine, ouvre le tiroir des couverts et m'empare d'un couteau.

C'est très clair dans ma tête : je vais planter Alain.

Plus jamais il ne posera ses mains dégueulasses sur moi.

Je retourne dans ma chambre et glisse l'arme sous mon oreiller. Puis je m'assieds sur mon lit et j'attends. Je tremble de partout. J'ai peur. J'ai hâte. Je vais le tuer, ce salopard. Je ne pense plus à rien d'autre qu'à ça.

Durant quelques secondes, j'ai la sensation de quitter mon corps et d'être en train de m'observer.

Alain hausse la voix dans son téléphone et claque une porte puis le silence se réinstalle.

Maintenant, me dis-je, terrorisée, coulant une main sous l'oreiller.

J'entends une toux râpeuse suivie d'un raclement de gorge. Les charentaises élimées se rapprochent.

Et mon dernier courage m'abandonne ; non, je ne peux pas faire ça.

Je lâche l'arme, ouvre la porte-fenêtre et me jette sur la rambarde humide et tapissée de moisi. La pluie s'est aggravée et me gifle la peau, glacée. Sous la lueur des réverbères, elle prend la couleur de l'urine.

Fuir.

Le fuir, lui.

J'escalade le garde-fou à la hâte et me retrouve suspendue au balcon.

C'est haut.

Vraiment très haut.

Je suis horrifiée par ce gouffre immense qui m'encercle, ce bitume qui me défie.

Mes yeux enregistrent le décor en une fraction de seconde : la lune bombée, maquillant le quartier d'une teinte de lait caillé. Les tours perforent le ciel, hideuses. Le grand ovale du stade n'est plus qu'un désert noir. Les phares d'une voiture garée sur le trottoir allument la chaussée trempée.

— Nadia ! hurle un Alain épouvanté.

Un corbeau file devant moi dans un clappement d'ailes qui m'évoque un morceau de cuir.

Moi aussi je me transforme en oiseau.

Juste avant de sauter dans le vide, c'est aux yeux d'Emmanuel que je pense.

Bleus comme des dragées de mariage.

29

Emmurée par l'obscurité, Nadia serre la mâchoire pour ne pas se mettre à pleurer. En repassant le déroulement de son histoire, elle se pose mille questions : et si elle était restée dîner chez Anne-Lise ? Si elle s'était confiée à Malia ? Si Alain avait été appelé plus tôt pour un boulot ? Si elle n'avait pas habité au huitième étage ?

Si, si, si.

Elle aurait pu ressusciter mille fois avec des « si ».

— J'aurais dû le planter, dit-elle pour dissoudre le silence épais.

— Et porter ce poids toute ta vie ? objecte Théodore.

Elle ricane, irritée.

— Crois-moi, j'aurais pu vivre avec ce geste sans problème.

— Mais quelle vie, Nadia...

— Je t'emmerde, Théo, d'accord ?

Sonné par cette brutalité subite, le garçon se replie dans le mutisme.

— T'es dans mon corps ? poursuit-elle, la voix tremblotante. Non, tu l'es pas, alors ferme-la. Quand t'auras été tripoté toutes les nuits pendant des années au point de plus *oser dormir*, là tu pourras l'ouvrir. Quand t'auras pris l'habitude de te laver à genoux dans la baignoire pour cacher ce que tu peux parce qu'il a toujours *un putain de truc à récupérer* dans la salle de bains quand t'y es, LÀ TU POURRAS L'OUVRIR, THÉO.

Personne ne prononce un mot après ce déversement intime. Nadia ne peut pas voir les yeux blessés de Théodore mais elle culpabilise déjà. Elle déteste cette Nadia-là. Celle qui revoit son beau-père dans tous les hommes qui la regardent avec insistance. Celle qui a ramassé un couteau dans le tiroir de la cuisine et a pensé à l'utiliser.

Elle ne veut plus de cette Nadia en elle.

— Excuse-moi, bafouille-t-elle, tâtonnant à la recherche des doigts de l'adolescent.

Il a noué ses mains sur ses cuisses mais lorsqu'elle lui en dérobe une, il l'attire contre lui. Alors elle s'y fond, dans cet espace qu'il ouvre pour elle. Il sent le vert, Théodore, la résine et, plus près du cou, les pastilles au miel.

Elle aurait pu, pense-t-elle, *avec un garçon comme Théo*. De la bienveillance, une délicatesse de prince et des doigts de dentelle. Elle comprend que Cassandre avait trouvé une véritable gemme.

Elle comprend surtout que les hommes ne sont pas tous des Alain.

Elle le comprend *dans sa chair* pendant que le cœur de Théodore frappe sur son oreille. Une mélodie ordonnée, harmonieuse.

Jusque dans le cœur, il est musicien.

— C'est l'horreur quand ça t'arrive la première fois, chuchote-t-elle. Tu comprends pas, t'es là, figée, t'as l'impression que le monde se renverse et que ton esprit craque. Tu vois ses mains sur tes seins et tu comprends pas. T'es comme paralysée.

En ayant peur d'Alain, Nadia avait fini par avoir peur de tous les hommes. Elle voyait l'être masculin comme une forme indéterminée, une boule difforme dont jaillissaient des milliers de jambes, de sexes et de mains.

Prêts à vous saisir et vous transpercer le ventre sans aucune émotion.

— Quand tu vis ton corps comme un fardeau, c'est l'enfer, ajoute-t-elle sans s'adresser à personne.

Alexis lui renvoie un petit « oui » complice, confiant qu'il avait constamment envie d'arracher « ses oreilles cassées ». Elle serre le gamin contre elle sans quitter l'étreinte de Théodore. *Moi j'avais envie d'arracher mes seins*, pense-t-elle, *mes fesses et tout ce que ce salopard adorait tripoter. J'avais envie de coudre toutes mes ouvertures pour qu'aucun homme ne puisse jamais entrer.*

— Il voulait que je le suce, lâche soudain Camille d'un ton brutal.

La stupéfaction résonne autour d'elle.

— Le mec dont je vous ai parlé tout à l'heure, précise-t-elle. Celui avec qui j'ai failli coucher.

Elle raconte qu'ils s'embrassaient – lui étendu sur le dos, elle allongée sur lui. Puis il a commencé à diriger la tête de Camille vers le bas. Elle revenait sur sa bouche mais il continuait à la pousser vers son ventre. Alors elle s'est dégagée, a bondi du lit et ramassé le peu d'affaires qu'elle a trouvées.

— Avant que je me barre, il a eu le culot de me demander s'il avait fait quelque chose de mal. J'ai répondu que j'avais pas envie de faire ce truc et il m'a dit « Ça te dégoûte ? » d'un ton qui m'autorisait pas à lui dire non. J'ai répété que j'avais pas envie, plus tard peut-être, et lui a osé jeter, super froid : « Si tu m'aimes, ça devrait pas te gêner. »

— Le porc, crache Nadia, écœurée, en raclant ses talons sur le sol.

Et la voilà happée en arrière, Camille, deux ans plus tôt, se promenant aux côtés de sa meilleure amie.

Pauline s'allume une cigarette, penchée contre le vent, pendant que je l'observe avec un mélange d'inquiétude et de dépit.

— J'ai vu sur Internet qu'il y avait de l'arsenic dedans.

Elle hausse les épaules, indifférente.

— Et du polonium machin-bidule. Et du goudron. Non mais tu te rends compte ? Du goudron ! T'avales des bouts de route et des trucs radioactifs !

— J'arrête demain, ironise-t-elle dans un clin d'œil.

— C'est bon, au moins ?

— Dégueu.

Elle se met à tousser en agitant son bras pour éloigner la fumée puis tire une nouvelle bouffée.

— Alors pourquoi tu continues ?

— C'est censé me donner l'air cool.

— Ça rend cool de puer de la bouche et d'avoir les dents jaunes ?

Elle grogne un peu, mauvaise perdante.

— Allez file, dis-je en tendant la main vers la clope. J'essaie juste une fois, pour savoir ce que ça fait.

— T'es folle ! réplique-t-elle d'une voix faussement théâtrale. J'ai lu qu'il y avait des bouts de route dedans !

Je rigole avec elle puis tire sur la cigarette et la lui restitue, le nez tout chiffonné.

— T'as pas aspiré, se moque-t-elle.

— Mais j'ai déjà un goût de poubelle dans la bouche.

Elle pouffe tandis que nous nous remettons en marche. J'ajoute, railleuse :

— Tu te fous de ma gueule parce que je me colore les cheveux pour Dorian, mais toi tu te mets à fumer parce que ton Lucas fume.

Cette fois elle m'adresse une grimace vexée. Le vent sec nous crispe les épaules. Le ciel est d'un gris angoissant, entre l'étain et l'argent. Derrière nous, une voiture semble chercher sa route.

— Tiens-moi ça, lance Pauline en me confiant sa cigarette.

Je la prends pendant qu'elle fouille son sac de cours et en sort un bâton de rouge à lèvres ainsi qu'un miroir de poche.

— Je croyais qu'on allait à H&M, lui dis-je, déçue.

— Et on y va.

— Tu parles, tu te maquilles comme si t'avais un rencard avec Liam Hemsworth.

— Dylan O'Brien, Cam. Je l'épouse quand il veut.

— Je sais, dis-je en roulant des yeux. Mais t'es plus grande que lui.

Elle sort son téléphone et photographie nos sourires énormes. Puis elle améliore le cliché en quelques secondes et poste le résultat sur Instagram avec la légende : « Prête pour claquer le fric qu'on n'a pas au lieu de bûcher sur la dissert' d'anglais ! » Elle ajoute #fashionista et #IDontWantToStudy. Je lui rends la clope puis remonte le col de mon manteau en jetant un œil derrière moi.

— Pau, dis-je en me collant à elle, y a une voiture blanche qui nous suit.

Elle se retourne sans cesser d'avancer puis déclare :

— Peut-être que c'est quelqu'un qui cherche son chemin.

— Il ralentit quand on ralentit, Pau…

— T'es sûre… ?

— Oui…

Son front se chiffonne.

— Et il nous suit depuis longtemps ?

— Je sais pas… cinq minutes peut-être.

Ses yeux très noirs prennent une teinte grave.

— Merde, putain, merde…

— Qu'est-ce qu'on fait ? dis-je, la voix tremblante.

Elle se débarrasse de sa cigarette et continue à marcher, concentrée, comme si elle préparait une stratégie. J'ai le réflexe de baisser les yeux sur ses pieds pour voir si elle peut courir : elle porte des baskets et moi ma paire de ballerines préférées. La rue est quasiment déserte, mis à part deux ouvriers qui discutent sur un échafaudage. Soudain la voiture donne un petit coup d'accélérateur et freine à côté de nous. L'homme a le bras plié sur sa vitre ouverte, l'autre main négligemment posée sur le volant. Les cheveux poivre et sel, la cinquantaine bien avancée.

— Bonjour, mesdemoiselles.

Mon cœur fait un bond disproportionné.

— Vous êtes ravissantes, ajoute-t-il, l'œil luisant.

Son regard jongle de Pauline à moi, puis de moi à Pauline.

— Vous êtes mannequin ? questionne-t-il d'un ton sirupeux en savourant la longue silhouette de ma copine.

— J'ai surtout 13 ans, réplique-t-elle avec rudesse. Alors salut et bonne journée.

Il continue à rouler près de nous au rythme de nos pas et je sens à présent que c'est moi qu'il observe.

— C'est « Voile galbé » ? me demande-t-il.

J'écarquille les yeux tandis que ma copine se tourne vers le gars et lui lance un « Quoi ? » agressif.

— C'est « Voile galbé », tes collants ? précise-t-il en pointant mes jambes du menton.

— Accélère, me jette Pauline sous ses dents.

Elle m'attrape par le bras et commence à courir mais les magasins sont à plusieurs centaines de mètres de nous. Elle file bien plus vite que moi et je trébuche à quatre reprises. Un point de côté me ronge le flanc droit quand Pauline se fracasse sur le torse d'un jeune homme qui arrivait en face.

— Holà, fait-il en lui entourant la taille pour la rééquilibrer.

— Il nous emmerde, lâche-t-elle vite d'une voix flageolante. La voiture blanche.

L'inconnu relève les yeux puis s'avance immédiatement en direction du véhicule qui braque aussitôt vers une ruelle excentrée et prend la fuite.

— Dommage, fait-il en revenant vers nous. J'avais bien envie de me fritter.

Pauline piétine le sol avec nervosité. Son menton tremblote ; je la sens au bord des larmes.

— Sale CONNARD DE PERVERS DE MERDE *! gueule-t-elle dans le vide pour se défouler. J'ai même pas pensé à sortir mon téléphone pour le filmer.*

— Moi non plus, dis-je, main plaquée sur le cœur.

Des images agressent mes paupières.

Je me revois à la fin de mon cours de danse avec cet homme qui m'observe sur le trottoir d'en face, immobile dans son manteau, jusqu'à ce que la voiture de ma mère s'arrête devant moi et me sauve. Un autre jour, je suis interpellée par un jeune qui me trouve « superbe » et tripote la ceinture de ma veste en me demandant pour la quatrième fois si j'ai pas 5 euros à lui filer. Et puis un soir, en plein hiver : il n'est que 6 heures de l'après-midi mais il fait déjà noir ; Pauline me raccompagne et nous nous retrouvons coincées à 3 mètres de mon allée par un mec défoncé qui marmonne tout seul et nous bloque le passage, avachi sur sa bécane.

Tous ces instants où j'ai eu le sentiment d'échapper à quelque chose de grave.

Face à moi, Pauline ne décolère pas.

— Mais pourquoi je l'ai pas envoyé se faire foutre ? Pourquoi j'ai eu la trouille comme ça ?

— J'ai rien dit non plus, Pau...

— Putain, je nous voyais déjà dans sa bagnole, attachées et emmenées dans une vieille cave...

Je remercie alors le garçon qui nous est venu en aide.

— Florent, se présente-t-il en exécutant une courbette. Pour vous servir.

Je rougis tandis que Pauline mâchonne ses lèvres maquillées. Il est grand, mal rasé, des cheveux cendrés, une voix sourde. La bandoulière d'un sac en jean couvert de badges lui barre le torse.

— C'était un pervers du collant, marmonne Pauline en glissant ses doigts dans sa chevelure pour la recoiffer.

— Je connaissais les pervers de l'escarpin, déclare Florent, amusé, mais pas les pervers du collant.

— À mon avis y a des pervers pour tout, réplique ma copine, effarée.

Nous nous serrons sur le trottoir pour ne pas gêner le passage et nous retrouvons plaqués à la vitrine d'une boulangerie-pâtisserie. À chaque fois que quelqu'un ouvre la porte, des parfums de pain cuit et de sucre chaud nous enveloppent.

— Je vous offre un croissant pour vous réconforter ? propose Florent en surprenant les yeux de Pauline aspirés vers l'intérieur. En tout bien tout honneur, évidemment.

Et pour appuyer ses paroles, il sort sa carte d'étudiant et la brandit devant nous.

— Trois muffins au chocolat et une jupe, lui répond Pauline dans un clin d'œil en poussant la porte.

Camille a imaginé cent scénarios différents suite à cet événement, réécrivant les dialogues dans sa tête et rectifiant les réactions qu'elles avaient eues. Mais l'issue demeurait la même : toutes deux finissaient mortes, dans un vieux champ de blé.

— Les mecs ont une arme entre les jambes, lâche Nadia, incisive, et savent très bien s'en servir.

— C'est en train de changer, marmonne Jules d'un ton sourd.

À l'écho de sa voix, Nadia note qu'il s'est à nouveau allongé sur le dos.

— Qu'est-ce qui est en train de changer ?

— Les femmes se rebellent, explique-t-il. Elles parlent sur les réseaux. Et y a pas qu'elles d'ailleurs, toutes les minorités commencent à ouvrir leur gueule et ça prend de plus en plus d'ampleur.

Mais il ne dit pas que, malgré cette parole qui s'étend, qui bouscule et dérange, les féminicides continuent. Tout comme les agressions racistes, homophobes ou transphobes. Avec douceur, Nadia se détache de ses voisins et se dirige vers Jules en rampant sur les genoux.

— Attention au verre, prévient Théodore.

L'adolescente cogne contre la jambe de Jules puis, lorsqu'elle a visualisé la position du garçon, place sa tête sur le haut de son torse. Son corps n'est plus froid mais glacé.

Bientôt, se dit-elle, *tu vas nous quitter bientôt.*

— Viens sur ma tombe au moins une fois, lui demande-t-elle. Avec ton nouveau mec et la jupe licorne qui te va si bien.

Le rire de Jules ricoche sur ses cheveux.

— Je suis cap, tu sais ?

— Je sais, sourit-elle. Je t'attendrai.

C'est à ce moment-là que je prends la décision de rallumer les lumières.

Les néons reprennent vie et la salle resurgit dans sa laideur et son extrême désolation. Jules est le seul à s'abriter les yeux dans un gémissement, ébloui. Les regards se nouent puis se fuient, gênés.

Après une poignée de secondes, Camille se relève, s'avance vers Jules et s'agenouille auprès de lui.

— T'as pas besoin de te cacher, dit-elle en dégageant le front du garçon.

Il s'appuie sur ses coudes.

— Et qui te dit que je me cache ?

— Je me suis fait une frange après la mort de Jérémie. C'était pour me cacher des autres.

— Moi ça m'aide à planquer mes boutons purulents.

— Mais t'en as pas, de boutons purulents, marmonne Nadia.

Une barrette perlée atterrit devant ses yeux ; c'est Alexis qui la lui tend. L'adolescente la prend dans un sourire et fixe les boucles de Jules.

— Faut vraiment que vous arrêtiez avec vos barrettes à la con, ronchonne-t-il gentiment.

— T'as peur qu'on voie quoi dans tes yeux ? questionne Camille, plus douce.

Jules détourne la tête et ne répond pas. Ça dure, ça les étouffe.

— La honte, dit-il enfin.

Il se redresse en position assise et poursuit en scrutant le vide :

— Ça s'est passé en primaire. À la récré, un petit pourri qui pouvait pas me blairer a baissé mon froc devant la cour entière. Je me suis retrouvé le cul à l'air face à des dizaines de gamins qui se marraient à s'en péter le bide.

Après cet épisode traumatisant, il s'est mis à courir, sauter, sprinter, pour qu'on ne puisse plus ni le voir ni l'attraper. Mais la honte s'est agrippée et les insultes ont infesté ses réseaux sociaux. Il est à nouveau propulsé dans le salon de Maël, au milieu du grouillement de smartphones qui capturent son déshonneur, zooment sur sa détresse, lorsqu'une petite musique l'arrache à ses pensées. Il parcourt la pièce du regard, cherchant à localiser le son.

— Vous entendez... ? demande-t-il.

Non, personne n'entend rien. Jules lève le menton, concentré. Ça semble provenir de l'extérieur, derrière les murs de la salle. Il bondit sur ses pieds avec la vitesse d'un cobra lorsqu'il reconnaît *Hey Brother* d'Avicii.

— Mon téléphone ! lance-t-il en se mettant à cavaler vers la mélodie qui palpite au loin.

Tous galopent après lui, replongeant dans les entrailles des couloirs, et ça court, ça crie, ça l'appelle parce qu'ils ont bien compris qu'on est en train de le récupérer en haut. Alexis tombe puis se relève pendant que Jules continue à gueuler « C'est ma sonnerie, c'est ma sonnerie », dans sa hâte l'écharpe s'envole, glisse au sol, « J'entends rien, moi... » suffoque Camille en commençant à ralentir, Théodore saisit son poignet et l'entraîne avec lui, croisant un balai guillotiné puis un tas de morceaux métalliques qui ressemblent à des pièces automobiles lorsqu'un bruit mat résonne quelques pas devant eux,

c'est Nadia, étendue sur le goudron,

Théodore manque de la percuter puis se jette à genoux pour lui venir en aide mais elle s'est déjà remise à courir sur un chemin de mégots écrasés, « Jules, cours pas aussi vite », mais le garçon ne l'écoute pas, aimanté par cette lueur blanche allumant les graviers,

« Mon téléphone... »,

il le ramasse, décroche et dit « Allô ? ALLÔ ? ALLÔ ? » mais la voix de Léa lui parvient assourdie, comme si elle écartait le combiné pour lui parler,

« Léa, tu m'entends... ? C'est moi... TU M'ENTENDS ? »,

il fait plusieurs pas pour tâcher de mieux capter, regarde l'écran fêlé lui annonçant qu'il n'a pas de réseau et pourtant ça crépite à l'intérieur de l'appareil, il dit « Allô ? », dix fois, vingt fois, il dit « Putain », il dit « Parle-moi-Léa-parle-moi » mais il n'entend que son propre prénom haché, des brasillements,

un cri,

au loin,

puis ça raccroche,

il tente de rappeler lorsque Nadia lui cramponne le bras, et c'est fou tout ce qu'elle lui dit cette main, elle dit « Oublie pas tout ce qu'on s'est dit », elle dit « Vis à fond, vis pour toi », elle dit « T'es fort, Jules, t'es précieux, putain on était tous précieux »,

un peu plus loin il entend Théodore hurler MERCI, MERCI POUR TOUT !

puis soudain la douleur éclate dans sa tête, s'élève, pointue, se répand partout,

Jules lâche son téléphone et s'agenouille, les paumes vissées contre ses tempes,

Aidez-moi-aidez-moi, supplie-t-il en pensée tandis que ça

frappe

et frappe sous son crâne,

alors il vient chercher de la douceur, de la chaleur, et les fers qui torturent son cerveau se transforment en un air de guitare réconfortant, c'est Maël qui joue *Knockin' on Heaven's Door*, avachi sur le canapé du salon, qui fredonne par-dessus avec sa belle voix grave,

Jules s'accroche à cette mélodie et ça l'enrobe comme un collier, un édredon, une seconde peau,

il ne sait pas si c'est Nadia qui commence à disparaître ou si c'est lui qui s'efface, elle continue à lui serrer le bras pourtant, photographiant une dernière fois, en imagination, la finesse de ses poignets, sa peau lactée, ses cheveux rouille et ses yeux,

verts comme les poires, ses yeux,

Jules murmure en lui-même « Je vous vois plus »,

il chuchote « Barrez-vous d'ici » puis « Sauvez-vous, pourrissez pas ici » mais ses lèvres remuent à peine tandis qu'Alexis s'enferme en lui, affalé par terre après avoir buté sur un dôme de graviers, serrant l'écharpe qu'il a ramassée, et il plonge en lui, couche après couche, là où c'est plus douillet, là où tout peut encore être corrigé, réparé.

Je marche en aveugle, guidé par Teresa, sa paume plaquée sur mes paupières. Je n'entends rien mais le sol vibre sous mes pas et sur mon visage, mes bras, mes cheveux. Ma sœur s'arrête enfin et je sens deux clappements lorsqu'elle fait coulisser mes appareils sur « ON ». Les sons explosent.

— Vas-y, dit-elle d'une voix radieuse. Regarde.

Je m'exécute et le décor jaillit autour de moi comme ces oiseaux tropicaux au plumage bleu, jaune, violet, que j'ai vus dans une encyclopédie. Partout les gens s'agitent, courent, dansent et rient, mille musiques se mélangent, à gauche des néons clignotent en turquoise, plus loin un homme chantonne dans un micro : « EST-CE QU'ON Y VA PLUS FOOORRRTTT ? » et ça crie, ça sent les gaufres à la crème et le pop-corn au caramel.

— Mais... dis-je, abasourdi.

— Eh bah alors, t'es pas content ?

J'avale ma salive, éclaboussé par les lumières qui papillotent et les rythmes qui s'emmêlent.

— Si, mais...

— Mais rien du tout, me coupe Teresa en me tirant par la main. T'avais envie d'y aller, on y est. Quel manège tu veux faire en premier ?

— Comment t'as fait... ? Maman était pas d'accord...

— Je lui ai dit que je t'emmenais à l'inauguration de la nouvelle librairie, paraît qu'elle est immense... comme ça ferme à 22 heures, on a au moins deux bonnes heures devant nous.

— Mais maman elle...

— Blablablaaaaa, gueule-t-elle en balayant ma remarque. Arrête un peu avec maman et amuse-toi !

Elle ouvre le sac en crochet qu'elle porte à l'épaule et en sort un livre qu'elle place devant mes yeux.

— Voilà ce qu'on est censés avoir acheté si jamais elle te demande.

Je lis « L'appel de la forêt » de Jack London, fronce les sourcils.

— Il est déjà dans ta bibliothèque...

— Ah ! fait-elle en me tapant doucement le haut du crâne avec le roman. Preuve que tu viens me chourer mes bouquins en douce, petit voleur.

Elle sourit en rangeant l'ouvrage puis tourne sur elle-même et étudie le décor.

— Bon, on commence par quoi ?

Je pointe aussitôt les auto-tamponneuses à quelques mètres de nous.

— Alors c'est partiiiii ! lance-t-elle en se mettant à cavaler vers le stand.

Pendant que nous courons, elle fait valser nos mains lacées.

Je me sens gorgé d'une joie infinie qui me donnerait presque envie de pleurer.

Teresa s'arrête pour acheter nos jetons tandis que j'observe un grand manège en forme d'araignée jeter les gens dans tous les sens en hurlant : « Je veux voir tous les bras levééésss ! » Je tire sur le T-shirt de ma sœur, trop large pour elle, si bien qu'elle a toujours une épaule à découvert.

— Mais si maman apprend qu'on n'était pas en ville... ?

— J'improviserai, comme d'hab, répond Teresa en me poussant doucement vers la piste.

Elle me laisse choisir ma voiture – verte avec des flammes jaunes d'or – et je m'empare du volant, électrisé. Puis elle se penche vers mon oreille et marmonne :

— J'ai une astuce pour gagner quelques tours gratos, tu vas voir...

Lorsque le signal de départ est lancé et qu'un morceau de musique électronique inonde les haut-parleurs, elle fait semblant de glisser un jeton dans la fente et s'agite d'avant en arrière avec agacement, comme si le véhicule refusait d'avancer. L'animateur déboule aussitôt, lâche une pièce et nous fait décoller. Teresa m'adresse un clin d'œil complice tandis que nous patinons sur la piste, accélérant, changeant subitement de direction pour cogner les joueurs qui nous entourent, et moi je ris, je ris.

Avec toujours, en bruit de fond, ce rythme de tambour lourd et répétitif qui sature l'air.

Comme un gigantesque battement de cœur.

Une fois nos jetons (et non-jetons) écoulés, nous déambulons dans les allées en observant les attractions les plus spectaculaires – comme ces gens projetés à des dizaines de mètres du sol, les jambes dans le vide. Des centaines de peluches flottent au-dessus des stands, accrochées à des cordelettes, plus ou moins grosses selon les gains. Toutes attendent une nouvelle famille.

— Tu veux un énorme panda poilu ? demande Teresa en surprenant mon regard.

— J'ai un peu faim, dis-je en respirant un parfum de nougat qui vole jusqu'à moi.

Quelques instants plus tard, vautrés sur deux chaises en plastique face à un drôle de manège en forme de dragon, nous partageons un soda ainsi que de la barbe à papa rose qui nous poisse les mains.

— On dirait qu'on mange du nuage, dis-je à ma sœur, exalté.

— Ou des boulettes de coton, réplique-t-elle avant de me tirer la langue, teintée par le colorant.

Des gens hurlent lorsqu'un homme braille dans un haut-parleur « ÇA REPART POUR UN TOOOUUURRRR ! » avant d'activer un jingle qui ressemble à un gros klaxon de cirque. Une fille s'époumone à s'en écorcher la voix dès qu'il annonce : « ALLEZ, ON ACCÉLÈRE ENCOOOOORE ! »

— Pas sûre qu'elle ait envie qu'on accélère, celle-là, rigole Teresa en suçant ses doigts collants.

Résonnent autour de nous la musique vieillotte d'un petit carrousel pour enfants, un son de cloche et des cris d'euphorie. Une femme s'exclame derrière moi : « VOUS VISEZ ET VOUS TIREZ, TENTEZ VOTRE CHANCE MESSIEURS-DAMES ! »

Tout est si pétillant, intense, joyeux.

— Au fait, si jamais t'as des caries, précise Teresa d'un ton faussement sérieux, on s'est jamais pas empiffrés de barbe à papa et de soda en douce, OK ?

Je pouffe.

— OK.

— C'est les betteraves que maman nous force à bouffer qui nous pourrissent les dents.

Mon rire s'étoffe.

— Les épinards tout pâteux, dis-je dans une grimace.

Ma sœur se prend au jeu.

— La purée de navets ! lance-t-elle, faisant semblant de mourir dans d'atroces souffrances.

Un groupe de grands passe devant nous en se marrant, l'un d'eux balance : « Je sais pas sur qui j'ai gerbé mais j'ai tout arrosé en bas ! » Un autre lui rétorque : « En tout cas, t'as pas loupé les pompes de Lola ! »

Laquelle grogne : « Trou du cul, va ! » Teresa tourne la tête vers moi et nos sourires s'emmêlent pendant que nous clamons en chœur :

— « Un gros mot, une pièce dans la boîte ! »

Puis elle se lève de sa chaise, place une main en visière pour contrer les rayons du soleil couchant et désigne la grande roue qui trône à l'horizon, comme un gigantesque parapluie illuminé.

— On monte dedans ?

Son regard en coin me révèle qu'elle connaît déjà ma réponse. Je la dépasse et cavale, impatient, jusqu'à la file de gens qui attendent pour grimper. Puis nous nous installons dans une cabine bleue, la porte se referme et nous nous élevons dans les airs, légers, insaisissables.

Je colle mon nez contre la vitre pour admirer le paysage.

— Fais gaffe, tu fais bouger le truc, ronchonne Teresa en s'accrochant à la banquette rouge.

— J'adore, dis-je en contemplant les routes, les arbres, les toits dorés de ma ville.

Le mouvement tranquille de la roue m'évoque la rotation d'une planète et je m'imagine atterrir dans l'espace, enveloppé par une couverture de nuit.

Inattaquable.

C'est lorsque nous reposons le pied à terre que j'ai le vertige.

Au-dessus de nous, le ciel habillé par la fête ressemble à une peinture de Monet.

Les chariots des montagnes russes glissent dans un fracas métallique, j'entends une voix trafiquée marmonner des mots que je ne comprends pas puis un rire diabolique émane du train fantôme et toujours ces microphones qui résonnent : « EST-CE QU'ON Y VA PLUS FOOORRRT ? J'ENTENDS RIEN LÀ : EST-CE QU'ON Y VA PLUS FOOORRRRT ? » Un jongleur surgit devant moi, le visage maquillé, lance plusieurs chapeaux qu'il fait tournoyer puis rattrape avec une grâce d'acrobate, je suis la chorégraphie des chapeaux, hypnotisé, puis l'artiste s'évapore après en avoir posé un sur ma tête, comme il me tombe aussitôt sur le nez, je le garde à la main, une fille avec des bracelets fluorescents remplis d'eau pailletée confie à son amie : « Je te jure, ça fait beaucoup moins peur quand t'es sur le manège que quand tu regardes d'en bas. » Une mélodie guillerette m'annonce que quelqu'un a remporté un cadeau au stand de droite, à côté plusieurs garçons tirent sur des ballons avec des fusils, je m'écarte parce que je n'aime pas le bruit des armes et que l'un d'eux me fait penser à David, « ALLEZ, VENEZ JOUER, VENEZ GAGNER, Y A PAS DE PERDAAANT ! », et soudain je réalise que je suis seul au milieu de la foule assourdissante qui me contourne en une longue coulée de lave multicolore.

— Teresa... ?

Je fais quelques pas hésitants puis trébuche sur un tas de graviers, cherche les rubans bleus qu'elle a emmêlés à ses tresses blondes, ne la trouve pas, les larmes remontent de ma gorge à mes yeux, une jeune fille porte un sac en crochet qui ressemble à celui de Teresa mais ce n'est pas elle, « EST-CE QUE ÇA VA TOUJOUUUURRRRSSSS ? », non ça va pas, j'ai perdu ma sœur, j'ai...

— ... perdu ma sœur... dis-je en levant la tête vers une dame qui passe devant moi.

Elle ne m'entend pas et s'éloigne.

— Monsieur, vous avez vu ma sœur... ?

Mais je ne parle pas assez fort, les mille sons de la fête foraine couvrent ma voix.

— Teresa... ? dis-je en lâchant un sanglot.

Je ferme les yeux et serre le chapeau du jongleur comme s'il détenait le pouvoir de faire réapparaître ma sœur lorsqu'on m'agrippe le bras. Je me retrouve pressé contre elle, accroupie face à moi.

— Mon amour, chuchote-t-elle en déposant plein de baisers sur ma joue droite, puis sur la gauche. Je te voyais plus dans la foule...

Mon menton tremble encore ; sa bouche est mouillée par mes larmes.

— T'as pas vu que j'avais croisé une pote et qu'on s'était arrêtées pour causer ?

— Ben non…

— Excuse-moi, Koti, c'est ma faute, j'étais sûre que t'étais à côté de moi, j'ai pas fait attention, excuse-moi…

Elle sèche mes cils trempés avec ses doigts.

— C'est quoi, ce chapeau ?

— Un monsieur me l'a donné…

Elle s'en empare et s'apprête à l'installer sur ma tête mais se rend compte qu'il est beaucoup trop large pour moi ; elle le place alors sur son propre crâne.

— Tu m'as fait peur, p'tit cœur.

Elle plaque à nouveau sur ma joue une cascade de bisous, ses « bisous-piverts » comme elle les appelle, puis se relève, rajuste son T-shirt et, pour me consoler, m'offre un nouveau tour de grande roue.

Juste avant de quitter la fête, elle m'achète plusieurs sachets de friandises ainsi qu'une sucette géante en forme de tourbillon arc-en-ciel qui fait la taille de ma main.

— Je la mangerai jamais, lui dis-je en la serrant contre mon cœur.

Je la garderai pour me souvenir de ce jour, « ALLEZ, MESDEMOISELLES, IL RESTE DES PLACES AU FOND ! »*, ce jour où je me suis senti vivant, émerveillé par tout, ce jour que j'aurais voulu figer à jamais pour le revivre infiniment,* « ALORS EST-CE QUE ÇA VOUS A PLUUUUU ? »*, oh oui oui oui, j'ai des morceaux de barbe à papa séchée sur le front, j'ai un chapeau magique, les tresses à rubans de Teresa fascinent un duo de petites filles qui la montrent du doigt, elle fouille dans les pralines aux cacahuètes et en croque deux pendant que nous atteignons la sortie.*

Je veux que toute ma vie ressemble à ce jour-là.

— Merci, dis-je, encore tout imbibé des couleurs, mélodies et parfums du parc.

Teresa m'adresse un clin d'œil tandis que nous traversons le parking.

— On ira quand même voir la nouvelle librairie, m'annonce-t-elle en récupérant ses clefs de voiture. Mais pour pas que maman le sache, je lui dirai que je t'emmène à la fête foraine.

Je rigole avec elle puis ouvre la portière et me glisse à l'avant, du côté passager. Teresa jette son sac sur la banquette arrière, met le contact, fait défiler les stations de radio puis, insatisfaite, pousse la cassette déjà installée dans le lecteur. Deux chansons s'écoulent lorsqu'un titre démarre ; il me touche énormément sans que j'en comprenne les paroles. Dès qu'il s'achève, je rembobine et le lance à nouveau.

— Ça parle de la séparation, me confie ma sœur d'une voix douce.

Je soulève les sourcils comme on chuchote : « Ah bon... ? »

Elle opine en activant son clignotant gauche.

— Ça parle du manque de la personne que t'aimes. De la tristesse et de la solitude que tu ressens quand elle est plus là.

Je serre les dents pour ne pas me remettre à pleurer tandis que la chanteuse gémit :

« But I'll miss you when you're gone
That is what I do »

— Tu pourrais pas...

Je m'interromps et me dérobe en tournant la tête vers ma vitre.

— « Tu pourrais pas » quoi ? interroge ma sœur en changeant de vitesse.

— Venir plus souvent à la maison le week-end... ?

Elle ne répond pas mais je sens le poids de ses yeux pâles sur moi.

— Je sais que tu peux voir Yohann que le week-end, dis-je encore d'un ton plus frêle, mais moi aussi j'aimerais bien te voir quelquefois-tout-collé.

C'est une plaisanterie entre nous ; plus jeune, je me trompais en écrivant « quelques fois » donc elle avait imaginé ce moyen mnémotechnique : « quelquefois-tout-collé ».

— Koti, dit-elle enfin.

Comme je n'ose pas affronter son regard, elle attrape mon visage et le fait pivoter vers elle.

— Appelle-moi quand tu te sens seul. Rumine pas dans ton coin.

— Mais t'es avec Yohann...

Elle me lâche pour manipuler le levier de vitesses puis s'arrête à un panneau STOP *et plonge ses yeux dans les miens.*

— Appelle-moi MÊME *quand je suis avec Yo. Mon petit frère passera toujours avant mon mec, mon taf, mes potes et mon chien.*

— Oh, t'as adopté un chien... ?

— Pas du tout, lance-t-elle en grattant l'une de mes mèches de cheveux durcie par la barbe à papa. Mais tu passes quand même avant mon chien imaginaire, et ça c'est pas donné à tout le monde.

Je cale ma tempe contre la portière et souris.

Et tandis que le parfum de Teresa (meringue et fruits rouges) s'évapore autour d'Alexis, tandis qu'il retrouve la laideur, la pénombre et la puanteur des souterrains, la voix contorsionniste de la chanteuse des Cranberries voltige dans ses oreilles :

« And I miss you when you're gone

That is what I do »

Jules les a laissés là.

Et pourtant jamais il n'aurait pensé qu'un départ pouvait convier autant de beauté, de lumière et d'espoir.

PARTIE 3

30

Le front et les mains posées sur les pierres, les paupières closes, Nadia ne parvient pas à décoller du mur.

Il était là, pense-t-elle, déboussolée. *Il n'est plus là.*

Je touchais son bras et plus rien. Je ne le toucherai plus jamais.

Ce sentiment de perte lui donnerait presque le vertige.

— Quel choc ils ont dû ressentir, nos proches, chuchote-t-elle en inspirant des vapeurs de poussière sèche.

Et ça la bouscule, cette prise de conscience foudroyante.

Qu'il suffit de quelques secondes pour qu'un être nous soit arraché.

— C'est qui... ? demande-t-elle en sentant quelqu'un frôler son dos.

— Théo.

— Il a dit « Sauvez-vous », enchaîne-t-elle en se retournant vers ses camarades. Mais comment on fait ? On n'est quand même pas condamnés à rester coincés là ?

Tous observent alors les murs délabrés auxquels ils ont fini par s'habituer, le sol enduit de déchets ancestraux composant sous leurs pieds un tableau organique. Au-dessus d'eux, un néon malade clignote avec frénésie. Au loin, le clapotis entêtant d'une vieille canalisation crevée. Ça pue l'acier rongé.

— C'est quoi, ce truc ? lance soudain Camille en s'accroupissant.

Elle fouille la terre et ramasse une petite boule qui lui colle aux doigts : une bille. Après l'avoir nettoyée, elle la lève vers la lumière artificielle. L'objet irradie comme si un arc-en-ciel miniature avait fleuri au sein du verre.

— Ça parle à quelqu'un ? questionne-t-elle en se relevant.

Nadia et Théodore secouent la tête mais Alexis opine.

— On y jouait des fois avec ma sœur, révèle-t-il en tendant le bras pour récupérer la bille.

Il la fait rouler dans sa paume, laissant les couleurs scintiller à la manière d'une opale éthiopienne.

Puis la voix de Teresa emplit l'atmosphère.

Voilà, Koti, tu sais à quoi ça ressemble là-haut
tu sais ce qu'il y a après
tu es le ciel et tu es l'air
tu connais la réponse à Dieu

maman reste enfermée toute la journée dans ta chambre
encerclée par une armée de mouchoirs pendant qu'elle répète :
« mon fils mon fils mon fils » comme un chant tibétain
elle a maigri, ne se lave plus
elle sent la sueur et la poussière
et moi aussi je fane
tout le monde s'effrite
même l'appartement te cherche et sanglote
les meubles craquent comme s'ils souffraient

j'agis en automate
et ramasse les photos de toi que maman sème partout

elle ne me regarde même plus, tu sais ?
je me demande si elle n'aurait pas préféré que je parte à ta place
papa m'a confié hier qu'elle ne supportait plus mon visage
parce qu'on se ressemblait trop, toi et moi
il est revenu, d'ailleurs, c'est fou
il dort sur le canapé qu'on a pété en sautant dessus comme des idiots

tu sais, dans le hall, y a un tapis entier de fleurs
on pourrait nager dedans
y a aussi des bougies et des lettres avec des cœurs gribouillés partout
chaque soir je descends et m'assieds devant cet océan fleuri
j'allume les bougies, je lis les nouvelles lettres
et je te parle toute la nuit

tu te souviens de ces petits mots que tu glissais sous ma porte ?
tu m'écrivais en majuscules : « TU VEUX JOUER AVEC MOI ? »
avec une case : OUI
une case : NON
une case : PLUS TARD
et trois gros carrés devant pour que je puisse cocher ma réponse
bien sûr je choisissais toujours le : OUI
et on s'étalait sur la moquette de ta chambre
on jouait au Labyrinthe, au Puissance 4 et au Mille Bornes
tu te souviens, Koti ?

ce silence, quand je suis allée à Saint-Joseph
pour récupérer tes affaires
j'ai trouvé ta chambre macabre et nue
j'ai détesté le crucifix au-dessus de ton lit

et j'ai vraiment réalisé à quel point tu devais te sentir

seul

dans cette pièce minuscule sans âme
je suis restée une heure sur ton lit à pleurer
puis je suis repartie en courant sans me retourner
fuyant ces uniformes et tous ces garçons blonds, bien peignés
qui auraient pu être toi
mais qui n'étaient pas toi

tu étais si frêle et tu laisses un vide si abyssal

tu étais la gaieté et l'enchantement
tu étais la force et l'obstination
je me souviens des heures passées
dans la salle d'attente de l'orthophoniste
pour qu'il te fasse parler
les mots que j'écrivais sur des bouts de papier
pour t'aider à créer des phrases
sujet + verbe + complément
et tous ces professionnels qui nous conseillaient
d'apprendre la langue des signes
et de t'inscrire dans un centre spécialisé
maman a toujours refusé

quel aplomb elle avait quand elle cramponnait ton poignet
et s'éloignait en leur criant :
« il parlera, mon fils, et pas avec ses mains ! »

tu l'as fait, Koti
t'as parlé

un jeune garçon est venu hier soir
pendant que je te parlais devant tes bouquets
il a poussé la porte de l'immeuble et il est resté là, sans bouger
« tu veux entrer ? » ai-je proposé
il a secoué la tête en faisant pourtant
deux pas vers moi et a murmuré :
« je suis désolé, j'ai pas réalisé, je suis tellement, tellement désolé »
puis il a détalé
j'ai même pas eu le réflexe de le rattraper
il avait des grains de beauté très noirs sur le front
qui m'ont fait penser à une étoile

— Adrien, répond Alexis, debout sur les gravats, les doigts resserrés sur sa bille.

tu me manques à crever, Koti
toutes les nuits je t'entends tomber à l'intérieur de moi
à chaque fois je me jette vers toi, le bras tendu,
mais j'arrive pas à te sauver
j'entends sans cesse ton prénom dans les rues
comme si la ville avait accouché de mille Alexis en quelques jours
je ne supporte plus de toucher une rampe d'escalier

je monte et je descends les marches les yeux fermés
j'ai l'impression que ce n'est toujours pas réel
que tu es mort au sein d'une autre dimension mais pas chez nous
hier, la vieille voisine m'a prise à part et m'a dit :
« je prie pour le salut de son âme,
ne pleurez pas, il n'aimerait pas vous voir pleurer »
j'ai eu envie de lui répondre :
« qu'est-ce que vous en savez qu'il aimerait pas nous voir pleurer ? »
puis elle m'a invitée à allumer des cierges aux pieds de la Sainte Vierge
mais qu'est-ce qu'elle a fait, la Sainte Vierge, pour te sauver ?
rien rien rien rien

je me fous de vos cierges
et je me fous de vos églises
je vais te dire quelque chose d'atroce, Koti
mais je t'en veux de t'être infligé une telle violence
quitte à partir, j'aurais voulu que tu fasses ça avec davantage de douceur
ai-je le droit de penser une chose pareille ?

je me rends compte que je ne t'ai pas suffisamment
serré dans mes bras
j'aurais dû être plus présente pour toi
t'enlacer plus souvent
mais on se dit toujours : « plus tard, plus tard... »
sauf que parfois y en a pas, des « plus tard »

y a longtemps, tu devais avoir 7 ou 8 ans,
tu m'as demandé si les morts pouvaient tomber du ciel
en marchant sur les nuages

tu étais terriblement inquiet pour eux
tu voulais leur tendre un filet
comme ceux des trapézistes dans les cirques
je ne sais toujours pas si les morts peuvent tomber
mais, au cas où, mes bras-filet sont ouverts pour te recueillir

merci pour tes sourires, pour tes câlins
pour ton rire de cristal et tes joies pures et simples
merci pour ces onze années extraordinaires passées à tes côtés
p'tit cœur

Le garçon reste silencieux un long moment, réécoutant les paroles de sa sœur en contemplant sa bille.

— Y a des bougies pour moi, dit-il, abasourdi. Les gens m'écrivent des lettres... j'ai plein de fleurs...

Pour ce gamin dont la voix n'a pas été entendue, c'est un bouleversement de réaliser qu'il est important, même au-delà du temps.

Qu'il est aimé et regretté.

— « Koti » ? répète Camille que ce surnom a étonnée.

Le garçon explique que *kot* signifie « chat » en polonais. Avec sa sœur, ils avaient trouvé ça marrant lorsqu'ils l'avaient appris donc Teresa avait commencé à l'appeler « Kot ». Puis « Kot » était devenu « Koti », petite fantaisie personnelle.

— Tu parles polonais ? s'intéresse Théodore.

Non, très mal. Il comprend quelques termes et formules récurrents, notamment ceux qui ponctuaient les discours de son père, mais il n'éprouve aucune affinité avec la langue.

— Et ma sœur connaît que des gros mots, précise-t-il en plongeant la bille dans sa poche.

Camille laisse échapper un rire menu tandis qu'il se met à tourner sur lui-même, les bras transformés en ailes d'avion. Il confie qu'en réalité son prénom s'écrit « Aleksy » mais que ses parents l'ont francisé lors de sa première inscription à l'école pour éviter les railleries éventuelles. Bon, ça n'a pas marché puisque les petites frappes se sont acharnées sur son patronyme. Il révèle tout de même qu'il aurait aimé retourner à Katowice, où vit sa grand-mère paternelle. C'est joli lorsqu'il le prononce : « Katovitsé ».

Puis il se laisse glisser au sol, le visage apaisé.

À l'image d'un pissenlit ballotté par le vent qui se disperse en mille cheveux d'ange, cette pelote de rancœur qui gangrenait son âme se dissout en une pluie de poudre d'or.

Il n'est plus qu'une torche, Alexis. Il rayonne, il flamboie.

Nadia s'assoit à côté du garçon, lui prend la main et lance, le regard dans le vague :

— Vous pensez qu'il se souviendra de nous ?

Même pas besoin de préciser son nom. C'est Théodore qui répond le premier :

— À mon avis, il aura l'impression d'avoir rêvé.

— Je lui ai donné mon collier, réplique-t-elle en touchant machinalement son cou. Et tu portes encore sa chemise. Donc peut-être que...

Les derniers mots s'estompent tandis que Camille remue, du bout du pied, une pelle en partie décapitée.

— Et nous quatre ? demande-t-elle. Vous pensez qu'on se souviendra les uns des autres ?

Tous restent silencieux mais la question accapare les cerveaux.

Se souviendront-ils d'eux lorsqu'ils auront quitté ce lieu ? De cette seconde famille qu'ils ont trouvée ici, *créée* ici, de leurs querelles de mômes et de leurs réconciliations timides ?

Nous sommes des impossibles, se disent-ils.

Et pourtant nous sommes là.

— Vous aussi, vous aviez imaginé votre enterrement ? souffle Alexis à brûle-pourpoint.

Oh oui, tous y ont pensé à un moment de leur existence.

Nadia confie qu'en se penchant pour apercevoir son cercueil, elle se rendait compte avec horreur qu'il était ouvert, qu'à l'intérieur elle était nue et qu'Alain s'était glissé auprès d'elle et la touchait, encore, encore. Parfois Emmanuel sanglotait, mais le plus souvent il n'était même pas présent. « Nadia qui ? » questionnait-il lorsqu'on évoquait « cette jeune fille qui avait sauté ». Déjà, il l'avait oubliée. Puisqu'elle n'avait été qu'une flammèche dans sa vie.

Théodore s'était toujours demandé si son père verserait une larme puis en était venu à la conclusion implacable que non. Jamais il n'avait vu ni entendu son père pleurer. Maître Aubry était un être fait d'acier qui était parvenu à rétrécir, racler et poncer son cœur jusqu'à en geler la moindre émotion. Alors pleurer un fils qui commençait à dévier du droit chemin : une perte de temps.

Camille, elle, s'était « amusée » à répertorier les rares amis qui se seraient déplacés pour elle. Si la liste changeait souvent, certains prénoms demeuraient immuables. Mais ce n'étaient pas les invités qui l'intéressaient, c'était cette frimousse rousse qui s'avançait vers elle, cramponnait sa main et l'attirait hors de l'église en gueulant : « On va faire du vélo et cueillir des tulipes ? »

Quant à Alexis, il voyait les élèves du collège Saint-Joseph tous réunis, en rangs impeccables, avec leurs uniformes bien repassés et leurs sourires tous identiques. Mais l'image qui le torturait, c'était Franck qui crachait sur son cercueil.

Écrasant, ce silence qui s'abat sur leurs confessions.

Mais moi je sais.

Je sais qu'Emmanuel s'est souvenu de la jeune fille à l'appareil photo. Je sais que des larmes discrètes ont mouillé le visage de maître Aubry lorsque les porteurs ont hissé le cercueil de son fils sur leurs épaules. Je sais qu'il y avait tant de monde à l'enterrement de Camille que certains n'ont même pas pu pénétrer dans l'église. Et je sais qu'il n'y a pas eu de crachat adressé à Alexis parce que le fameux Franck se tenait à l'écart du groupe, balançant d'une jambe sur l'autre, intérieurement dévasté.

— C'est quoi, ça ? s'étonne soudain Théodore, le bras tendu vers ce qui ressemble à un cadre.

Alors qu'il s'approche, l'objet prend la forme d'un livre aux pages épaisses. Camille est la première à s'accroupir devant.

— Un album de photos, annonce-t-elle en l'ouvrant du bout des doigts.

Sous le grincement des spirales rouillées, des visages se déploient, anonymes, décolorés par les années.

31

Ils s'appellent Barbara, Saïd, Pierre-Yves, Faustine, Naveed ou Laëtitia.

Ils sont des centaines, des milliers peut-être.

Tous nés en France à des années différentes, tous morts par leur propre main. Certains semblent très jeunes, d'autres beaucoup plus vieux.

Et leurs portraits s'étalent comme autant d'amis par-delà le temps.

Eux aussi se sont retrouvés entre mes murs et secourus ensemble.

Camille explore l'ouvrage avec un respect religieux. Le bout de son doigt trace une empreinte blanche à travers la poussière collante.

— Va à la fin, lui demande Nadia, le cœur chahuté.

Camille obéit et renverse l'album pour atteindre la dernière page.

Ils sont tous là. Leurs quatre visages alignés.

Alexis, Nadia, Théodore, Camille.

Au-dessus de l'inscription Jules Laroche, un grand rectangle vide, barré.

Il a survécu, pensent-ils en même temps ; ils auront au moins sauvé l'un d'entre eux.

Désormais, je dois libérer mes enfants restants. Les témoignages que je m'apprête à livrer sont les plus douloureux mais je sais qu'ils sont capables de les accueillir, à présent qu'ils ont acquis le recul et la sagesse nécessaires.

Je t'ai trouvée enfouie dans le lit de ton frère
ma princesse endormie
et j'aurais pu y croire longtemps, à ton sommeil,
s'il n'y avait pas eu ces boîtes vides sur les draps

toi qui ne te nourrissais plus, tu t'es gavée de mort

en rejetant la couverture qui masquait une partie de ton visage
j'ai été tué une seconde fois
après mon garçon, on m'amputait de ma fille
ton corps avait tenté de te sauver en te faisant vomir
mais ça n'a pas suffi

Camille a lâché le livre et ouvert la bouche sans réussir à sortir un son tandis que son père poursuit son expiation, le timbre râpeux et les paroles lentes.

ta mère n'arrive pas à se pardonner ses derniers mots :
« je lui ai demandé de se dépêcher avec l'aspirateur
parce que je voulais me coucher tôt »
et moi je suis incapable de me rappeler ce que je t'ai dit juste avant
mais qu'est-ce que j'ai dit à ma fille ?

— « Dors bien, ma grande », répond Camille en faisant tourner son camée.

Elle sait qu'elle triche avec la vérité ; son père n'a pas bougé, n'a pas parlé, absorbé par son verre de gin. Mais tous les soirs, avant le drame, il venait poser un baiser sur le front de sa fille en murmurant : « Dors bien, ma grande. » C'était un rituel qu'elle aimait et entretenait, comme celui d'écouter les chansons préférées de Dorian pour avoir l'impression de fusionner avec lui.

nous t'avons abandonnée, ma chérie
nous n'avons pas perçu l'intensité de ta souffrance
noyés que nous étions dans nos propres abysses
et ce n'est pas ta faute
ça n'a jamais été ta faute

— C'est pas ma faute, répète Camille, fusionnant sa voix à celle de son père.

Elle a presque la sensation d'entendre Jérémie scander en filigrane, à travers les mailles de son propre corps : « C'est pas ta faute, c'est pas ta faute », tandis qu'un parfum de coton et de crème fouettée l'enveloppe à la manière d'un pull en cachemire.

Ça déflagre dans son esprit ; ses pensées claudicantes se réordonnent et tout prend sens.

La culpabilité glisse de ses épaules, vieux pardessus gangrené.

En une seule seconde elle comprend que ce dégoût qu'elle avait d'elle-même n'était pas fondé. Elle comprend qu'elle n'a pas été soutenue quand elle aurait dû l'être et que ses parents n'ont pas saisi ses appels à l'aide tant la souffrance les engluait.

j'ai cru que tu arracherais le monde avec ton départ
mais le monde est resté

les arbres continuent à pousser

les oiseaux continuent à chanter

au début ça m'était insupportable

et puis j'ai compris que l'univers me montrait la marche à suivre

alors nous allons continuer aussi

faire partie de ces « gens qui restent »

et continuer

où que j'aille vous m'accompagnez

et j'ai moins mal parce que je marche

entouré de vos silhouettes cristallines

vous jouez à cache-cache et à chat perché

vous chantez en canon Colchique dans les prés

comme vous aimiez le faire

et j'entends vos rires friser sous ma peau

votre mère participe à un groupe de parole pour endeuillés

et moi j'ai complètement cessé de boire

je ne veux plus être une épave

je veux que mes enfants soient FIERS *de leur papa*

alors en attendant qu'on se retrouve

dormez bien, mes amours

C'est inespéré d'entendre ces mots.

Camille a quitté deux parents pâteux, détruits, fantomatiques, et voilà qu'elle les retrouve aguerris, un peu raccommodés. Sous le secret de ses paupières, elle rature le verre de gin entre les doigts de son père, elle rature les rides que le chagrin avait creusées sur le visage de sa mère, elle rature la pénombre qui encrassait la maison, elle rature son crime, elle rature la peine.

« Nous allons continuer », a-t-il juré.

Il est donc possible de continuer.

De survivre à la perte.

Peut-être aurait-elle pu, elle aussi, et c'est la réflexion qui agite son esprit lorsqu'une deuxième voix s'invite dans l'air, pâle et flétrie. Il faut s'arrêter de respirer pour l'entendre.

Ma fille

Les poings de Nadia se resserrent, logés contre son ventre, tandis que la femme répète, hantée par le chagrin :

ma fille
ma douce petite fille

Ça lui brûle l'envers de la chair comme si sa mère s'était transformée en coulée de lave et flambait sous sa peau.

— Tais-toi, maman ! gueule Nadia en abattant ses paumes sur le sol.

Une nuée de poussière s'envole. Le pouls de la jeune fille s'emballe à ses poignets, ses yeux ne fixent rien, mais sans doute aperçoit-elle dans ce vide la silhouette courbée de sa mère qui ne voit pas, n'entend pas et laisse faire, chaque jour, chaque nuit.

je te demande pardon

Nadia se relève avec rudesse et piétine la terre à grands coups de talons.

Alexis et Camille hésitent à tenter un geste vers elle, n'importe lequel, mais l'agressivité de la jeune fille les freine. Seul Théodore se rapproche mais Nadia le contre aussitôt, la main dressée devant elle pour l'empêcher de faire un pas de plus.

— Pourquoi elle me demande pardon... ? dit-elle, fébrile. Ça va pas me ressusciter qu'elle me demande pardon...

Elle se mord la lèvre inférieure et claque l'air avec son bras comme pour repousser le spectre de sa mère.

Puis soudain, arraché d'un gosier tari par les larmes :

j'ai donné ton journal intime à la police

Les lèvres de Nadia frémissent.

Son cœur lâche un coup décousu. Puis un second.

— Quoi... ? murmure-t-elle, la respiration haletante.

Le bras que Théodore tend vers elle est stoppé par un brutal :

ils ont emmené Alain

Le ton est bien plus raide.

On sent de la colère et de la haine lorsqu'elle prononce ce nom : « Alain. »

Elle en reste figée, Nadia, aussi statique qu'un mime de rue. Elle qui n'était qu'un poing serré réclamant vengeance sent, à présent, les cordes qui la sanglaient se rompre les unes après les autres. Elle se laisse chuter, sans douleur, même si tous se précipitent auprès d'elle.

— Ils ont emmené ce porc... lâche-t-elle enfin.

Il lui faut de longues minutes de silence pour prendre conscience que le tortionnaire de ses jeunes années a perdu.

Et elle sourit, Nadia.

C'est la toute première fois, réalise Théodore, accroupi en face d'elle, qu'il aperçoit ses dents. Lorsqu'il lui saisit la main, elle pose la sienne par-dessus.

— J'aurais quand même aimé savoir comment ça s'est terminé, confie-t-elle tout bas.

Si le bourreau a payé ou s'il s'en est sorti sans la moindre éclaboussure.

— Un journal intime contre la parole d'un homme, c'est pas grand-chose.

Mais pour la quiétude de son âme, elle choisit d'imaginer qu'il moisit seul, derrière les barreaux. Puis elle se rappelle que vingt ans ont passé et son esprit déforme le visage de ce sadique aux paumes rugueuses et à l'haleine chargée de Kronenbourg.

Elle plisse ses traits, empâte sa silhouette râblée et vide son regard.

Elle le rend laid, faible et sale.

Comme elle s'est sentie laide, faible et sale à chaque fois qu'il coinçait la porte de sa chambre avec son pied en susurrant : « Eh bah alors ? On est de mauvaise humeur, ma jolie ? »

— Peut-être qu'il est déjà mort, intervient Camille en se frottant les cuisses.

Nadia tourne la tête vers elle, repensant tout à coup au couteau qu'elle avait caché sous son oreiller, se demandant si sa mère l'a découvert et ce qu'elle en a déduit, lorsqu'une troisième voix s'invite parmi eux, grave, étouffée.

J'ai lu ta lettre, mon garçon

Une voix qui crevasse le cœur de son fils.

Nadia s'agrippe à la main de Théodore avant qu'il ne la retire.

et je la parcours à nouveau ce soir
tandis qu'elle se déchire au niveau des pliures

L'adolescent s'assoit pour ne pas vaciller, le teint blafard.

c'est cette phrase qui me

L'homme bégaye, bute sur les mots, commence une phrase pour l'avorter, tousse entre deux respirations.

c'est cette phrase qui me tue
« qu'est-ce que j'ai fait pour que t'arrives plus à m'aimer »
je roule durant des heures, la nuit, pour tenter d'oublier ces mots
et ça ne me
je n'ai
je n'ai jamais cessé de t'aimer, mon fils
une seule seconde dans ma vie

Une nouvelle quinte de toux l'enraye. On entend le tintement du verre contre ses dents. Un cliquetis de glaçons. Il avale deux lampées puis s'éclaircit la gorge.

ton grand-père m'a éduqué dans la dureté
je t'ai éduqué dans la dureté
mais j'ai compris que ce n'était pas le bon chemin et j'en paie le prix
puisque je dois vivre sans toi

je t'ai aimé et t'aime toujours
infiniment
immensément
j'ai simplement fait l'erreur de ne pas te le dire
croyant que tu le savais

je regrette, mon fils
je regrette tellement

Théodore replie ses jambes contre lui et pose son front sur ses genoux, la tête enfermée dans ses bras.

lorsque je t'ai trouvé dans mon bureau
je crois que je suis mort aussi
debout
ta mère a poussé un hurlement qui n'avait rien d'humain
puis s'est évanouie
moi je suis tombé à genoux et je t'ai serré dans mes bras
je t'ai serré très fort
réalisant que
que

Nouvelle gorgée d'alcool suivie d'une longue déglutition.

que je ne l'avais jamais fait

Difficile à entendre, à présent, la voix de cet homme brisé à travers les pleurs de son fils.

j'ai toujours désiré le meilleur pour toi
et fait en sorte que tu deviennes
un homme fort
un homme droit
mais je ne
je ne

Cette fois-ci la toux du père se transforme en sanglots.

je ne te verrai pas devenir
vieux
mon garçon

La respiration maladroite du père ricoche encore contre les murs lorsque Nadia saisit la tête de Théodore entre ses mains et plaque sa bouche sur la tempe du garçon. Elle ne l'embrasse pas, elle reste simplement posée là, contre sa peau.

À l'endroit où le sang martèle.

Le visage d'Alexis est enfoui dans l'écharpe et Camille fixe le sol mais elle pleure aussi, sans le moindre bruit. Ce sont les soubresauts de ses épaules qui la trahissent.

— Pourquoi il me dit ça maintenant... ? murmure Théodore, tentant de dissimuler les tremblements de ses lèvres sous sa paume. J'ai attendu ces mots-là pendant des années, nom de Dieu, des années.

On s'est jamais compris, papa, songe-t-il soudain.

On s'est ratés, on s'est gâchés.

— Il a fallu que je meure pour qu'il me prenne enfin dans ses bras...

Il s'essuie les paupières avec les paumes puis ajoute :

— Vous vous rendez compte de ce que je suis en train de dire ? Il a fallu *que je meure* pour qu'il me prenne dans ses bras.

Il lève les yeux vers le plafond puis les ferme et inspire, expire, deux fois, trois fois. Est-ce Nadia qui l'invite ou sa tête bascule-t-elle simplement sur l'épaule de la jeune fille ? Il ne sait pas mais il se laisse porter par elle, cherchant à ralentir ce cœur qui cascade et hoquette.

— On n'a jamais été complices, livre-t-il dans un chuchotement. Mais y a une image qui me revient et que j'avais oubliée : je suis dans sa voiture, du côté passager. On se parle pas, comme d'habitude, et c'est la radio qui comble nos blancs. Et puis au bout d'un certain temps, je me sens tellement mal à l'aise que je décide de raconter une anecdote futile à propos du lycée. Là, il fait quelque chose qui me bouleverse : il baisse le bouton de la radio et se penche vers moi sans lâcher la route du regard.

Pour mieux m'entendre, poursuit-il en secret.

Nadia pose sa tête sur la sienne ; la voix du garçon résonne contre son crâne lorsqu'il reprend la parole.

— Je crois que mon père m'aimait dans ces petits gestes que j'ai jamais trop remarqués.

Il tire sur un fil qui dépasse de la chemise de Jules, s'apprête à ajouter quelque chose puis se ravise au dernier moment. Il aurait voulu aimer un père qui n'existait pas : un père idéalisé, magnifié. Or l'homme qui l'a élevé n'était qu'un être ordinaire, buriné par des impuissances et des fautes qu'il gardait repliées en lui. Il réalise qu'il n'était pas quelqu'un de faux, d'inauthentique, comme il l'a toujours cru, mais le résultat d'un conditionnement, d'une éducation malsaine, maladroite.

— C'est la pudeur des sentiments qui nous suicide, dit-il en entourant le fil autour de son index.

Il esquisse un sourire chétif.

— Alors soyez sincères, soyez bavards, poursuit-il en levant la tête comme s'il s'adressait à tous les enfants, adolescents, adultes en perdition.

32

Le livre des portraits est posé sur les genoux de Camille qui tourne les pages avec torpeur. Ce qui la frappe, sur chacune des photos, c'est la gravité du regard. Tout est inscrit dans ces regards, de la première blessure jusqu'au dernier geste à venir. Parfois elle lit à voix haute un duo de dates ou un prénom qui l'interpelle, puis le silence reprend ses droits.

— Il faudrait avoir des images au-dessus de la tête, souffle Alexis d'une voix aussi délicate que la fourrure d'un chaton.

Assis par terre, il dessine des silhouettes dans la poussière.

— Quelles images ? lui demande Camille.

Le garçon trace un gros nuage couronnant un bonhomme-bâton.

— Là, il est triste, explique-t-il à ses amis. Si tous les gens tristes avançaient avec un nuage au-dessus de la tête, on pourrait aller vers eux et les consoler.

— Comme des émoticônes, approuve Camille.

Mais Alexis ne sait pas ce que c'est. Il hausse les épaules et replonge dans ses esquisses, l'air concentré. Il ne se balance plus d'avant en arrière, ne grince plus des dents. Son corps semble débarrassé de toute entrave, comme s'il ne pesait rien.

— On devrait tous naître avec une boîte d'urgence, songe Nadia en rampant sur les genoux pour se rapprocher du gamin. Y aurait un bouton sur la boîte, avec écrit HELP. Et à chaque fois qu'on se sentirait mal, on aurait le droit d'appuyer dessus.

Cette fois-ci, Alexis redresse la tête, intéressé. Ses yeux miroitent comme si une aurore boréale y avait été capturée.

— Mais c'est toujours quand t'en as besoin que le bouton coince, fait remarquer Camille, taquine.

— Ma boîte est magique, précise Nadia en traçant des gouttes de pluie sous le nuage d'Alexis. Donc impossible qu'elle coince.

— Un robot, suggère Théodore à son tour. Il serait programmé pour reconnaître les expressions de ton visage et savoir quand tu vas mal. Comme ça, dès qu'il te verrait en détresse, il se précipiterait vers toi pour te réconforter.

— J'achète ton robot, lui lance Nadia d'une voix chaude.

— Je te l'offre, réplique-t-il en lui retournant son sourire.

— On pourrait oublier aussi, renchérit Camille après avoir tourné une nouvelle page du livre. Avec une gélule qu'on avalerait et qui effacerait tout ce qui nous aurait blessés dans la vie. Comme dans *Matrix*.

— Mais tu risquerais de refaire les mêmes erreurs éternellement, réagit Théodore.

Elle penche la tête sur le côté, pensive, tandis que les idées continuent à fuser de tous côtés. Nadia propose une montre qui se mettrait à biper dès que son propriétaire se retrouve assailli par des envies suicidaires. L'objet en question le dirigerait sur-le-champ vers un service d'écoute. Théodore envisage une police du bien-être qui ferait des rondes dans les rues pour discuter avec les âmes en peine au lieu d'infliger des contraventions. Alexis rêve d'un immense magasin de câlins avec romans, peluches et bol de chocolat chaud.

— Comme la dame indienne qui fait des câlins, commente Camille.

Le garçon déboutonne ses yeux.

— Y a une dame indienne qui fait des câlins ?

L'adolescente opine en refermant l'ouvrage mais confesse qu'elle ne se souvient pas de son nom.

Le silence s'allonge à nouveau sur leurs épaules à l'image d'un linge soyeux pendant que tous s'imaginent embrassés par cette femme.

Comme ça leur manque, l'odeur, la peau des autres.

Puis Nadia lâche un ricanement, entre cynisme et nostalgie, se rappelant les propos de Jules qui l'avaient irritée.

— Il avait raison, le p'tit con : « Le suicide est l'arnaque du siècle. »

Et tous éclatent de rire, un rire franc et ouvert, qu'ils n'avaient pas entendu jaillir de leurs lèvres depuis des mois, voire des années.

Voilà, me dis-je, attendrie. Ils sont prêts.

Aujourd'hui, ils savent qu'ils ont toujours eu les armes en eux.

Ils ont surtout compris qu'un jour, il aurait fallu que quelqu'un s'installe près d'eux et dise : pose ta tête contre moi et ferme les yeux. Je sais qu'en ce moment tu ne te sens plus capable de rien, que tu ne vibres plus et que tu n'espères plus.

Mais ce moment que tu traverses n'est pas l'éternité.

Même si ta nuit te semble interminable, le soleil se lèvera demain.

Le temps passe et il est de ton côté. Il te grandira et te permettra d'apprendre à te défendre. Il te suffit d'attendre et je suis là pour attendre avec toi. Si tu as besoin de parler pendant une heure, dix heures, mille heures, je t'écouterai pendant une heure, dix heures, mille heures. Retourne-toi, contemple l'horizon : tu as déjà tant marché, tant lutté ; tu es plus solide que tu ne le penses. N'abandonne pas juste avant la victoire. Gagne ce putain de combat.

Voilà ce que je voulais qu'ils comprennent ensemble pour alléger leur âme et consoler leur histoire avortée.

Maintenant il est l'heure de partir.

C'est Alexis qui perçoit le premier grondement, plaquant ses paumes sur le sol, l'oreille aux aguets.

— Ça bouge, dit-il tout bas.

Tous s'immobilisent, en alerte. Puis Théodore hoche la tête.

— Oui, j'entends aussi.

— On dirait un orage, fait remarquer Nadia.

Les gravillons qui les entourent se mettent à tressauter. Un objet tinte au loin, comme des casseroles qui s'entrechoquent. Puis un grand bruit de tôle emplit l'espace.

— Bah qu'est-ce qu'on attend ? lance Camille en se précipitant vers le fracas.

Elle file à la manière d'un papillon, le pas agile et assuré malgré les détritus qui râpent la plante de ses pieds nus. Très vite, elle se rend compte que les autres la suivent, alors elle accélère tandis que résonne le crépitement d'une pluie de cailloux qui se transforment en pierres puis en rochers, elle ne sait pas pourquoi elle court mais elle sent que ça l'attire et l'appelle, tous les quatre se sentent appelés là-bas, Camille tourne à gauche, puis à droite, esquive un fatras de fils électriques coincé entre les briques, croise un oiseau – un oiseau vivant ! – trottant le long du couloir, trébuche sur une chose gluante qui lui fait penser aux oursons en gélatine dont elle se goinfrait enfant puis récupère son équilibre et cavale à nouveau, des effluves de plastique fondu et de métal brûlant lui cognent les narines et s'emparent d'elle à mesure qu'elle se rapproche du vacarme, comme si la station entière accouchait, elle saute par-dessus un tuyau de canalisations qui s'est détaché du plafond, manque de s'effondrer sur ce qui ressemble à des piles rouillées puis

stoppe d'un coup,

les lèvres entrouvertes par le choc,

lorsqu'elle se retrouve sur un quai.

Entraînée par son élan, Nadia lui percute le dos.

— Qu'est-ce que… chuchote-t-elle, étourdie, sans parvenir à achever sa phrase.

Durant les longues heures de leurs pérégrinations, des tunnels les ont égarés, des pièces se sont métamorphosées, des portes se sont évaporées sans raison. Peu à peu ils se sont accoutumés à ces changements mais ce métro, à l'arrêt devant eux, les stupéfie. Alexis s'approche du premier wagon à petits pas tandis que Camille s'acharne déjà sur la poignée d'ouverture – en vain. Elle plaque son visage sur la vitre pour tenter d'apercevoir Jérémie.

— T'ES LÀ ? s'écrie-t-elle. JIMINY ?

Aucune voix ne répond, aucun mouvement n'accroche ses yeux.

— Vous pouvez allumer l'intérieur ? implore-t-elle en s'adressant aux pierres.

J'accepte et illumine le ventre de la rame.

— Y a personne, lâche Camille avant de se jeter sur la voiture suivante.

Nadia ébauche trois pas vers ce rectangle blanc et vert. Elle avise les sièges au revêtement plus ou moins usé, les barres en métal et le plan à ramifications des stations affiché en haut, à gauche. Lorsqu'elle plisse les paupières pour en déchiffrer quelques noms, elle réalise que là non plus il n'y en a aucun. Un peu plus loin, Alexis s'assoit sur le bord du quai tandis que Camille achève d'inspecter les entrailles de la rame à travers les vitrages.

— Rien, conclut-elle, abattue, en revenant vers eux.

Elle prend place à côté d'Alexis, le corps mou, absorbée par un éclat de peinture écaillé qui ronge le flanc du wagon.

— Peut-être qu'il fallait pas que je le retrouve, dit-elle enfin d'une voix fluette. Peut-être qu'il fallait que je lui lâche la main... que je le laisse *partir*.

Ce mot final grelotte dans sa gorge comme si elle avait ingéré un collier de perles. Elle repousse vite les sanglots qui la menacent et gratte les broderies de sa chemise de nuit. « *Dormez bien, mes amours* » lui susurre son père à l'oreille d'un ton très tendre.

— Oui, reprend-elle, il faut que je le laisse dormir.

Son bras se tend comme s'il voulait retenir une dernière fois un petit garçon à la tignasse rousse puis retombe sur sa cuisse.

C'est à cet instant que j'ouvre les portes.

Nadia sursaute, effrayée. Alexis lâche un « Oh » étouffé avant de se relever. Les cœurs bataillent comme des cymbales. Provenant des néons fixés au plafond des rames, une lueur entre le safran et l'or illumine leurs visages.

— On doit entrer ? demande Alexis d'une voix de moineau.

Camille le ramène contre elle et enlace son dos.

— Je crois, dit-elle.

Les doigts graciles du gamin s'entrelacent aux siens.

— C'est comment où on va ? interroge-t-il.

Le silence s'épanouit, puis comme personne ne se décide à répondre, Nadia tente :

— Comme on a envie que ce soit, je pense.

— Donc si je veux des livres de pirates et des bonbons crocodiles, j'aurai des livres de pirates et des bonbons crocodiles ?

Camille exhale un rire succinct puis se dirige vers la porte ouverte et tous deux pénètrent dans la rame. Il y flotte une odeur de thé à la fraise, d'herbe à peine coupée et de pluie fraîche. Alexis inspire profondément ces parfums réconfortants, jetant de petits coups d'œil inquiets vers ses compagnons. Après une longue minute, il s'assoit sur un siège et reste là, les paumes bien à plat sur ses cuisses tel un enfant poli. Camille, elle, a plaqué sa tempe sur la barre en acier et attend que les retardataires se décident à les rejoindre. C'est Nadia qui trouve finalement le courage d'avancer, mais elle réalise vite que Théodore ne la suit pas.

— Viens, déclare-t-elle en lui offrant sa main.

L'adolescent déglutit mais ne bouge toujours pas, les épaules crispées. Décontenancée, Nadia lui saisit l'avant-bras ; le garçon bredouille alors des mots que son esprit n'a pas préparés, des mots déterrés du fond du ventre, du fond des âges, et qui sonnent comme le *Miserere* d'Allegri :

— Avant de m'en aller, je voudrais... demander pardon.

Nadia le dévisage, tiraillée par la confusion.

Est-ce lui qui tremble ou bien est-ce elle ?

Théodore baisse la tête, fixe ses pieds.

— Pardon pour la souffrance que j'ai causée autour de moi. Mais surtout pardon à ce petit garçon que j'ai vu quand j'ai planté ce coupe-papier dans mon poignet. Il était là, en face de moi, et m'observait avec... un tel chagrin... un tel effroi...

Il s'interrompt, renifle à deux reprises et presse ses doigts libres sur ses paupières.

— Je sais que c'était pas réel, que j'ai halluciné, mais j'ai l'impression de l'avoir tué, cet enfant, alors je lui demande pardon.

Il rêvait d'autre chose, pense-t-il, *et moi je l'ai trahi.*

Il avait mal à l'âme et moi j'ai sacrifié son corps.

Je me suis abandonné sur le bord d'une route.

J'ai oublié tout ce qu'il y avait de bon, de beau en moi.

J'ai tué mes convictions et mes valeurs.

J'ai tué mes anges et mes héros.

Sa voix ne tient plus que par une dentelle qui casse :

— Alors je *me* demande pardon.

Lorsqu'il redresse la tête, la peine qui peuplait ses iris s'est volatilisée. Il se frotte les joues puis avance d'un pas. La lumière mordorée embrase ses cils comme s'ils étaient parés d'éclats de nacre.

Dormir en paix, pense-t-il en foulant le marchepied du métro.

Je vais enfin dormir en paix.

Épilogue

Allô, les bas-fonds de l'Enfer ?
ici Jules Laroche
votre correspondant en direct de notre planète poubelle, la Terre

bon, j'espère que vous vous êtes barrés depuis un paquet de temps
mais je vais vous parler quand même, quitte à causer avec le vide

juste pour information
le fameux virus chinois a viré pandémie mondiale
on nous a confinés pendant des mois
on a eu droit au couvre-feu comme avec les nazis
et pour aller acheter un pauvre paquet de pâtes ou se rendre à l'hosto
fallait dégainer une attestation de sortie avec des carrés à cocher
j'avais l'impression de passer un QCM putain
en plus y avait pénurie de PQ (j'vous jure !) et de gel hydroalcoolique
parce que tout le monde s'était précipité
dans les magasins en gros égoïstes
et franchement, on se serait cru dans un post-apo bien creepy

vous vous doutez bien que l'attestation j'ai eu du mal à m'habituer
j'avais tendance à ajouter des lignes
donc devinez qui s'est fait emmerder par les poulets ?
135 balles d'amende
j'avais le bras en écharpe et ça les a même pas attendris
alors comme j'étais bien vénère
j'ai tout payé avec des pièces
(merci pour le coup de pouce, les potes)
vous auriez vu la tête du gars
ça lui a fait les pieds

là on est en novembre 2021
et le Covid semble pas décidé à nous lâcher
on doit toujours porter ces masques qui nous empêchent de respirer
(et me font couler du nez, soit dit en passant)
on a dû se faire injecter deux putains de doses d'un vaccin douteux
(j'attends que des ailes me poussent dans le dos, on sait jamais)
et on peut même plus bouger de chez nous
sans un con de pass sanitaire

bon, Léa vient de me coller une claque sur la tête en lâchant :
« ils s'en tapent de ce que tu leur racontes alors passe la seconde »
donc je vais commencer par toi, Camille
je me suis dit que j'allais facilement te retrouver sur les réseaux
je me suis pas trompé
y a une page hommage qui a été créée à ton nom sur Facebook
et j'ai vite retrouvé ta Pauline parce que c'est elle qui l'a créée
la page a des milliers de J'AIME
des milliers de messages qui te sont adressés

j'avoue que j'ai aussi laissé quelques mots mais je te les lirai pas
parce que j'ai fait dans le méga niais et j'ai honte
des gens ont ouvert une cagnotte
pour prévenir le suicide chez les jeunes
et les dons s'enchaînent
j'ai pas pu donner beaucoup parce que j'ai plus une thune
(rapport aux 135 balles d'amende)
mais j'oublie pas, Camille

OK, Théo maintenant
dès que je suis sorti de l'hosto
j'ai cherché l'adresse que tu m'avais donnée sur Street View
j'avais oublié le numéro alors j'ai fouillé toute la rue
mais j'ai vu aucune étiquette avec écrit « Aubry » dessus
on peut pas zoomer aussi près
du coup j'ai tapé le nom de ton père sur Google
j'ai tout de suite trouvé son cabinet d'avocats alors j'ai appelé
la secrétaire m'a dit qu'il n'y travaillait plus depuis de longues années
j'ai bidonné pour avoir son numéro personnel
en prenant ma voix molle de souffrant-martyr
(rapport aux antidouleurs qui me faisaient planer)
et je l'ai eu, ce foutu numéro
ça a sonné quatre ou cinq fois et puis un homme a décroché
j'ai dit : « monsieur Aubry ? Régis Aubry ? »
il a dit : « lui-même... qui êtes-vous ? »
j'avais rien préparé alors j'ai raconté n'importe quoi
ma mère râlait dans la cuisine sur la dernière facture de gaz
je me suis présenté en tant que Jules Dupont-Martin
conseiller en énergie

il a dit : « ça ne m'intéresse pas » et il a raccroché
c'est vrai que c'était pas l'amabilité même…
ta mère, par contre, je l'ai pas retrouvée
elle a dû reprendre son nom de jeune fille
du coup je la cherche encore
le plus galère c'est les 42 Cassandre inscrites sur Facebook
et ce qui m'énerve le plus, c'est que je te réentends
prononcer son nom de famille
mais impossible de m'en souvenir putain
je crois quand même que ça commençait par un D
alors j'ai passé toutes les Cassandre avec un D
mais aucun nom n'a tilté
je pense qu'elle a dû se marier, Théo
en tout cas, j'ai envoyé des tas de messages
à toutes les filles qui pourraient correspondre à ta Cassandre
(et Maël me fait remarquer que je vais passer
pour un fétichiste des Cassandre
nan mais sérieux, ce que tu me fais faire)

Alex, petit bonhomme,
je m'étais préparé à galérer à fond avec toi
et ça a presque été trop facile
Teresa Orlinski a créé une association de lutte contre le harcèlement
(y a sa photo sur le site et la tienne,
c'est fou comme vous vous ressemblez)
et elle vient témoigner dans les collèges et les lycées
elle donne des conférences partout dans le pays
elle a même écrit un bouquin
(je l'ai acheté d'occase mais pas encore reçu)

bon, j'ai essayé de retrouver les trois enfoirés aussi
j'avoue que ça me démangeait
alors j'ai fouillé le Net pendant mes nuits blanches
(rapport au sevrage des antidouleurs)
j'ai fouillé les copainsdavant.com,
les amisperdus.com et photo-de-classe.com
mais quand t'as pas le nom de famille,
c'est quasiment mission impossible
j'abandonne pas, t'inquiète

et puis Nadia
ma chère Nadia
j'ai encore plus galéré pour toi que pour le Mister Parfait
j'ai posté des avis de recherche sur des sites mais ça n'a rien donné
alors vu qu'on n'est plus confinés
et que mon bras et mon crâne vont mieux
(même si je boite de la jambe droite
d'ailleurs Léa m'appelle « le Pirate », ça la fait marrer toute seule
tiens bah voilà, elle est en train de se marrer toute seule)
donc, je disais : comme on n'est plus confinés
on a pris la caisse de Maël qui a eu son permis y a huit jours
(nan, panique pas, il gère)
et là on est devant ta tombe
ça me fait un drôle de truc dans le bide de voir ton nom
y a des fleurs, des photos – les tiennes peut-être ?
en tout cas ça y ressemble parce que y a des ciels 😉
y a aussi une lettre récente
parce qu'il a plu toute la matinée pendant qu'on roulait
et que la feuille est pas mouillée

c'est con, je sais pas qui on a loupé...
attends, je lis pas, je regarde juste le nom...
merde, c'est Malia
on a loupé Malia
Léa trouve que c'est une drôle de coïncidence
donc elle vient de partir demander au gardien
si une femme noire vient souvent sur ta tombe
elle doit avoir, quoi... 40 ans c'est ça ?
de toute façon on n'est pas pressés de rentrer
on va passer le week-end ici, à pioncer dans la voiture
et en sortant du cimetière on va sonner à toutes les maisons du patelin
au cas où quelqu'un connaîtrait une certaine Malia

tu me verrais, Nadia, je suis sûr que tu rigolerais
mais je t'avais bien dit que j'étais cap
y avait plus la jupe licorne dans le magasin
quand on a pu y retourner
donc je porte un truc à paillettes multicolores,
je te dis pas la dégaine
je passe pas inaperçu
en plus j'ai lancé du Linkin Park sur mon téléphone
un album que tu connais pas
t'entends ?
t'aimes bien ?

sinon, si vous vous demandez pourquoi Léa et Maël m'accompagnent
et m'écoutent causer tout seul sans se foutre de ma tronche
c'est parce qu'ils ont été les seuls à m'avoir cru
quand j'ai craqué et balancé tout ce que j'avais vécu avec vous

bon là, Maël me lance un petit sourire du genre « mouais... »
mais il m'a quand même conduit jusqu'ici, le con

(attends, il me fait un doigt, je lui rends)

voilà, je crois que j'ai tout dit
quand j'aurai un peu plus de thunes
je choperai un train et j'irai à Paris faire un petit coucou
à mes vieux potes, Alex et Théo
et puis dans cinq mois, quand j'aurai 18 ans
j'irai voir Camille « à Perpète-lès-oies »
comme dit le père Karadec pour nous faire rigoler

en tout cas, sachez que je vais mieux
et que je me laisse plus emmerder par les abrutis du lycée 🤩
sachez surtout que je pense à vous tous les jours
et que je suis loin d'être le seul
(dire que vous aviez peur d'être oubliés, bande de cons)

c'était Jules Laroche en direct de notre planète poubelle, la Terre
allez, bon vent, les potes.

Pour des informations ou du soutien, quelques ressources

- Le site du gouvernement (https://arretonslesviolences.gouv.fr/besoin-d-aide) permet de signaler une violence en ligne, de trouver des associations autour de soi pour partager son vécu. Il rappelle que les violences sont sanctionnées pénalement en mentionnant des articles de loi. **Un numéro d'écoute, d'information et d'orientation** est également proposé : le 3919 (anonyme et gratuit).
- Un site permettant de signaler **une violence conjugale, sexuelle ou sexiste** en ligne : https://www.service-public.fr/cmi.
- Le site du gouvernement (https://enfance.gouv.fr/agressions-cyberharcelement-violences-si-tu-besoin-daide-des-numeros-existent) propose plusieurs numéros d'aide d'écoute et de guidance pour les **victimes ou témoins** d'une agression, de harcèlement ou de violence qu'elle soit physique, psychologique ou sexuelle :

  - Le 119 : pour les violences physiques, psychologiques ou de négligences sur enfant. Le site 119 (allo119.gouv.fr) propose un dispositif spécifique **LSF pour les sourds et malentendants, un tchat pour les moins de 21 ans.**
  - Le 30 18 : pour **les violences numériques sur internet ou le cyberharcèlement**. Existe aussi sous forme de tchat (https://e-enfance.

org/numero-3018/besoin-daide/), ou sous forme d'application (« 30 18 »).

– Le 30 20 : pour les **situations de harcèlement à l'école** (moral, verbal ou physique).

- Une association qui propose une **écoute téléphonique, un accueil dans des centres en région, des ateliers et des conférences** pour les personnes endeuillées : www.vivresondeuil.asso.fr. Ligne d'écoute : 06 15 14 28 31.
- Le 31 14 : nouveau numéro national **d'écoute et de prévention du suicide**. Gratuit, accessible 24 heures sur 24 et 7 jours sur 7.
- Phare Enfants Parents : 01 43 46 00 62, du lundi au vendredi de 10 h à 17 h. Accueille et écoute **les parents** confrontés au mal-être et au suicide des jeunes. Propose également un service tchat et des groupes de paroles. https://www.phare.org/
- Une association qui prévient, informe, et soutient les personnes souffrant de **dépression ou de troubles bipolaires** : https://france-depression.fr/. Ligne d'écoute : 07 84 96 88 28.
- Une plateforme destinée aux jeunes de moins de 20 ans : https://www.teljeunes.com/. Propose des contenus en ligne pour informer sur différents sujets, un forum et un tchat pour échanger librement, ainsi que des possibilités de **dialogue avec des professionnels.**
- Ligne d'écoute du Refuge pour **les jeunes LGBT+ en détresse** : 06 31 59 69 50 (téléphone et SMS), tous les jours, 24h/24. Accueil, soutien, information, orientation des jeunes LGBT+ victimes d'homophobie ou de transphobie, en situation de rupture familiale. La Fondation « Le Refuge » héberge et accompagne les jeunes LGBT+, âgés de 14 à 25 ans, rejetés par leurs parents, chassés du

domicile familial, parce qu'ils sont homosexuels, trans et/ou en questionnement identitaire : https://www.le-refuge.org/

- Une association qui offre de l'information, de l'aide et qui oriente vers **les soins des TCA** : https://www.ffab.fr/trouver-de-l-aide/permanence-telephonique. Elle propose également une permanence téléphonique au 09 69 325 900 avec – selon les jours – des psychologues, médecins et des associations spécialisées TCA.

- Et bien sûr **SOS Amitié** : 09 72 39 40 50, accessible 24 heures sur 24 et 7 jours sur 7. Propose également un service tchat de 13 h à 3 h du matin (https://www.sos-amitie.com/chat/) et une messagerie avec réponse sous 48 h (https://www.sos-amitie.com/messagerie/)

DÉCOUVREZ LES AUTRES OUVRAGES DE CETTE AUTRICE CHEZ SLALOM

C'est l'histoire de Gabriel, l'insoumis pétillant, Agathe, la fêtarde insouciante, Alex, l'élève parfait, Sarah, la discrète mal dans sa peau. C'est aussi et surtout l'histoire d'Eden, dont l'aura suffit à combler le mutisme. C'est l'histoire d'un secret, de gestes déplacés qui mènent un jour à l'inconcevable... Durant une nuit, le temps s'arrête et cinq vies basculent.

Mention spéciale du jury pour le prix Axl Cendres

Charlotte fuit une mère toxique, Thomas s'échappe d'un deuil encore trop douloureux, Matthieu rejette un foyer déchiré. Ils ne se connaissent pas mais se retrouvent à faire un bout de chemin ensemble pendant quelques jours. Le temps de partager, s'engueuler, s'accepter, s'amuser, grandir et choisir.
De vivre.
D'aimer.
D'avancer.

Prix Talents Cultura 2023